GRAMMAIRE LATINE

26877

GRAMMAIRE

LATINE

Par KÉBEL

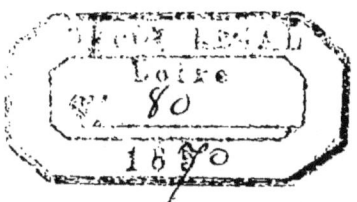
Loire
N° 80
1870

STRASBOURG

LIBRAIRIE ECCLÉSIASTIQUE.

1870

PRÉFACE

—

I. PRÉCEPTES DE FÉNELON ET DE LHOMOND. — II. PLAN DE CETTE GRAMMAIRE. — III. MANIÈRE DE S'EN SERVIR.

I.

« Il me semble, écrivait Fénelon à l'académie, « qu'il faut se borner à une méthode courte et facile. « Ne donnez d'abord que les règles les plus géné- « rales, les exceptions viendront après. »

C'est ce que Lhomond a mis à exécution dans son excellente grammaire.

« Pour faire sentir à l'enfant l'usage des premières leçons, dit-il, et dissiper l'ennui qui les accompagne, l'on a mis à la fin de chaque espèce de mots la règle générale de syntaxe qui la concerne : ainsi, après qu'il a décliné des Noms, on lui apprend que, pour joindre ensemble deux Noms, l'on met en français le mot *de* entre les deux Noms, et qu'en latin on met le second au Génitif. Par ce moyen l'on peut, au bout de quelques jours, lui donner pour devoir, *flos horti, pedum pastoris, odor rosæ*, etc., à traduire en français, et ce sera une petite version ; ou bien *le fruit de l'arbre, le palais du roi, la lumière du soleil*, etc., à mettre en latin, et ce sera un petit thème. L'enfant en sait assez pour faire ces deux petites opérations, qui concourent également à graver la règle dans sa mémoire, et qui ne peuvent manquer

de le flatter agréablement par la pensée qu'il est déjà
capable d'opérer dans une langue qu'il ne connaissait
pas encore peu de jours auparavant. De même, après
qu'il a décliné des Adjectifs, on lui dit que, pour
joindre un Adjectif avec un Nom, on donne à cet
Adjectif le même genre, le même nombre et le même
cas que ceux du Nom ; ce qui le met en état de traduire en français ces petites phrases : *rosa pulchra*,
pater bonus, exemplum egregium, etc. , ou de mettre
en latin celles-ci : *la bonne mère, le beau jardin, le
temple magnifique*, etc. On ajoute aussi la règle générale des Pronoms à l'article des Pronoms, la règle
générale des Verbes à la fin des Conjugaisons, etc.,
etc. Cette manière de présenter séparément les pre-
miers procédés de la langue a encore cet avantage,
qu'elle les grave plus nettement et plus distincte-
ment dans l'esprit des enfants. »

II.

Pour suivre ces préceptes, et en même temps pour
avoir dans cette grammaire un ordre et une suite
indispensable sans répétition ennuyeuse, il a fallu
faire suivre chaque espèce de mots de sa syntaxe,
mettre en relief les principes fondamentaux, mais les
conséquences de chaque principe, et les locutions
propres au latin ou au français, qui s'y rattachent, à
la suite, mais en petit texte.

Il faut remarquer néanmoins qu'on a employé le
petit texte pour les tableaux du verbe *sum* et des
quatre conjugaisons modèles tant de l'actif que du
passif.

III.

Pour rendre familiers à l'esprit de l'étudiant les
principes fondamentaux, on lui fera faire de nombreux exercices, thèmes et versions soit de vive voix,
soit par écrit, toujours en ayant soin de graduer les
difficultés.

Il semble qu'il faut pour lui rendre le travail plus
facile, et comme imperceptible, l'exercer longtemps
uniquement sur le premier modèle de chacune
des déclinaisons, qu'on a eu soin, pour ce but, de
faire ressortir d'avantage ; et de plus l'exercer à décliner 1° le masculin de l'adjectif *bonus, a, um,* en le
joignant à *dominus,* 2° le féminin en y joignant un
nom féminin de la 1re déclinaison. On laisse, pour le
moment, les adjectifs en *er,* comme *niger,* etc ; et
l'on fera marcher simultanément avec l'étude de
hora, Dominus, fur, manus, dies, l'application des
règles élémentaires, *Ludovicus rex, liber Petri, Deus
sanctus, Pater et filius boni, pater et mater boni,* et
quelques autres règles des plus faciles. Ensuite le
maître fait reprendre les déclinaisons, ajouter *puer* et
templum à la 2e, *avis* et *corpus* à la 3e, *cornu* à la 4e, et
laisse de côté tous les noms irréguliers ; puis l'élève
suit le reste de la grammaire en laissant de côté tout
ce qui est en petit texte, hormi le verbe *sum,* et les 4
conjugaisons modèles de l'actif et du passif.

Il ne faudra pas le moins du monde chercher des
exercices plus difficiles, tant qu'il ne possèdera pas
parfaitement, impertubablement ces points fonda-

mentaux. Quand son esprit en sera parfaitement im-
bu, alors mais seulement alors, il faudra suivre toute
la grammaire par ordre de matières. Ce sera un ap-
prentissage de la logique, le moyen de s'accoutumer
de bonne heure à mettre de l'ordre dans ses idées,
et à déduire les conséquences d'un principe.

Ce n'est pas pourtant que l'on doive exiger la ré-
citation de tout ce qui est en petit texte. Plusieurs
choses ne sont là que comme renseignement, tels sont
par exemple un grand nombre d'adjectifs numéraux.

Mais après tout le maître pourra choisir, ou ajour-
ner ce qu'il jugera à propos pour le progrès de
l'élève.

La Syntaxe logique, 2ᵉ partie, n'est qu'un nouveau
plan de Syntaxe, basée sur les parties de la proposition, le sujet, le verbe, l'attribut et les compléments.

Pour quelqu'un qui connaît bien la 1ʳᵉ partie, il
verra parfaitement dans cette dernière, les divers
rapports des mots entre eux, les divers rôles du nom,
de l'adjectif, du verbe, de la proposition sans toutes
ses formes, et les rapports des propositions entre
elles. Cette variété de plan lui plaira et exercera sa
mémoire ; mais ce travail n'est que pour la dernière
année de grammaire.

NOTA. *m* signifie *masculin.*
     f   —   *féminin.*
     n   —   *neutre.*

GRAMMAIRE LATINE

PREMIÈRE PARTIE.

1. Le latin a neuf sortes de mots : le *Nom*, l'*Adjectif*, le *Pronom*; le *Verbe*, le *Participe*, l'*Adverbe*, la *Préposition*, la *Conjonction* et l'*Interjection*.

DU NOM OU SUBSTANTIF.

2. Le *Nom* ou *Substantif* nomme une personne ou une chose: *Isaias, Isaïe; agnus, agneau; chorus, chœur.*

3. Le latin a trois genres :

LE MASCULIN

Qui convient à l'homme, aux peuples, vents, mois, et à presque tous les noms de fleuves et de montagnes ;

LE FÉMININ

Qui convient à la femme, aux provinces, îles, vaisseaux, et à la plupart des villes et des arbres ;

LE NEUTRE

(*Neuter, tra, trum,* ni l'un ni l'autre, ni masculin ni féminin), est donné aux noms auxquels il est difficile d'assigner un genre.

Le nombre singulier désigne un seul objet, le pluriel plusieurs.

4. Le latin remplace l'article *le, la, les, du, des,* par la terminaison du mot, ou le cas. *Rosa,* la rose, ou une rose, suivant le sens de la phrase; *rosæ,* de la rose, etc.

Il y a six cas, savoir : le *Nominatif,* le *Vocatif,* le *Génitif,* le *Datif,* l'*Accusatif* et l'*Ablatif.*

Le génitif forme tous les cas venant après lui.

Il y a cinq déclinaisons distinguées par les génitifs singuliers et pluriels.

PREMIÈRE DÉCLINAISON.

5. *Æ* génitif singulier.
Arum génitif pluriel.

SINGULIER.

Nominatif.	Hor a, *f.*	*l'heure.*
Vocatif. o	Hor a,	*ô heure.*
Génitif.	Hor æ,	*de l'heure.*
Datif.	Hor æ,	*à l'heure.*
Accusatif.	Hor am,	*l'heure.*
Ablatif.	Horâ ,	*de l'heure.*

PLURIEL.

Nominatif.	Hor æ,	*les heures.*
Vocatif. o	Hor æ,	*ô heures.*
Génitif.	Hor arum,	*des heures.*
Datif.	Hor is,	*aux heures.*
Accusatif.	Hor as,	*les heures.*
Ablatif.	Hor is,	*des heures.*

Autre manière de décliner.

SINGULIER.

Nominatif.	L'heure,	} hora.
Vocatif.	O heure,	
Génitif.	De l'heure,	} horæ.
Datif.	A l'heure,	
Accusatif.	L'heure,	horam.
Ablatif.	De l'heure,	horá.

PLURIEL.

Nominatif.	Les heures,	horæ.
Vocatif.	O heures,	
Génitif.	Des heures,	horarum.
Datif.	Aux heures,	horis.
Ablatif.	Des heures,	
Accusatif.	Les heures,	horas.

Ainsi se déclinent :

NOMS FÉMININS.

Regina, æ, *la reine.*
Rosa, æ, *la rose.*
Statua, æ, *la statue.*
Herba, æ, *l'herbe.*
Mensa, æ, *la table.*
Musca, æ, *la mouche.*
Pluma, æ, *la plume.*
Provincia, æ, *la province.*

NOMS MASCULINS.

Agricola, æ, *le laboureur.*
Auriga, æ, *le cocher.*
Collega, æ, *le collègue.*
Nauta, æ, *le matelot.*
Propheta, æ, *le prophète.*
Poeta, æ, *le poëte.*
Scriba, æ, *l'écrivain.*

NOMS IRRÉGULIERS.

Nominatif.	Familia,	*la famille.*
Génitif.	Familiæ *ou* familiâs.	*de la famille.*
	Un père de famille,	*pater familias.*
	Un fils de famille,	*filius familias.*

Abus datif et ablatif pluriels.

PLURIEL.

Nominatif.	Anim æ,	*les âmes.*
Vocatif.	o Anim æ,	*ô âmes.*
Génitif.	Anim arum,	*des âmes.*
Datif.	Anim abus,	*aux âmes.*
Accusatif.	Anim as,	*les âmes.*
Ablatif.	Anim abus,	*des âmes.*

Déclinez ainsi :

Asina, *l'ânesse.*
Conserva, *l'esclave.*
Domina, *la maîtresse.*
Dea, *la déesse.*
Equa, *la jument.*

Famula, *la servante.*
Filia, *la fille.*
Liberta, *l'affranchie.*
Nata, *la fille.*
Mula, *la mule.*

Ces cas en *abus* les distinguent des masculins : *Deus, animus, asinus, conservus, dominus, equus, famulus, filius, libertus, natus, mulus.* Mais ils ont aussi bien la terminaison *is* ; Cicéron à dit : *duabus animis. Duabus* tranche toute difficulté

7.   *Ode*, l'ode.

E, nominatif, vocatif et ablatif.
Es, génitif.
En, accusatif.

SINGULIER.

Nominatif. / *Vocatif.*	Ode, f.	*l'ode.* f.
Génitif.	Odes,	*de l'ode.*
Datif.	Odæ,	*à l'ode.*
Accusatif.	Oden,	*l'ode.*
Ablatif.	Ode,	*de l'ode.*

Ainsi se déclinent :

Cibele, es, *f.* *Cybèle* sans plur.	Rhetorice, es, *f. la rhétorique.*
Epitome, es, *f. l'abrégé.*	Musice, es, *f. la musique.*
Grammatice es, *f. la grammaire.*	

La plupart de ces noms ont aussi la forme en *a : Musica, grammatica, Rhetorica.*

8.   *Cometes*, la comète.

Es, nominatif.
E, vocatif et ablatif.
En, accusatif.

SINGULIER.

Nominatif.	Comet es, *m.*	*la comète.*
Vocatif.	o Comet e,	*ô comète.*
Génitif.	Comet æ,	*de la comète.*
Datif.	Comet æ,	*à la comète.*
Accusatif.	Comet en,	*la comète.*
Ablatif.	Comet e,	*de la comète.*

Les pluriels comme *horæ.*

9.   *Æneas*, Enée.

As, nominatif.
Am ou *an*, accusatif.

SINGULIER.

Nominatif.	Æne as, m.	Enée (nom d'homme).
Vocatif.	o Æne a,	ó Enée.
Génitif.	Æne æ,	d'Enée.
Datif.	Æne æ,	à Enée.
Accusatif.	Æne am, an,	Enée.
Ablatif.	Æne à,	d'Enée.

Sans pluriel comme la plupart des noms propres.

Déclinez ainsi : *Andreas*, Andrée.

---

10.   DEUXIÈME DÉCLINAISON.

I, génitif singulier.
Orum, génitif pluriel.

NOMS EN *us*.

SINGULIER.

Nominatif.	Domin us *m.*	le seigneur.
Vocatif. o	Domin e,	ó seigneur.
Génitif.	Domin i,	du seigneur.
Datif.	Domin o,	au seigneur.
Accusatif.	Domin um,	le seigneur.
Ablatif.	Domin o,	du seigneur.

PLURIEL.

Nominatif.	Domin i,	les seigneurs.
Vocatif. o	Domin i,	ó seigneurs.
Génitif.	Domin orum	des seigneurs.
Datif.	Domin is,	aux seigneurs
Accusatif.	Domin os,	les seigneurs.
Ablatif.	Domin is,	des seigneurs.

Autre manière de décliner.

SINGULIER.

Nominatif.	Le seigneur,	*dominus.*
Vocatif.	O seigneur,	*o domine.*
Génitif.	Du seigneur,	*domini.*
Datif.	Au seigneur,	*domino.*
Ablatif.	Du seigneur,	
Accusatif.	Le seigneur,	*dominum.*

PLURIEL.

Nominatif.	Les seigneurs,	*domini.*
Vocatif.	O seigneurs,	
Génitif.	Des seigneurs,	*dominorum.*
Datif.	Aux seigneurs,	*dominis.*
Ablatif.	Des seigneurs,	
Accusatif.	Les seigneurs,	*dominos.*

Ainsi se déclinent :

Avus, i, m.	le grand-père.	*Alvus, i,* f.	le ventre.
Cervus, i,	le cerf.	*Malus, i,*	le pommier.
Corvus, i,	le corbeau.	*Pirus, i,*	le poirier.
Hortus, i,	le jardin.	*Populus, i,*	le peuplier.
Lupus, i,	le loup.	*Ulmus, i,*	l'orme.
Populus, i,	le peuple.	*Vannus, i,*	le van.

11.   NOMS EN *er*.

SINGULIER.

Nominatif.	Puer ,	*m.*	l'enfant.
Vocatif.	o Puer ,		ô enfant.
Génitif.	Puer i,		de l'enfant.
Datif.	Puer o,		à l'enfant.
Accusatif.	Puer um,		l'enfant.
Ablatif.	Puer o,		de l'enfant.

PLURIEL.

Nominatif.	Puer i,	*les enfants,*
Vocatif.	Puer i,	*ó enfants.*
Génitif.	Puer orum.	*des enfants.*
Datif.	Puer is,	*aux enfants.*
Accusatif.	Puer os,	*les enfants.*
Ablatif.	Puer is,	*des enfants.*

Autre manière de décliner.

SINGULIER.

Nominatif.	L'enfant,	} *puer.*
Vocatif.	O enfant,	
Génitif.	De l'enfant,	*pueri.*
Datif.	A l'enfant,	} *puero.*
Ablatif.	De l'enfant,	
Accusatif.	L'enfant,	*puerum.*

PLURIEL.

Nominatif.	Les enfants,	} *pueri.*
Vocatif.	O enfants,	
Génitif.	Des enfants,	*puerorum.*
Datif.	Aux enfants,	} *pueris.*
Ablatif.	Des enfants,	
Accusatif.	Les enfants,	*pueros.*

Ainsi se déclinent :

Levir, levir i,	*le beau-frère.*	Socer, socer i,	*le beau-père.*
Vir, vir i,	*l'homme.*	Vesper, vesper i,	*le soir.*
Gener, gener i,	*le gendre.*		

Quelques noms en *er* perdent *e* au génitif et aux cas suivants.

Ager, agr i, *m.*	*le champ.*	Liber, libr i, *m.*	*le livre.*
Faber, fabr i,	*l'artisan.*		

NOMS NEUTRES DE LA DEUXIÈME DÉCLINAISON.

12.   SINGULIER.

Nominatif.	Templ um,	le temple.
Vocatif.	o Templ um,	ó temple.
Génitif.	Templ i,	du temple.
Datif.	Templ o,	au temple.
Accusatif.	Templ um,	le temple.
Ablatif.	Templ o,	du temple.

PLURIEL.

Nominatif.	Templ a,	les temples.
Vocatif.	o Templ a,	ó temples.
Génitif.	Templ orum,	des temples.
Datif.	Templ is,	aux temples.
Acccusatif.	Templ a,	les temples.
Ablatif.	Templ is,	des temples.

Autre manière de décliner.

SINGULIER.

Nominatif.	Le temple,	
Vocatif.	O temple,	
Accusatif.	Le temple,	} templum.
Génitif.	Du temple,	templi.
Datif.	Au temple,	
Ablatif.	Du temple,	} templo.

PLURIEL.

Nominatif.	Les temples,	
Vocatif.	O temples,	
Accusatif.	Les temples,	} templa.
Génitif,	Des temples,	templorum.
Datif.	Aux temples,	
Ablatif.	Des temples,	} templis.

Déclinez ainsi :

Bellum, i,	la guerre.	*Folium, i,*	la feuille.
Bracchium, i,	le bras.	*Studium, i,*	l'étude.
Collum, i,	le cou.	*Vinum, i,*	le vin.
Evangelium, i,	l'évangile.	*Vitium, i,*	le vice.
Exemplum, i,	l'exemple.		

Cœlum, i, ciel ; pl., *cœli, orum,* m. *Balneum, i,* bain ; pl., *balnea, orum* et *balneæ, earum Locus, i,* m., lieu ; pl., *loci, orum,* m. ; et *loca, orum,* n. *Cetus, i,* m., baleine ; pl., *ceti, orum,* m. ; et *cete, ceton,* n.

Noms neutres sans pluriel.

Pelagus, i,	la mer.	*Vulgus, i,*	le peuple.

NOMS IRRÉGULIERS.

13.   **I, voc. sing.**

SINGULIER.

Nominatif.	Fili us, *m.*	*le fils.*
Vocatif.	o Fili,	*ó fils.*
Génitif.	Fili i,	*du fils.*
Datif.	Fili o,	*au fils.*
Accusatif.	Fili um,	*le fils.*
Ablatif.	Fili o,	*du fils.*

Le pluriel comme : *domini, dominorum,* etc.

14. Les autres noms communs en *ius* ont le vocatif en *ie* : *nuntius, nunti e,* etc.

Décliner sur *filius*

Geni us, i, *m.* Génie (divinité).	Horatius, i, *m.*	Horace.
Antoni us, i, Antoine.	Virgili us, i,	Virgile.

15.   **Us, voc. de Deus, agnus et chorus.**

SINGULIER.

Nominatif.	De us, *m.*	*Dieu.*
Vocatif.	o De us,	*ó Dieu.*
Génitif.	De i,	*de Dieu.*
Datif.	De o,	*à Dieu.*
Accusatif.	De um,	*Dieu.*
Ablatif.	De o,	*de Dieu.*

PLURIEL.

Nominatif.	Di i,	les dieux.
Vocatif.	o Di i,	ô dieux.
Génitif.	De orum,	des dieux.
Datif.	Di is,	aux dieux.
Accusatif.	De os,	les dieux.
Ablatif.	Di is,	des dieux.

REM. : On trouve *Di* pour *Dii* et rarement *Dei*; *Deûm* pour *Deorum*; *Dis* pour *Diis*.

NOMS TIRÉS DU GREC.

16.   **Eu, voc.**

SINGULIER.

Nom.	Orph eus,	*Orphée* (nom d'homme),
Voc.	o Orph eu,	*ô Orphée*.
Gén.	Orph ei *ou* Orph eos,	*d'Orphée*.
Dat.	Orph eo,	*à Orphée*.
Acc.	Orph eum, Orph eon,	*Orphée*.
	[Orph ea,	
Abl.	Orph eo,	*d'Orphée*.

Ainsi se déclinent :

Morph eus, ei, eos, *m. Morphée*.   Prometh eus, ei, eos, *Prométhée*.
Pers eus, ei, eos,   *Persée*.   Thes eus, ei, eos,   *Thésée*.

17.   TROISIÈME DÉCLINAISON.

Is, gén. singulier.
Um ou *ium*, gén. pluriel.

SINGULIER.

Nominatif.	Fur,	*le voleur.*
Vocatif. o	Fur,	*ó voleur.*
Génitif.	Furis,	*du voleur.*
Datif.	Furi,	*au voleur.*
Accusatif.	Furem,	*le voleur.*
Ablatif.	Fure,	*du voleur.*

PLURIEL.

Nominatif.	Fures,	*les voleurs.*
Vocatif. o	Fures,	*ó voleurs.*
Génitif.	Furum,	*des voleurs.*
Datif.	Furibus,	*aux voleurs.*
Accusatif.	Fures,	*les voleurs.*
Ablatif.	Furibus,	*des voleurs.*

Ou bien.

SINGULIER.

Nominatif.	Le voleur,	} *fur.*
Vocatif.	O voleur,	
Génitif.	Du voleur,	*furis.*
Datif.	Au voleur,	*furi.*
Accusatif.	Le voleur,	*furem.*
Ablatif.	Du voleur,	*fure.*

PLURIEL.

Nominatif.	Les voleurs,	
Vocatif.	O voleurs,	} *fures.*
Accusatif.	Les voleurs,	
Génitif.	Des voleurs,	*furum.*
Datif.	Aux voleurs,	} *furibus.*
Ablatif.	Des voleurs,	

GRAMMAIRE LATINE.

Ainsi se déclinent :

Dolor, dolor is, m.	*la douleur.*	Grando, dinis, f.	*la grêle.*
Dux, duc is,	*le chef.*	Laus, laud is,	*la louange.*
Homo, homin is,	*l'homme.*	Mater, matr is,	*la mère.*
Labor, labor is,	*le travail.*	Radix, radic is,	*la racine.*
Miles, milit is,	*le soldat.*	Virgo, virgin is,	*la jeune fille.*
Pater, patr is,	*le père.*		

REM. : Cette déclinaison a : 1° trois noms féminins en *or* : *arbor, arbor is,* l'arbre ; *soror, soror is,* la sœur ; *uxor, uxor is,* l'épouse ; 2° quatre neutres : *ador udor is,* le blé ; *cor, cord is,* le cœur ; *marmor, marmor is,* le marbre ; *œquor, œquor is,* la plaine, la mer. Tous les autres noms en *or* sont masculins. (PASQUET).

18.

SINGULIER.

Nominatif.	Av is,	*l'oiseau.*
Vocatif.	o Av is,	*ô oiseau.*
Génitif.	Av is,	*de l'oiseau.*
Datif.	Av i,	*à l'oiseau.*
Accusatif.	Av em,	*l'oiseau.*
Ablatif.	Av e,	*de l'oiseau.*

PLURIEL.

Nominatif.	Av es,	*les oiseaux.*
Vocatif.	o Av es,	*ô oiseaux.*
Génitif.	Av ium,	*des oiseaux.*
Datif.	Av ibus,	*aux oiseaux.*
Accusatif.	Av es,	*les oiseaux.*
Ablatif.	Av ibus,	*des oiseaux.*

Autre manière de décliner.

SINGULIER.

Nominatif.	L'oiseau,	*avis.*
Vocatif.	O oiseau,	
Génitif.	De l'oiseau,	
Datif.	A l'oiseau,	*avi.*
Accusatif.	L'oiseau,	*avem.*
Ablatif.	De l'oiseau.	*ave.*

PLURIEL.

Nominatif.	Les oiseaux,	
Vocatif.	O oiseaux,	*aves.*
Accusatif.	Les oiseaux,	
Génitif.	Des oiseaux,	*avium.*
Datif.	Aux oiseaux,	*avibus.*
Ablatif.	Des oiseaux,	

Ainsi se déclinent :

Collis, collis, m., *la colline.*	Cædes, cæd is, f. *le carnage.*
Fons, font is, m. *la fontaine.*	Nox, noct is, f. *la nuit.*
Mens, ment is, m. *l'âme.*	Pelles, pell is,f. *la peau.*
Mons, mont is, m. *la montagne.*	Urbs, urb is, f. *la ville.*

19. NOMS NEUTRES.

SINGULIER.

Nominatif.	Corpus ,	*le corps.*
Vocatif.	o Corpus ,	*ô corps.*
Génitif.	Corpor is,	*du corps.*
Datif.	Corpor i,	*au corps.*
Accusatif.	Corpus ,	*le corps.*
Ablatif.	Corpor e,	*du corps.*

PLURIEL.

Nominatif.	Corpor a,	*les corps.*
Vocatif.	e Corpor a,	*ô corps.*
Génitif.	Corpor um,	*des corps.*
Datif.	Corpor ibus,	*aux corps.*
Accusatif.	Corpor a,	*les corps.*
Ablatif.	Corpor ibus,	*des corps.*

Autre manière de décliner.

SINGULIER.

Nominatif.	Le corps,	
Vocatif.	O corps,	*corpus.*
Accusatif.	Le corps,	
Génitif.	Du corps,	*corporis.*
Datif.	Au corps,	*corpori.*
Ablatif.	Du corps,	*corpore.*

PLURIEL.

Nominatif.	Les corps,	⎫
Vocatif.	O corps,	⎬ *corpora.*
Accusatif.	Les corps,	⎭
Génitif.	Des corps,	*corporum.*
Datif.	Aux corps,	⎱ *corporibus.*
Ablatif.	Des corps,	⎰

Ainsi se déclinent :

Caput, capit is, *la tête.*
Lumen, limin is, *la lumière.*
Nemus, nemor is, *le bois.*
Pectus, pector is, *la poitrine.*

Olus, oler is, *le légume.*
Pecus, pecor is, *le troupeau.*
Tempus tempor is *le temps.*
Vulnus, vulner is, *la blessure.*

Iter, le chemin, fait *itineris, itineri,* etc.

20. *NOMS IRRÉGULIERS.*

Im, acc.

SINGULIER.

Nominatif.	Secur is, f.	*la hache.*
Vocatif.	o Secur is,	*ô hache.*
Génitif.	Secur is,	*de la hache.*
Datif.	Secur i,	*à la hache.*
Accusatif.	Secur im,	*la hache.*
Ablatif.	Secur i,	*de la hache.*

Ainsi se déclinent :

Pelv is, is, f. *le bassin.*
Sit is, is, f. *la soif.*
Tuss is, is, f. *la toux.*

Arar is, is, m. *la Saône.*
Tiber is, is, m. *le Tibre.*
Tigr is, is, m. *le Tigre.*

Vis, is, f., la force, fait au plur., *vires, virium, viribus.*

21! **Em ou im,** acc. sing.

Clavis, f, *la clef.*
Sementis, f. *la semaille.*

22. **Im,** acc. plutôt que **em.**

Aqualis, m. l'aiguière.
Febris, f. la fièvre.
Puppis, f. la poupe.
Restis, f. la corde.
Turris, f. la tour.

Navis, f., le vaisseau ; *strigilis,* f., l'étrille, font *em* plutôt que *im.*.

23. L'ablatif singulier de la troisième déclinaison se forme de l'accusatif en retranchant *m*.

Avem,	*ave.*
Securim,	*securi.*

Les noms de mois *aprili* d'avril, *octobri* d'octobre, sont des adjectifs s'accordant avec *mense* sous-entendu. Cependant *avis* fait aussi *avi* à l'ablatif.

24.   NOMS NEUTRES EN *al, ar, e*.

Ils font :

I à l'abl. sing.

Ia au nom. plur.

SINGULIER.

Nominatif.	Cubil e, *n*.	*le lit.*
Vocatif.	o Cubil e,	*ô lit.*
Génitif.	Cubil is,	*du lit.*
Datif.	Cubil i.	*au lit.*
Accusatif.	Cubil e,	*le lit.*
Ablatif.	Cubil i,	*du lit.*

PLURIEL.

Nominatif.	Cubil ia,	*les lits.*
Vocatif.	o Cubil ia,	*ô lits.*
Génitif.	Cubil ium,	*des lits.*
Datif.	Cubil ibus,	*aux lits.*
Accusatif.	Cubil ia,	*les lits.*
Ablatif.	Cubil ibus,	*des lits.*

EXCEPTIONS.

Hepar, patis, n., le foie, abl. *hepate.*
Jubar, baris, n., l'éclat, abl. *jubare.*
Mare, is, n., la mer, abl. *mare*, rarement *mare.*
Far, farris, n., la farine, abl. *farre,* pl. *farra.*
Nectar, is, n., le nectar, abl. *nectare*, sans pl.
Sal, lis, n. et m., le sel, abl. *sale,* pl. toujours *sales,* m.; gén. inusité.

25.　　　　　　　**Ium. gén. plur.**

Ce sont 1° Les abl. singuliers en *i* :

Cubili,	*cubilium.*
Securi,	*securium.*

2° Les noms en *er*, *es* et *is*, qui n'ont pas plus de syllabes au génitif qu'au nominatif :

Clades, dis, f.	le désastre,	*cladium.*
Mensis, sis, m.	le mois.	*mensium.*
Linter, tris, m.	la nacelle,	*lintrium.*
Uter,　tris, m.	l'outre, f.	*utrium.* etc.

EXCEPTÉ :

Frater, tris, m,	le frère,	*fratrum.*
Accipiter, tris, m,	l'épervier,	*accipitrum.*
Canis, nis, m. f,	le chien,	*canum.*
Juvenis, nis, m,	le jeune homme,	*juvenum.*
Senex, nis, m,	le vieillard,	*senum.*
Strues, uis, f,	le monceau,	*struum.*
Vates, tis, m,	l'interprète de la divinité	*vatum.* etc.

Apis, is, f, l'abeille, *apum,* plus rare *apium.*

3° La plupart des nominatifs monosyllabes, :

Ars, artis, f,	l'art,	*artium.*
Dos, dotis, f,	la dot,	*dotium.*
Lis, litis, f,	le procès,	*litium.*

EXCEPTÉ :

Vox, vocis, f,	la voix,	*vocum.*
Fraus, fraudis, f,	la fraude,	*fraudum* et *frau-*
		[*dium.*
Bos, bovis, m. f,	bœuf ou vache; plur.	*boves, boum, bobus.*

4° Les noms pluriels : *manes, nium,* m. *les mânes.*

Fores, rium, f.	les portes.
Fauces, cium, f.	le gosier.

Mais *proceres,* m., les grands, fait *procerum.*

GÉN. PLUR. NON USITÉS.

Fax, facis, f.	la torche.
Pax, pacis, f.	la paix.
Mel, mellis, n.	le miel.
Os, oris, n.	la bouche.
Rus, ruris, n.	la campagne.

26. NOMS NEUTRES EN *ma* TIRÉS DU GREC.

~ *Is* (ou *atibus* moins usité) datif et ablatif pluriels.

SINGULIER.

Nominatif.	Poem a,	le poëme.
Vocatif.	o Poem a,	ô poëme.
Génitif.	Poem atis,	du poëme.
Datif.	Poem ati,	au po me.
Accusatif.	Poem a,	le poëme.
Ablatif.	Poem ate,	du poëme.

PLURIEL.

Nominatif.	Poem ata,	les poëmes.
Vocatif.	o Poem ata,	ô poëmes.
Génitif.	Poem atum,	des poëmes.
Datif.	Poem atis *ou* poem-[atibus,	aux poëmes.
Accusatif.	Poem ata,	les poëmes.
Ablatif.	Poem atis *ou* poem-[atibus,	des poëmes.

Ainsi se déclinent :

Ænigma, atis,	*l'énigme,* f.	Dogma, atis,	le *dogme.*
Diadema, atis,	*le diadème.*	Epigramma, atis,	*l'épigramme,* f.

27 NOMS FÉMININS EN *sis*, TIRÉS DU GREC.

　　Is ou *ecs*, gén.
　　Im ou *in*, acc.
　　Eon, gén. pluriel.

SINGULIER.

Nominatif.	Hæres is, f.	l'hérésie, f.
Vocatif.	o Hæres is,	ô hérésie.
Génitif.	Hæres is *ou* hæres eos,	de l'hérésie.
Datif.	Hæres i,	à l'hérésie.
Accusatif.	Hæres im *ou* hæres in,	l'hérésie.
Ablatif.	Hæres i,	de l'hérésie.

PLURIEL.

Nominatif.	Hæres es,	*les hérésies.*
Vocatif.	o Hæres es,	*ô hérésies.*
Génitif.	Hæres eon,	*des hérésies.*
Datif.	Hæres ibus,	*aux hérésies.*
Accusatif.	Hæres es,	*les hérésies.*
Ablatif.	Hæres ibus,	*des hérésies.*

Ainsi se déclinent :

Poes is, is, eos, f.	*la poésie.*	Genes is, is, eos, f.	*la Genèse.*
Thes is, is, eos, f.	*la thèse.*	Phras is, is, eos, f.	*la phrase.*
Cris is, is, eos, f.	*la crise.*	Bas is, is, eos, f.	*la base.*

28   AUTRES NOMS TIRÉS DU GREC.

Em ou *a,* acc. singulier.
Es ou *as,* acc. pluriel.

SINGULIER.

Nominatif.	Heros, *m.*	*le héros.*
Vocatif.	o Heros,	*ô héros.*
Génitif.	Hero is,	*du héros.*
Datif.	Hero i,	*au héros.*
Accusatif.	Hero em *ou* hero a,	*le héros.*
Ablatif.	Hero e,	*du héros.*

PLURIEL.

Nominatif.	Hero es,	*les héros.*
Vocatif.	o Hero es,	*ô héros.*
Génitif.	Hero um,	*des héros.*
Datif.	Hero ibus,	*aux héros,*
Accusatif.	Hero es *ou* hero as,	*les héros.*
Ablatif.	Hero ibus,	*des héros.*

Ainsi se déclinent les noms tirés du grec :

En AS.

Pall as, *f. Pallas f.*; gén. Pallad is ; acc. adem *ou* ada.
Arc as, *Arcadien* ; gén. Arcad is, acc. adem *ou* ada.
Lampas, *f. la lampe* ; gén. lampadis ; acc. lampadem, *ou* ada.

En ER.

Aer, m. *l'air*, m. ; gén. aeris ; acc. aerem *ou* aera.
Æther, m. *l'éther*, m. gén. ætheris ; acc. ætherem *ou* æthera.
Crat er, m. *la coupe* ; gén. crateris ; acc. craterem *ou* cratera.

En IS, IDIS.

Iris, *f. Arc-en-Ciel* m.; gén. Iridis ; acc. Iridem *ou* Irida
Phyllis, *nom de femme* ; gén. Phyllidis ; acc. Phyllidem *ou* Phyllida.
  Mais les noms masculins en *is*, *idis*, font mieux *im* ou *in*.
Daphnis, gén. Daphnidis ; acc. Daphnim *ou* Daphnin, nom d'homme.
Paris, gén. Paridis ; acc. Parim *ou* Parin, nom d'homme.
Tigris, tigridis, *le tigre* (animal), fait à l'accusatif *tigrin, tigrim* ou
  tigridem.

En YX, YGIS.

Phryx, *le Phrygien*; gén. Phrygis ; acc. Phrygem *ou* phryga.

Les noms de pays en O, ONIS.

Macedo, *Macédonien* ; gén. Macedonis ; acc. Macedonem *ou* Macedona.

Rem. : 1° Les accusatifs singuliers en *a* ne se disent guère qu'en poésie ; mais les accusatifs pluriels en *as* sont plus usités partout.

Rem. : 2° Les noms propres en *is*, *y* s et *as*, perdent *s* final au vocatif, *Daphnis, Daphni, Atla, Atla, Atlantis,* le Mont Atlas.

Jupiter, le dieu de la fable.

Nom. Voc.	Jupiter,
Gén.	Jovis.
Dat.	Jovi.
Acc.	Jovem.
Abl.	Jove,

29   QUATRIÈME DÉCLINAISON.

Us, gén. singulier.
Uum, gén. pluriel.

SINGULIER.

Nominatif. Man us, *f.*   *la main.*
Vocatif. o Man us,   *ô main.*
Génitif.   Man ûs,   *de la main.*
Datif.   Man ui,   *à la main.*
Accusatif. Man um,   *la main.*
Ablatif.   .Man u,   *de la main.*

PLURIEL.

Nominatif. Man us,   *les mains.*
Vocatif. o Man us,   *ô mains.*
Génitif.   Man uum,   *des mains.*
Datif.   Man ibus,   *aux mains.*
Accusatif. Man us,   *les mains.*
Ablatif.   Man ibus,   *des mains.*

Autre manière de décliner.

SINGULIER.

Nominatif.	La main,	manus.
Vocatif.	O main,	
Génitif.	De la main,	*monûs.*
Datif.	A la main,	*manui.*
Accusatif.	La main,	*manum.*
Ablatif.	De la main,	*manu.*

PLURIEL.

Nominatif.	Les mains,	
Vocatif.	O mains,	*manus.*
Accusatif.	Les mains,	
Génitif.	Des mains,	*manuum.*
Datif.	Aux mains,	*manibus.*
Ablatif.	Des mains,	

Ainsi se déclinent :

Apparatus, ûs, m. l'appareil, *m.*	*Exercitus, ûs,* m. l'armée, f.
Comitatus, ûs, le cortége.	*Fructus, ûs,* le fruit.
Currus, ûs, le char.	*Vultus, ûs,* le visage.

30 NOMS NEUTRES DE LA QUATRIÈME DÉCLINAISON.

U pour tout le singulier.

SINGULIER.

Nominatif.	Cornu,	*la corne.*
Voccatif.	o Cornu,	ô *corne.*
Génitif.	Cornu,	*de la corne.*
Datif.	Cornu,	*à la corne.*
Accusatif.	Cornu,	*la corne.*
Ablatif.	Cornu,	*de la corne.*

PLURIEL.

Nominatif.	Corn ua,	*les cornes.*
Vocatif.	o Corn ua,	ô *cornes.*
Génitif.	Corn uum,	*des cornes.*
Datif.	Corn ibus,	*aux cornes.*
Accusatif.	Corn ua,	*les cornes.*
Ablatif.	Corn ibus,	*des cornes.*

Ainsi se déclinent :

Gen u,	*le genou.*	Tonitr u,	*le tonnerre.*
Dat. plur. *Genibus,* rarement		Dat. plur. *tonitribus* et *tonitrubus*
Genubus.		

31   NOMS IRRÉGULIERS DE LA QUATRIÈME DÉCLINAISON

Nominatif.	Jesus,	Jésus.
Vocatif.	⎫	
Génitif.	⎬ Jesu,	—
Datif.	⎪	
Ablatif.	⎭	
Accusatif.	Jesum,	—

Ubus, datif et ablatif pluriels.

Arcus, m.	un arc,	arcubus.
Artus, m.	les membres du corps,	artubus.
Lacus, m.	un lac,	lacubus.
Tribus, f.	une tribu,	tribubus.
Portus, m.	un port,	portubus et portibus.
Quercus, f.	un chêne,	quercubus.
Specus, m. f	une caverne,	specubus.
Partus, m.	l'enfantement, m.	partubus.
Veru, n.	une broche, f.	verubus et veribus.
Acus, f.	l'aiguille, f.	acubus.

32.   SINGULIER.

Nominatif.	Dom us, m.	la maison.
Vocatif.	o Dom us,	ô maison.
Génitif.	Dom us *et* dom i,	de la maison.
Datif.	Dom ui, *et* dom o,	à la maison.
Accusatif.	Dom um,	la maison.
Ablatif.	Dom o,	de la maison.

PLURIEL.

Nominatif.	Dom us,	les maisons.
Vocatif.	o Dom us,	ô maisons.
Génitif.	Dom uum *et* dom-	des maisons.
Datif.	Dom ibus, [orum,	aux maisons.
Accusatif.	Dom us ; *et* dom os,	les maisons.
Ablatif.	Dom ibus,	des maisons.

Domi ne s'emploie qu'adverbialement, *à la maison*. Le GÉN. *domuum* est peu usité.

L'usage apprendra les autres exceptions.

33 . CINQUIÈME DÉCLINAISON.

Ei, génitif singulier.
Erum, génitif pluriel.

SINGULIER.

Nominatif.	Di es, *m. f.*	*le jour.*
Vocatif. o	Di es,	*ô jour.*
Génitif.	Di ei,	*du jour.*
Datif.	Di ei,	*au jour.*
Accusatif.	Di em,	*le jour.*
Ablatif.	Di e,	*du jour.*

PLURIEL.

Nominatif.	Di es, *m.*	*les jours*
Vocatif. o	Di es,	*ô jours.*
Génitif.	Di erum,	*des jours.*
Datif.	Di ebus,	*aux jours.*
Accusatif.	Di es,	*les jours.*
Ablatif.	Di ebus,	*des jours.*

Autre manière de décliner.

SINGULIER.

Nominatif.	Le jour,	} *dies.*
Vocatif.	O jour,	
Génitif.	Du jour,	} *diei.*
Datif.	Au jour,	
Accusatif.	Le jour,	*diem.*
Ablatif.	Du jour,	*die.*

PLURIEL.

Nominatif.	Les jours,	} dies.
Vocatif.	O jours,	
Accusatif.	Les jours,	
Génitif.	Des jours,	dierum.
Datif.	Aux jours,	} diebus.
Ablatif.	Des jours,	

Ainsi se déclinent :

Facies, faci ei, *la face*, f. | Species, speci ei, *l'apparence*, f.
Glacies, glaci ei, *la glace*. | Series, seri ei, f. *la suite*, f.

Res, *la chose*, fait : rei, rem, re ; spes, *l'espérance* : spei, spem spe ; fides, *la foi* ; fidei, fidem, fide.

REM. : Tous les noms de cette déclinaison sont féminins, excepté :
• 1° *dies*, qui est masculin et féminin au singulier, masculin au pluriel ;
2° *meridies*, qui est toujours masculin.

Res, dies, species, ont seuls les génitif et datif pluriels.

34 NOMS COMPOSÉS DE DEUX MOTS QUI SE DÉCLINENT.

Nom.	Res publica, *la république*.	Ju jurandum, *le ser-*
Gén.	Rei publicæ,	Juris jurandi, *[ment*
Dat.	Rei publicæ,	Juris jurando,
Acc.	Rem publicam,	Jus jurandum,
Abl.	Re publica.	Jure jurando.

Dans d'autres le seul mot au nominatif se décline :

Nom.	Pater familias, *le père*	Senatus consultum
	[de famille.	*[décret du sénat.*
Gén.	Patris familias.	Senatus consulti,
Dat.	Patris, familias.	Senatus consulto.
Acc.	Patrem familias,	Senatus consultum,
Abl.	Patre familias.	Senatus consulto.

Ajoutez : triumvir, *le triumvir* ; *gén* triumviri ; etc.

35.

TABLEAU GÉNÉRAL
DES DÉCLINAISONS.

	1ʳᵉ.	2ᵉ.	3ᵉ.	4ᵉ.	5ᵉ
			SINGULIER.		
Nom.	Ros a.	Domin us.	Miles.	Man us.	Di es.
Voc. o	Ros a.	Domin e.	Miles.	Man us.	Di es.
Gén.	Ros æ.	Domin i.	Milit is.	Man ûs.	Di ei.
Dat.	Ros æ.	Domin o.	Milit i.	Man ui.	Di ei.
Acc.	Ros am.	Domin um.	Milit em.	Man um.	Di em.
Abl.	Ros a.	Domin o.	Milit e.	Man u.	Di e.
			PLURIEL.		
Nom.	Ros æ.	Domin i.	Milit es.	Man us.	Di es.
Voc. o	Ros æ.	Domin i.	Milit es.	Man us.	Di es.
Gén.	Ros arum.	Domin orum.	Milit um.	Man uum.	Di orum.
Dat.	Ros is.	Domin is.	Milit ibus.	Man ibus.	Di ebus.
Acc.	Ros as.	Domin os.	Milit es.	Man us.	Di es.
Abl.	Ros is.	Domin is.	Milit ibus.	Man ibus.	Di ebus.

Remarques sur les déclinaisons.

Dans toutes les déclinaisons, les datifs et les ablatifs pluriels sont semblables ; de même les nominatifs et les vocatifs pluriels.

Dans les noms neutres, le nominatif, l'accusatif et le vocatif, tant du singulier que du pluriel, sont toujours semblables, et ces trois cas, au pluriel, sont toujours terminés en *a*.

36.

SYNTAXE DES NOMS.

La syntaxe (ϛυνταξις construction, fait de ϛυν avec, ταϛϛειν arranger) est l'art de disposer les parties du discours.

(Le professeur explique d'abord la règle à ses élèves, la fait appliquer à un thème, puis après la correction du thème il la fait réciter.)

37　　ACCORD DES NOMS OU APPOSITION.

Ludovicus rex.

Plusieurs noms désignant la même chose, se mettent au même cas.

Ex. : **Louis roi,** *Ludovicus rex ;* de **Salomon roi,**
Salomonius regis.

Esope auteur, *Æsopus auctor* ; à Esope auteur, *Æsopo auctori.*

Urbs Roma.

Quand *de* entre deux noms peut se tourner par *qui s'appelle*, il n'ôte point l'accord.
Ex. : La ville de Rome (qui s'appelle Rome) *urbs Roma.*
Le fleuve du Rhône (de pour de le) *fluvius Rodhanus.*
Les montagnes des Alpes, (*des* pour *de les*) *montes Alpes.*

Les deux noms peuvent être de genre et de nombre différents.
Ex. : La ville d'Athènes, *Oppidum Athenæ* de la ville d'Athènes, *oppido Athenis*, ablatif.

Si le nom qui est attribut a deux genres, on prend le plus
convenable au principal.

Ex. : Le temps qui apprend à vivre, *tempus vitæ magister.*
La frugalité mère de toutes les vertus, *Frugalitas genitrix omnium virtutum.*

38.   RÉGIME DU NOM.

Liber Petri.

De entre deux noms de choses diverses veut le deuxième au génitif.

Ex. : Le livre de Pierre, *liber Petri.* La table des Seigneurs, *mensa dominorum.*

DES IDIOTISMES.

39 Un idiotisme est une locution particulière à une langue ; c'est un mot auquel on donne un sens original, ou qui s'éloigne des règles générales.
Le français à ses idiotismes ou ses *gallicismes.*
Le latin a les siens ; ce sont les *latinismes* On doit s'attacher à rendre non les mots de ces locutions, mais le sens. On traduit d'abord la chose en d'autres termes, et on les met ensuite en l'autre langue.
Le génie du français et celui du latin étant différents, il n'est pas toujours facile de rendre dans une langue tout ce qu'il y a de piquant dans l'autre, le

talent du traducteur sera de compenser un genre de beauté par un autre.

Pour éviter les répétitions et conserver l'ordre, chaque idiotisme sera rattaché à une règle.

GALLICISME.

40 *Pour*, remplace quelquefois *de*.

Ex. : L'amour pour la liberté (de la liberté), *amor libertatis*.

DE L'ADJECTIF.

41. L'*Adjectif* (*adjectus*, ajouté à, d'*adjicio*, *adjeci*), marque la qualité d'une personne ou d'une chose: *bon* père, *bonne* mère, *beau* livre, *belle* image. *Bon, bonne, beau, belle*, sont des adjectifs. C'est ce qu'on appelle *adjectifs qualificatifs*.

On connaît un adjectif, quand on peut y joindre le mot *personne* ou *chose ;* ainsi *habile, agréable*, sont des adjectifs, parce qu'on peut dire : *personne habile, une chose agréable*.

42 ## PREMIÈRE CLASSE D'ADJECTIFS.

Se rapportant aux 1re et 2me déclinaisons.

Le masc.	*us*	ou	*er* sur *dominus*, ou *puer*.
Le fém.	*a*	sur *hora*.	
Le neutre	*um*	sur *templum*.	

ADJECTIFS EN *us*.

SINGULIER.

Nom.	Sanctus,	Sancta,	Sanctum.
	saint,	*sainte,*	*saint.*
Voc.	sancte,	sancta,	sanctum.
Gén.	sancti,	sanctæ,	sancti.
Dat.	sancto,	sanctæ,	sancto.
Acc.	sanctum,	sanctum,	sanctum.
Abl.	sancto,	sanctâ,	sancto.

PLURIEL.

Nom.	Sanctæ,	Sancti,	Sancta.
	Saints,	*Saintes,*	*Saints.*
Voc.	Sancti,	Sanctæ,	Sancta.
Gén.	Sanctorum,	Sanctarum	Sanctorum .
Dat.	Sanctis,	Sanctis,	Sanctis.
Acc.	Sanctas,	Sanctas,	Sancta.
Abl.	Sanctis,	Sanctis,	Sanctis.

Ainsi se déclinent :

Bonus,	bona,	bon um,	*· bon,*	*bonne,*	*bon.*
Doct us,	doct a,	doct um,	*savant,*	*savante,*	*savant,*
Magn us,	magn a,	magn um,	*grand,*	*grande,*	*grand.*
Parv us,	parv a,	parv um,	*petit,*	*petite,*	*petit.*

43   ADJECTIFS EN *er*.

SINGULIER.

Nom.	Miser, *m.*	miser a, *f.*	miser um, *n.*
	Malheureux,	*malheureuse,*	*malheureux.*
Voc.	o Miser,	o miser a,	o miser um.
Gén.	Miser i,	miser æ,	miser i.
Dat.	Miser o,	miser æ.	miser o.
Acc.	Miser um,	miser am,	miserum.
Abl.	Miser o,	miser a,	miser o.

PLURIEL.

Nom.	Miser i,	miser æ,	miser a.
	Malheureux,	*malheureuses,*	*malheureux.*
Voc.	o Miser i,	o miser æ,	o miser a.
Gén.	Miser orum	miser arum,	miser orum.
Dat.	Miser is,	miser is,	miser is.
Acc.	Miser os,	miser as,	miser a.
Abl.	Miser is,	miser is,	miser is.

Ainsi se déclinent :

Prosper,	prosper a,	prosper um,	*heureux,*	*heureuse,*
Liber,	liber a,	liber um,	*libre,*	*libre.*

Ajoutez : Satur, satur a, satur um, *rassasié.*

Certains adjectifs en *er* ne gardent *e* qu'aux nominatif et vocatif *masculins singuliers.*

Pulcher,	chra,	chrum,	*beau,*	*belle.*
Piger,	gra.	grum,	*paresseux,*	*paresseuse.*

44 DEUXIÈME CLASSE D'ADJECTIFS.

SUR LA TROISIÈME DÉCLINAISON.

SINGULIER.

Même nomin. pour les trois genres.

Nom.		Prudens, *m. f. n., prudent, prudente.*
Voc.	o	Prudens,
Gén.		Prudent is, } *de tout genre.*
Dat.		Prudent is,
Acc.		Prudent em, *m. f.,* prudens, *n.*
Abl.		Prudent e *ou* prudent i, *de tout genre.*

PLURIEL.

Nom.		Prudent es, *m. f.,* prudentia, *n., prudents.*
Voc.	o	Prudent es, o prudent ia.
Gén.		Prudent ium, } *de tout genre.*
Dat.		Prudent ibus,
Acc.		Prudent es, *m. f.,* prudent ia, *n.*
Abl.		Prudent ibus, *de tout genre.*

Ainsi se déclinent :

Sapiens,	sapient is,	*sage.*	
Audax,	audac is,	*hardi,*	*hardie,*
Felix,	félic is,	*heureux,*	*heureuse,*
Velox,	veloc is.	*prompt,*	*prompte.*

R̨ᴇᴍ. : Quand ces adjectifs sont pris substantivement, l'ablatif singulier est le plus souvent en *e.*

45 D'autres ont au nominatif deux terminaisons : .

SINGULIER.

Is ,*m. f.* ; e. *n.*
I, ablatif sing. par distinction du neutre *e.*

Nom.		Fort is, *m. f.* forte, *n. courageux, cou-*	[*rageuse.*
Voc.	o	Fort is, o fort e.	
Gén.		Fort is,	
Dat.		Fort i,	} *de tout genre.*
Acc.		Fort em, fort e.	
Abl.		Fort i, *de tout genre.*	

PLURIEL.

Nom.	Fort es, *m. f.* fort ia, *n. courageux.*	
Voc.	Fort es, o fort ia,	
Gén.	Fort ium,	} *de tout genre.*
Dat.	Fort ibus,	
Acc.	Fort es, fort ia.	
Abl.	Fort ibus, *de tout genre.*	

Ainsi se déclinent :

Util is,	util e,	*utile,*	Facil is,	facil e,	*facile.*
Com is,	com e,	*poli,*	Lev is,	lev e,	*léger.*

46 D'autres ont trois terminaisons au nom. sing.
Er, *m* ; is, *m.* et *f.*; e, *n.*
I, abl. *sing.*

Nom.		Celeber, *m.* celebr is, *f.* celebr e, *n. célèbre.*
Voc.	o	Celeb er. o celebr is, o celebre.
Gén.		Celebr is,
Dat.		Celebr i,
Acc.		Celebr em, *m. f.* celebr e *n.*
Abl.		Celebr i, *de tout genre.*

Gén. Celebr is, Dat. Celebr i, } *de tout genre.*

PLURIEL.

Nom.		Celebr es, *m. f.* celebr ia, *n. célèbres.*
Voc.	o	Celebr es, o celebr ia.
Gén.		Celebr ium,
Dat.		Celebr ibus,
Acc.		Celebr es, celebr ia.
Abl.		Celebr ibus, *de tout genre.*

Gén. Celebr ium, Dat. Celebr ibus, } *de tout genre.*

Ainsi se déclinent :

Acer,	acr is,	acr e,	*vif.*
Alacer,	alacr is,	alacr e,	*actif.*
Celer,	celer is,	celer e,	*prompt.*
Saluber,	salubr is,	salubr e,	*salutaire.*

SYNTAXE DES ADJECTIFS.

ACCORD DES ADJECTIFS AVEC LES NOMS.

Deus Sanctus.

47 Tout adjectif s'accorde en genre, en nombre et en cas avec le nom qu'il qualifie.

    Ex. : Dieu saint, *Deus sanctus ;* du Dieu saint, *Dei sancti.*

        Vierge sainte, *Virgo sancta;* de la Vierge sainte, *Virginis sanctæ.*

        Temple saint, *templum sanctum ;* du temple saint, *templi sancti.*

Pater et Filius boni.

48. Un adjectif qualifiant plusieurs noms se met au pluriel.

Ex. : Le père et le fils bons, *pater et filius boni.*
La mère et la fille bonnes, *mater et filia bonæ.*

Pater et mater boni.

49. L'adjectif qualifiant plusieurs genres prend le plus noble.
(L'ordre de priorité est : *masculin, féminin, neutre.*)
Ex. : Le père et la mère bons, *pater et mater boni.*
L'adjectif peut aussi s'accorder avec le nom le plus voisin.
L'agneau et la biche paisibles, *agnus et cerva placida.*

·Virtus et vitium contraria.

50. L'adjectif qualifiant plusieurs choses inanimées de divers genres se met au pluriel neutre.

Ex. : La vertu et le vice contraire, *virtus et vitium contraria.*

Quelquefois un adjectif singulier neutre servira d'attribut à un autre genre, et même à plusieurs objets.

Ex. : Le loup est funeste aux bergeries, et l'orage au moissons déjà mûres, *triste lupus stabulis maturis, frugibus imbres* (sous-entendu *negotium.*)

Bonitas divina.

Le régime d'un nom se change souvent en adjectif.

Ex. : La bonté de Dieu, tournez la bonté divine, *bonitas divina;* le sénat de Rome, *senatus romanus.*

Assiduus labor.

81. Quelquefois c'est le premier nom qui se change en adjectif.
Ex. : L'assiduité du travail (le travail assidu), *assiduus labor.*

On emploie souvent cette tournure pour un point de situation, de
dimension, de forme, de durée.

Ex. : Le milieu d'un arbre (tournez l'arbre milieu), *media arbor;*
    Le milieu d'un rocher, *media rupes;*
Le haut d'un arbre, *summa arbor;*
   — d'une montagne *summus mons;*
Le bas d'une montagne, *imus mons;*
Le fond de la mer, *imum mare;*
Le pied d'une muraille, *imus murus;*
L'intérieur de la maison, *domus interior;*
Le dehors de la maison, *domus exterior;*
Le commencement du printemps, *primum ver :*
La fin de l'hiver, *extrema hiems;*
Les ennemis du dehors, *exteri hostes;*
Le reste du temps, *reliquum tempus;*
Le bout des lèvres, *priora labra;*
Le bout des doigts, *extremi digiti,*
Le cœur de la Macédoine, *intima Macedonia :*
Le creux de la main, *cava manus;*
Le fond de l'Italie, *ultima Italia;*

Vir eximii ingenii ou eximio ingenio.

52. Le régime d'un nom exprimant une qualité se met
au génitif ou à l'ablatif, et toujours avec un adjectif.

Ex. : Un homme d'esprit, *vir eximii ingenii.* Un
enfant d'un mauvais naturel, *puer pravæ indolis* ou
pravâ indole.

Rem. : Le génitif exprime la qualité des personnes et des choses,
l'ablatif seulement des personnes.

Ex. Un soldat d'une haute taille, *miles proceri corporis* ou *procero
corpore.* Un temple d'une beauté extraordinaire, *templum inusitatæ
pulchritudinis.*

A remplace quelquefois *de* en français.

Ex. : Le lion à la gueule menaçante, *leo hiatu minaci.*

Vera bona.

53. Les adjectifs sont quelquefois pris substantivement.

Ex. : Les vrais biens, *vera bona.* Les actions courageuses, *fortia
facta.*

L'adjectif au neutre ne s'emploie seul qu'au nominatif et à l'accusatif

COMPLÉMENT DES ADJECTIFS.

GÉNITIF.

Avidus laudum.

54. *Avidus*, avide; *cupidus*, qui désire; *studiosus*, qui a du goût pour; *peritus*, habile dans *ou* à; *expers*, qui manque de; *patiens*, qui souffre; *rudis*, qui ne sait pas; *memor*, qui se souvient; *immemor*, qui ne se souvient pas; *plenus*, plein, veulent le génitif.

Ex. : Avide de louanges, *avidus laudum*.
Habile en musique, *peritus musicæ*.

Il en est de même de *avarus*, avare; *fastidiosus*, dégoûté de; et des adjectifs exprimant partage, association.

Ex. : Associé de Pierre, *consors Petri;* qui prend part à la victoire. *particeps victoriæ.*

On trouve *plenus* avec l'ablatif; plein de vin, *plenus vino*.

GÉNITIF *ou* DATIF.

55. *Similis*, semblable; *par*, *æqualis*, égal; *affinis*, allié, gouvernent le génitif ou le datif.

Ex. : Semblable à son père, *similis patris* ou *patri*.

Il en est de même de *amicus*, ami; *inimicus*, ennemi; *propinquus*, parent; *vicinus*, voisin.

En général, quand ils se mettent avec le génitif, il sont pris substantivement.

DATIF.

Res utilis homini.

56. *Utilis*, utile; *commodus*, avantageux à; *infensus*, irrité contre; *assuetus*, accoutumé à; *aptus*, *idoneus*, propre à, veulent le datif.

Ex. : Chose utile à l'homme, *res utilis homini*.

Corps accoutumé au travail, *corpus assuetum labori*.

Rem. : Avec *aptus, idoneus, natus*, on peut aussi mettre l'accusatif avec *ad*.

Ex. : Propre à la guerre, *aptus ad militiam*.
Né pour les armes, *natus ad arma*.

ACCUSATIF.

Populabundus agros.

57. Quelques adjectifs en *bundus*, comme *populabundus, mirabundus, vitabundus*, etc., veulent l'accusatif, quand ils viennent d'un verbe qui se construit avec ce cas. *Gratulabundus* veut le datif.

Ex. : Ravageant les campagnes, *populabundus agros*.
Evitant le camp des ennemis, *vitabundus castra hostium*.
Félicitant sa patrie, *gratulabundus patriæ*.

ACCUSATIF AVEC *ad*.

Propensus ad lenitatem.

58. *Propensus, pronus, proclivis*, porté à; *paratus*, prêt à; et tous les adjectifs qui marquent un *penchant*, une *inclination* vers quelque chose, veulent l'accusatif avec *ad*.

Ex. : Porté à la douceur, *propensus ad lenitatem*.

ABLATIF.

Præditus virtute.

59. *Præditus*, doué de; *dignus*, digne de; *indignus*, indigne de; *contentus*, content de; etc., veulent l'ablatif.

Ex. : Jeune homme doué de vertu, *adolescens virtute præditus*.
Digne de louanges, *dignus laude*.
Content de son sort, *contentus suâ sorte*.

ABLATIF AVEC *a* ou *ab*.

Tutus ab insidiis.

60. Quelques adjectifs, comme *tutus*, à l'abri de ;
alienus, étranger à ; contraire à ; *liber*, libre de ; *immunis*, exempt de ; *vacuus*, dispensé de ; *exsul, extorris*,
exilé de, *diversus*, éloigné de, veulent l'ablatif avec *à*
ou *ab*.

Ex. : A l'abri des embûches, *tutus ab insidiis.*

Contraire à la dignité, *alienus a dignitate.*

Rem. : Ces adjectifs se construisent aussi avec l'ablatif seul.

COMPARATIF ET SUPERLATIF.

61. On distingue dans les adjectifs trois degrés de
signification : le *positif,* le *comparatif* et le *superlatif.*

62. Le *positif* n'est autre chose que l'adjectif simple,
comme saint, saintement, *sanctus.*

63. Le *comparatif* est la signification de l'adjectif
dans un plus haut degré, comme *plus* saint, *sanctior,
sanctius.*

Il y a trois sortes de comparaison : de *supériorité,*
d'*infériorité,* d'*égalité* : *plus* savant, *moins* savant, *aussi*
savant. Dans les adjectifs, la première s'exprime par
une terminaison particulière, *doctior;* pour les deux
autres, on se sert du positif avec *minùs*, moins ; *tàm,*
aussi ; *minùs doctus, tàm doctus.*

64. Le *superlatif* est la signification de l'adjectif
dans le plus haut degré, comme le *plus* saint, *sanctissimus.*

On connaît le superlatif en français, quand, devant
un adjectif, il y a *le plus, la plus, le bien, très, fort*, etc.
C'est encore un superlatif, quand devant *plus* il y a
mon, ton, son, notre, votre : comme mon *plus* fidèle
ami.

FORMATION DU COMPARATIF.

65. Le comparatif en latin se forme du cas de l'adjectif terminé en *i*, auquel on ajoute *or* pour le masculin et le féminin, et *us* pour le neutre. Ainsi, du génitif *sancti*, on formera *sanctior*, masc. et fém., *sanctius*, neut. ; du datif *forti*, on formera *fortior*, masc. et fém.; *fortius*, neutre. Ils sont de la troisième déclinaison, sur *soror et corpus*.

SINGULIER.

Nom.	Sanctior, *m. f.*, sanctius, *n. plus saint.*
Voc.	ó Sanctior, sanctius.
Gén.	Sanctioris,
Dat.	Sanctiori,
Acc.	Sanctiorem,
Abl.	Sanctiore.

PLURIEL.

Nom.	Sanctiores, *m. f.* sanctiora, *n. plus saint.*	
Voc.	ó Sanctiores,	sanctiora.
Gén.	Sanctiorum,	
Dat.	Sanctioribus,	
Acc.	Sanctiores,	sanctiora.
Abl.	Sanctioribus.	

FORMATION DU SUPERLATIF.

66. Le superlatif latin se forme aussi du cas de l'adjectif terminé en *i*, auquel on ajoute *ssimus, ssima, ssimum*. Ainsi du génitif *sancti*, on formera *sanctissmus, a, um;* du datif *forti*, on formera *fortissimus, a, um*.

SINGULIER.

Nom.	Sanctissimus,	sanctissima,	sanctissimum.
	le plus saint,	*la plus sainte,*	*le plus saint.*
Voc.	ô Sanctissime, ô	sanctissima, ô	sanctissimum.
Gén.	Sanctissimi,	sanctissimæ,	sanctissimi.
Dat.	Sanctissimo,	sanctissimæ,	sanctissimo.
Acc.	Sanctissimum,	sanctissimum,	sanctissimum.
Abl.	Sanctissimo,	sanctissimâ,	sanctissimo.

PLURIEL.

Nom.	Sanctissimi,	sanctissimæ,	sanctissima.
	les plus saints,	*les plus saintes,*	*les plus saints.*
Voc.	ô Sanctissimi, ô	sanctissimæ, ô	sanctissima.
Gén.	Sanctissimorum,	sanctissimarum,	sanctissimorum.
Dat.	Sanctissimis,	sanctissimis,	sanctissimis.
Acc.	Sanctissimos,	sanctissimas,	sanctissima.
Abl.	Sanctissimis,	sanctissimis,	sanctissimis.

OBSERVATIONS.

1° Les adjectifs en *er* forment leur superlatif masculin en ajoutant *rimus :*

Pulcher, pulcherrimus.

2° Les adjectifs en *lis*, forment leur superlatif en *illimus.*

Facilis,	facile,	*facillimus.*
Difficilis,	difficile,	*difficillimus.*
Similis,	semblable,	*simillimus.*
Gracilis,	grêle,	*gracillimus.*
Imbecillis,	faible,	*imbecillimus.*
Humilis,	humble,	*humillimus.*

Mais *utilis,*   utile,   fait *utilissimus.*

3° Les adjectifs en *dicus*, *ficus*, *volus*, forment leur comparatif en *entior*, et leur superlatif en *entissimus.*

Maledicus,	médisant,	*maledicentior.*	*maledicentissimus.*
Munificus,	libéral,	*munificentior,*	*munificentissimus.*
Benevolus,	bienveillant.	*benevolentior,*	*benevolentissimus.*

4° Les quatre adjectifs suivants forment leurs comparatifs et superlatifs très-irrégulièrement :

Bonus, bon,   *melior*, meilleur, *optimus*, très-bon.
Malus, mauvais, *pejor*, pire,   *pessimus*, très-mau-
                                    [vais.
Magnus, grand,   *major*, plus grand *maximus*, très-grand.
Parvus, petit,   *minor*, plus petit, *minimus*, très-petit.

REM. : Les adjectifs terminés en *ius, eus, uus*, n'ont la plupart, ni comparatif ni superlatif : alors on exprime *plus* par *magis* avec *le* positif, et *le plus* par *maximè* : *pius*, pieux ; *magis pius*, plus pieux ; *maximè pius*, très-pieux ; on dit aussi *piissimus*.

SYNTAXE DU COMPARATIF.

Doctior Paulo.

67. Après un comparatif *que* se rend par l'ablatif du nom ou pronom qui suit (sous-entendu *præ*, en comparaison de) ; ou par *quàm* avec le même cas après qu'avant.

   Ex. : Plus haut que le soleil, *altior sole*, ou *quàm sol*. Plus savant que Paul, *doctior Paulo*.

Utilior quam elegantior.

68. Si le second terme de comparaison est un adjectif, il se met au comparatif latin avec *quàm*.
   Ex. : Plus utile qu'élégant, *utilior quàm elegantior*.

Magis conspicuus quàm Alexander.

A défaut de comparatif, on se sert de *magis... quàm* avec le positif.
   Ex. : Plus remarquable qu'Alexandre, *magis conspicuus quàm Alexander*.

Magis arduus quàm utilis.

Devant un second adjectif *magis* ne se répète point.
Ex. : Plus difficile qu'utile, *magis arduus quàm utilis*.

Majori virtute prœditus.

69. Quand l'adjectif français se rend en latin par deux mots (un adjectif et un nom), on exprime plus par *major, jus,* moins par *minor, nus,* que l'on fait accorder avec le nom.

Ex. : Plus vertueux, moins vertueux, *tournez* doué d'une vertu plus grande, moindre, *majori, minori virtute prœditus,* et non pas *magis, minùs virtute prœditus.*

REM. : C'est plus simple et plus latin de rendre vertueux par *bonus,* plus vertueux par *melior,* très-vertueux par *optimus.*

SYNTAXE DU SUPERLATIF.

Ditissimus urbis.

70. Le régime singulier du superlatif est le génitif. Le plus riche de la ville, *ditissimus urbis.*

Altissima arborum.

71. Le régime pluriel du superlatif est le génitif, ou l'accusatif avec *inter,* ou l'ablatif avec *è* ou *ex.*

Ex. : Le plus haut des arbres, *altissima arborum,* ou *inter arbores* ou *ex arboribus* (sous-entendu *arbor*).

Le régime pluriel donne son genre au superlatif.

Maximè omnium conspicuus.

72. A défaut de superlatif, on se sert de *maximè* avec le positif.

Ex. : Le plus remarquable de tous, *maximè omnium conspicuus.*

Optimus quisque.

73. Un superlatif sans régime doit être accompagné de *quisque.*

Ex. : Les plus honnêtes gens zélés pour la paix (chaque homme le plus honnête), *optimus quisque studiosus pacis.*

Validior manuum.

74. Le régime d'un superlatif français, désignant deux objets, veut le comparatif latin avec le génitif.

Ex. La plus forte des deux mains, *validior manuum*.

75. C'est d'après ce principe qu'on dit :
Phrygia major, minor, la grande, la petite Phrygie.
Plinius major, minor, Pline l'ancien, le jeune.

ADJECTIFS NUMÉRAUX.

76. Ils servent à compter ou à ranger les choses.

Les nombres *cardinaux* marquent simplement le nombre ; *unus, duo, tres*, un, deux, trois.

Ils sont indéclinables depuis *quatre* jusqu'à *cent*.

Les nombres *ordinaux* marquent l'ordre, le rang : *primus, secundus, tertius*, premier, second, troisième.

Ils se déclinent sur *sanctus, a, um*.

NOMBRES CARDINAUX.

Singulier.

1.	*Nom.*	Unus,	una,	unum.
		un,	une,	un.
	Gén.	Unius,	}	
	-*Dat.*	Uni,	} de tout genre.	
	Acc.	Unum,	unam,	unum.
	Abl.	Uno,	unâ,	uno.

Pluriel

Seulement pour les noms sans singulier.

Uni, unæ, una, sur *sancti, æ, a*.
Un seul camp, *una castra*.
Une seule lettre, *unæ litteræ*.

2.	*Nom.*	Duos,	duæ,	duo, deux.
	Gén.	Duorum,	duarum,	duorum.
	Dat. et Abl.	Duobus,	duabus,	duobus,
	Acc.	Duos *et* duo,	duas,	duo.

NOMBRES CARDINAUX.	NOMBRES ORDINAUX.
Déclinez sur *duo* :	Primus, a, um, *premier.*
Ambo, æ, o, les deux, tous deux.	Secundus, a, um, *deuxième.*

m. f. n.

3. *Nom.*   Tres, tria, *trois.*
Gén.   Trium ⎰ de
Dat. et Abl. Tribus ⎱ tout genre.   Tertius, a, um, *troisième.*
Acc.   Tres, tria.

4 Quatuor, *quatre.*	Quartus, a, um, *quatrième.*
5 Quinque, *cinq.*	Quintus, a, um, *cinquième.*
6 Sex, *six.*	Sextus, a, um, *sixième.*
7 Septem, *sept.*	Septimus, a, um, *septième.*
8 Octo, *huit.*	Octavus, a, um, *huitième.*
9 Novem, *neuf.*	Nonus, a, um, *neuvième.*
10 Decem, *dix.*	Decimus, a, um, *dixième.*
11 Undecim, *onze.*	Undecimus, a, um, *onzième.*
12 Duodecim, *douze.*	Duodecimus, a, um, *douzième.*
13 Tredecim, *treize.*	Tredecimus, a, um, *treizième.*
14 Quatuordecim, *quatorze.*	Decimus quartus, *quatorzième.*
15 Quindecim, *quinze.*	Quindecimus, a, um, *quinzième.*
16 Sexdecim, *seize.*	Decimus sextus, a, um, *seizième.*
17 Septemdecim, *dix-sept.*	Decimus septimus, *dix-septième.*
18 Octodecim, *dix-huit.*	Decimus octavus, *dix-huitième.*
19 Novemdecim, *dix-neuf.*	Decimus nonus, *dix-neuvième.*
20 Viginti, *vingt.*	Vigesimus, *vingtième.*
21 Unus et viginti, *vingt-un.*	Vigesimus primus, *vingt-unième.*
22 Duo et viginti, *vingt-deux.*	Vigesimus secundus, *vingt-deux^{me}*
30 Triginta, *trente.*	Trigesimus, *trentième.*
40 Quadraginta, *quarante.*	Quadragesimus, *quarantième.*
50 Quinquaginta, *cinquante.*	Quinquagesimus, *cinquantième.*
60 Sexaginta, *soixante.*	Sexagesimus, *soixantième.*
70 Septuaginta, *soixante-dix.*	Septuagesimus, *soixante-dixième.*
80 Octoginta, *quatre-vingts.*	Octogesimus, *quatre-vingtième.*
90 Nonaginta, *quatre-vingt-dix.*	Nonagesimus, *quatre-vingt-dixième*
100 Centum, *cent.*	Centesimus, *centième.*
200 Ducenti, æ, a, *deux cents.*	Ducentesimus, *deux-centième.*
300 Trecenti, æ, a, *trois cents.*	Trecentesimus, *trois-centième.*
400 Quadringenti, æ, a, *quatre c...*	Quadringentesimus, *quatre-cent...*
500 Quingenti, æ, a, *cinq cents.*	Quingentesimus, *cinq-centième.*
600 Sexcenti, æ, a, *six cents.*	Sexcentesimus, *six-centième.*
700 Septingenti, æ, a, *sept cents.*	Septingentesimus, *sept-centième.*
800 Octingenti, æ, a, *huit cents.*	Octingentessimus, *huit-centième.*
900 Nongenti, æ, a, *neuf cents.*	Nogentesimus, *neuf-centième.*
1000 Mille, indéclinable, *mille* ;	Millesimus, *millième fois.*
ou Millia. G. Millium. D. Millibus	
2000 Bis mille, *deux (fois) mille.*	Bis millesimus, *deux-millième.*
3000 Ter mille, *trois (fois) mille.*	Ter millisimus, *trois-millième.*
4000 Quater mille, *quatre mille.*	Quater millesimus, *quatre-millième*
5000 Quinquies mille, *cinq mille.*	Etc.

On pourra s'exercer à faire d'autres multiples avec les adverbes suivants :

> Sexies, *six fois.*
> Septies, *sept fois.*
> Octies, *huit fois.*
> Novies, *neuf fois.*
> Decies, *dix fois.*
> Undecies, *onze fois.*
> Duodecies, *douze fois.*
> Tredecies, *treize fois.*
> Quatuordecies, *quatorze fois.*
> Quindecies, *quinze fois.*
> Sexdecies, *seize fois.*
> Septies et decies, *dix-sept fois.*
> Octies et decies, *dix-huit fois.*
> Novies et decies, *dix-neuf fois.*
> Vicies, *vingt fois.*
> Tricies, *trente fois.*
> Quadragies, *quarante fois.*
> Quinquagies, *cinquante fois.*
> Sexagies, *soixante fois.*
> Septuagies, *soixante fois.*
> Octogies, *quatre-vingts fois.*
> Nonagies, *quatre-vingt-dix fois.*
> Centies, *cent fois.*
> Ducenties, *deux cents fois.*
> Trecenties, *trois cents fois.*
> Quadringenties, *quatre cents fois.*
> Quingenties, *cinq cents fois.*
> Sexcenties, *six cents fois.*
> Septingenties, *sept cents fois.*
> Octingenties, *huit cents fois.*
> Noningenties, *neuf cents fois.*
> Millies, *mille fois.*

REMARQUE. 1° Quand on ne parle que de deux, le premier se rend par *prior,* le second par *posterior.*

2° *Mille* s'accorde toujours avec les noms, et se multiplie par les adverbes numéraux *bis, ter, quater,* etc.

Millia gouverne le génitif et se multiplie par les nombres cardinaux, *duo, tria, quatuor,* etc.

Exemple : Mille hommes, *mille homines* ou *millia hominum ;* deux mille hommes *bis mille homines* ou *duo millia hominum.*

3° Les nombres cardinaux qui en français indiquent le rang, se tournent par le nombre ordinal.

Exemple : Louis XIV (Louis quatorzième) *Ludovicus decimus quartus.*

4° Dans les nombres cardinaux et ordinaux de *vingt* à *cent,* le plus petit nombre se met le premier avec *et,* où le second sans *et.*

Exemple : Soixante-deux, *sexaginta duo* ou *duo et sexaginta ;* Soixante-deuxième, *secundus et sexagesimus* ou *sexagesimus secundus.*

Après cent le petit nombre est toujours le dernier avec ou sans *et;* cent vingt, *centum viginti* ou *centum et viginti;* cent vingtième, *centesimus vigesimus,* ou *centesimus et vigesimus.*

5° Certains adjectifs numéraux se rendent de plusieurs manières : ainsi, par exemple, *six* se dit encore *seni, æ, a;* douze, *duodeni, æ, a;* dix-huit, *duodeviginti* (mot à mot : deux ôtés de vingt); dix-neuf, *undeviginti;* dix-neuvième, *undevigesimus,* etc. ; soixante-dix-huit *duodeoctoginta;* quatre-vingt, *octogenis,* etc.

6° *Million* n'ayant pas de correspondant en latin, se tourne par *mille milliers,* ou *mille fois mille.*

      1,000,000 Mille millia, *ou* millies mille, *un million.*
      2,000,000 Bis mille millia, *ou* bis millies mille, *deux millions.*
    10,000,000 Decies mille millia, *dix millions.*
  100,000,000 Centies mille millia, *cent millions.*
1,000,000.000 Millies mille millia, *un milliard* ou *mille millions.*

7° Millionième, *millies millesimus.* Ses multiples se rendent en combinant les adverbes numéraux avec *millies millesimus.*
Deux-millionième, bis millies millesimus.
Un tout étant divisé en deux millions de parties, on en prend une ; c'est la deux-millionième partie, *pars bis millies millesima.*
Le mètre est la quarante-millionième partie du méridien terrestre (*c'est-à-dire,* le méridien étant divisé en quarante millions de parties, le mètre en est une) ; *metrum est quadragies millies millesima pars meridiani terrestris.*
La cent-millionième partie, *pars centies millies millesima.*

DU PRONOM.

77. Le pronom (*pro,* pour; *nomen,* le nom) tient la place du nom.

PRONOMS PERSONNELS

de tout genre.

78. Il y a trois *personnes :* la première est celle qui parle, la seconde est celle à qui l'on parle, la troisième est celle de qui l'on parle.

· REM. : La première a la supériorité sur les deux autres, la seconde sur la troisième.

La *personne* (en latin *persona,* rôle) est en grammaire le rôle de certains mots dans le discours.

79. *Pronoms de la première personne,*

Sans vocatif.

SINGULIER.

Nom.	Ego,	*je ou moi.*
Gén.	Meî,	*de moi.*
Dat.	Mihi,	*à moi.*
Acc.	Me,	*moi.*
Abl.	Me,	*de moi.*

PLURIEL.

Nom.	Nos,	*nous.*
Gén.	Nostrûm *ou* nostrî,	*de nous.*
Dat.	Nobis,	*à nous, nous.*
Acc.	Nos,	*nous.*
Acc.	Nobis,	*de nous.*

80. *Pronoms de la seconde personne.*

SINGULIER.

Nom.		Tu,	*te ou toi.*
Voc.	o	Tu,	*ô toi.*
Gén.		Tuî,	*de toi.*
Dat.		Tibi,	*à toi.*
Acc.		Te,	*toi.*
Abl.		Te,	*de toi.*

PLURIEL.

Nom.		Vos,	*vous.*
Voc.	o	Vos,	*ô vous.*
Gén.		Vestrûm *ou* vestrî,	*de vous.*
Dat.		Vobis,	*à vous.*
Acc.		Vos,	*vous.*
Abl.		Vobis,	*de vous.*

Le *vos* latin ne se dit que de plusieurs personnes.

Le *vous* français désignant une seule personne se rend par *tu*.

Les gén. *nostrûm* ou *vestrûm* s'emploie après les mots partitifs ou distributifs :

Le premier de vous, *primus vestrûm*.

Nostrî et *vestrî* s'emploient dans toutes les autres constructions.

81. *Pronoms réfléchis de la troisième personne,*

Sans nom. ni voc.

SINGULIER ET PLURIEL.

Gén.	Suî,	*de soi, de lui-même, d'eux-mêmes,* [*d'elles-mêmes.*
Dat.	Sibi,	*à soi, à lui-même, à eux-mêmes, à* [*elles-mêmes.*
Acc.	Se,	*se, soi, lui-même, eux-mêmes, elles-* [*mêmes.*
Abl.	Se, ·	*de soi, d'eux-mêmes, d'elles-mêmes,*

82. Il réfléchit sur le sujet ou le régime du verbe.

Ex. : Ennemi de soi-même, *infensus sibi*.

L'éloquence et la raison concilient les hommes entre eux, *eloquentia et ratio conciliant homines inter se*.

Il répond au pronom réfléchi *soi*, qui en français n'est jamais sujet de verbe.

PRONOMS ADJECTIFS.

83. *Is, hic, ille, etc.*, employés seuls, sont pronoms ; joints à un nom, ils sont *adjectifs démonstratifs*.

SINGULIER.

	m.	*f.*	*n.*	
Nom.	Is,	ea,	id,	*il, elle, ce, cela.*
Gén.	Ejus,	} *de tout genre,*		*de lui, d'elle, en*
Dat.	Ei,			*à lui, à elle, y.*
Acc.	Eum,	eam.	id,	*le, la, le, cela.*
Abl.	Eo,	. eâ,	eo,	*de lui, d'elle, en*

PLURIEL.

Nom.	Ii *ou* ei,	eæ,	ea,	*ils, elles, eux,* [*ces choses.*
Gén.	Eorum,	earum,	eorum,	*d'eux d'elles, en*
Dat.	Iis *ou* eis (*de tout genre*)			*à eux, à elles,* [*ces choses, y.*
Acc.	Eos	eas,	ea,	*les, eux, elles.*
Abl.	Iis *ou* eis (*de tout genre*).			*d'eux, d'elles, en*

84. *Autre.*

SINGULIER.

	m.	f.	n.	
Nom.	Hic,	hæc,	hoc,	*celui-ci, celle-* [*ci, ceci.*
Gén.	Hujus,	} *de tout genre.*		
Dat.	Huic,			
Acc.	Hunc,	hanc,	hoc.	
Abl.	Hoc,	hac,	hoc.	

PLURIEL.

Nom.	Hi,	hæ,	hæc,	*ceux-ci, celles-ci* [*ces choses-ci.*
Gén.	Horum,	harum,	horum.	
Dat.	His, (*de tout genre*).			
Acc.	Hos,	has,	hæc.	
Abl.	His, (*de tout genre*).			

85. *Autre.*

SINGULIER.

	m.	f.	n.	
Nom.	Ille,	illa,	illud,	*celui-là, celle-* [*là, cela.*
Gén.	Illius,	} *de tout genre.*		
Dat.	Illi,			
Acc.	Illum,	illam,	illud.	
Abl.	Illo,	illâ,	illo.	

PLURIEL.

Nom.	Illi,	illæ,	illa, *ceux-là, celles-là,*
Gén.	Illorum,	illarum,	illorum. [*ces choses-là.*
Dat.	Illis (*de tout genre*).		
Acc.	Illos,	illas,	illa.
Abl.	Illis (*de tout genre*).		

Ainsi se décline : *iste, ista, istud.*

86. Dans le rôle d'adjectif, *hic* s'applique surtout à la première personne, *iste* à la deuxième et *ille* à la troisième. Ex. : Ce livre qui est à moi, *hic meus liber;* ce livre qui est à vous, *iste tuus liber;* ce livre de mon ami, *ille amici mei liber.*

Celui-ci, celui-là.

87. *Celui-ci* se rend par *hic,* celui-là par *ille.*
Ex. : Celui-ci est habile en histoire, celui-là en géométrie, *hic peritus est historiæ, ille geometriæ.*

Celui de.

88. *Celui de, celle de, ceux de,* se rendent par le mot qu'ils remplacent.
Ex. : Votre maison est grande, celle de Pierre petite, *tua domus est magna, domus Petri parva.*
Il en est quelquefois de même de *le, la.*
Ex. : Il est Hébreux, je le suis aussi, *Hebræus est, et ego Hebræus.*

89.   *Autre.*

SINGULIER.

	m.	*f.*	*n.*	
Nom.	Ipse,	ipsa,	ipsum,	*moi, toi* ou *lui-même,*
Gén.	Ipsius,	} *de tout genre.*		[*même, cela même.*
Dat.	Ipsi,			
Acc.	Ipsum,	ipsam,	ipsum.	
Abl.	Ipso,	ipsâ,	ipso.	

PLURIEL.

Nom.	Ipsi,	ipsæ,	ipsa,	*mêmes.*
Gén.	Ipsorum,	ipsarum,	ipsorum.	
Dat.	Ipsis (*de tout genre*).			
Acc.	Ipsos,	ipsas,	ipsa.	
Abl.	Ipsis (*de tout genre*).			

90 *Autre.*

SINGULIER.

Nom.	Idem,	eadem,	idem.
	Le même,	*la même,*	*le même.*
Gén.	Ejusdem,		
Dat.	Eidem,	*(de tout genre).*	
Acc.	Eumdem,	eamdem,	idem.
Abl.	Eodem,	eâdem,	eodem.

PLURIEL.

Nom.	Iidem,	eædem,	eadem.
	Les mêmes.		
Gén.	Eorumdem,	earumdem,	eorumdem.
Dat.	Iisdem *ou*	eisdem *(de tout genre).*	
Acc.	Eosdem,	easdem,	eadem.
Abl.	Iisdem *ou*	eisdem *(de tout genre).*	

91 *Idem homo.*

Le même devant un nom se rend toujours par *idem, eadem, idem.*
Exemple : Le même homme, *idem homo.*

92 *Homo ipse.*

Même après un mot se rend toujours par *ipse, ipsa, ipsum.*
Exemple : L'homme même, *homo ipse.*

Ipse appelle expressément l'attention sur une chose.
Idem exprime qu'une chose n'a pas changé. Du pronom *idem* dérivent *identité, identique.*

93 ADJECTIFS POSSESSIFS.

SINGULIER.

	m.	f.	n.
Nom.	Me us,	me a,	me um.
	Mon,	*ma,*	*mon.*
	Le mien,	*la mienne.*	*le mien.*
Voc. o	Mi, o	me a. o	me um.
Gén.	Me i,	me æ,	me i.
Dat.	Me o,	me æ,	me o.
Acc.	Me um.	me um,	me um.
Abl.	Me o,	me â,	me o.

PLURIEL.

Nom.	Me i,	me æ,	me a.
	Mes, les miens,	*les miennes,*	*les miens.*
Voc. o	Me i, o	me æ, o	me a.
Gén.	Me orum,	me arum,	me orum.
Dat.	Me is, (*de tout genre*).		
Acc.	Me os,	me as,	me a.
Abl.	Me is, (*de tout genre*).		

Ainsi se déclinent sans vocatif :

Tu us, a, um, ton, ta, le tien, la tienne.
Su us, a, um, son, sa, le sien, la sienne, le leur, la leur.
Cuj us, a, um, à qui ?

94 SINGULIER.

Nom.	Noster,	nostr a,	nostr um.
	Notre, le nôtre,	*la nôtre,*	*le nôtre.*
Voc. o	Noster, o	nostr a, o	nostr um.
Gén.	Nostr i,	nostr æ,	nostr i.
Dat.	Nostr o,	nostr æ,	nostr o.
Acc.	Nostr um,	nostr am.	nostr um.
Abl.	Nostr o.	nostr à.	nostr o.

PLURIEL.

Nom.	Nostr i,	nostr æ,	nostr a.
	Nos, les nôtres.		
Voc.	o Nostr i,	o nostr æ,	o nostr a.
Gén.	Nostr orum,	nostr arum,	nostr orum.
Dat.	Nostr is (*de tout genre*).		
Acc.	Nostr os,	nostr as,	nostra.
Abl.	Nostr is (*de tout genre*).		

Déclinez de même :

Vester, vestra, vestr um, *votre*, *le vôtre*, etc., sans vocatif.

95 *Votre*, quand on ne parle qu'à une personne, se rend par *tuus, a, um.*

96 Avec un nom, ces pronoms possessifs sont des adjectifs. Employés seuls, ils réponde t à nos pronoms possessifs, *le mien, le tien, le sien, le nôtre, le vôtre, le leur* : Ta maison est grande, la mienne est petite, *mea est parva.*

97 ADJECTIFS DÉTERMINATIFS.

SINGULIER.

	m.	f.	n.	
Nom.	Sol us,	sol a,	sol um.	*seul, seule.*
Gén.	Sol ius,			
Dat.	Sol i,	*de tout genre.*		
Acc.	Sol um,	sol am,	sol um.	
Abl.	Sol o,	sol â,	sol o.	

PLURIEL.

Nom.	Sol i,	sol æ,	sol a.
Gén.	Sol orum,	sol arum.	sol orum.
Dat.	Sol is,	sol is,	sol is.
Acc.	Sol os,	sol-as,	sol a.
Abl.	Sol is,	sol is,	sol is.

Ainsi se déclinent :

Ull us, ull a, ull um, *aucun, aucune, (sans négation)*; G. ull ius,
 D. ull i, etc.
Null us, null a, null um, *aucun, pas un*; G. null ius, D. null i, etc.
Tot us, tot a, tot um, *tout, entier*; G. tot ius, D. tot i, etc. (1)
Ali us, ali a, ali ud, *autre*; G. ali us, D. ali i, etc.
Alter, alter a, alter um, *l'autre (en parlant de deux)*; G. alter ius,
 D. alter i, etc.
Uter, utr a, utr um, *lequel des deux*; G. utr ius, D. utr i, etc.
Neuter, neutr a, neutr um, *ni l'un ni l'autre*; G. neutr ius,
 D. neutr i, etc.
Uterque, utr aque, utr umque, *l'un et l'autre*; G. utr iusque,
 D. utr ique, etc.
Alteruter, alterutr a, alterutr um, *l'un ou l'autre*; G. alterutr ius,
 D. alterutr i, etc.

SYNTAXE DES ADJECTIFS

POSSESSIFS, DÉMONSTRATIFS ET DÉTERMINATIFS.

Pater meus; ipsa virtus.

98 Les pronoms suivent les règles d'accord de
l'adjectif.

Ex. : Mon père, *pater meus* (47).
    Ma mère, *mater mea.*
    Mon bras, *brachium meum.*
    Cet homme, *hic homo.*
    Le père et la mère eux-mêmes, *pater et mater
        ipsi* (49).
    Le pied et la tête mêmes, *pes et caput ipsa* (50).

Suus, a, um.

*Pater et mater memores filii sui, et studiosi commodo-
rum ejus.*

---

(1) *Totus, a, um,* veut dire une chose entière;
Omnis, omne, l'ensemble des choses de même espèce.
Ex. : Tous les champs, *omnes agri*;
    Tout le champ (le champ entier) *totus ager.*

99 *Son, sa, ses, leur, leurs,* se rendent par *suus, a, um,* quand ils réfléchissent sur le sujet ou le régime de la proposition ; autrement ils se rendent par *ejus, eorum* (de lui, d'eux).

Ex. : Le père et la mère se souvenant de leur fils, et pleins de zèle pour ses intérêts, *pater et mater memores filii sui, et studiosi commodorum ejus.*

Leur réfléchit ici sur *le père et la mère*, mais *ses* n'y réfléchit pas, car *ses intérêts* signifie *les intérêts du fils.*

En résumé, l'adjectif possessif se rend en latin par *suus, a, um,* toutes les fois que le nom *possesseur* se trouve dans la même proposition que le nom *possédé.* Autrement on se sert d'un pronom adjectif au génitif, *ejus, illius, illorum, illarum.*

Sua illi utilis est scientia.

Son, sa, ses, au commencement d'une phrase, se rend par *suus, a, um,* quand il se rapporte au régime du verbe suivant ; c'est lorsqu'il est suivi de *le, la, lui, les,* ou précédé d'un *que* relatif.

Ex : Sa science lui est utile, *sua illi prodest scientia.*
   L'enfant que sa mère admire, *puer quem sua mirabunda est mater.*

On ajoute en latin, *suus, a, um* au nominatif, quand le nominatif français est suivi d'un génitif et de *le, la, lui, les.*

Ex. : La science de cet homme lui est utile (sa science est utile à cet homme), *sua homini utilis est scientia.*

Ejus indoles est optima.

Son, sa, ses, *leur, leurs,* au commencement d'une phrase se rendent par *ejus, eorum,* quand ils ne se rapportent pas au régime du verbe suivant.

Ex. : Son caractère est excellent, *ejus indoles est optima.*
   Leur ville est grande, *urbs eorum est magna.*

100   RELATIF ou CONJONCTIF.

Il se nomme *relatif* parce qu'il se rapporte à un mot qui précède, à l'antécédent ;

Conjonctif parce qu'il joint une proposition à un mot.

Il remplace *ce, cet,* avec un nom :
La maison qui est à Pierre ; *qui* remplace *cette maison.*
Ma mère à qui est le livre ; *à qui* remplace *à cette mère.*

101   SINGULIER.

Nom.	Qui,	quæ,	quod.
	Qui, lequel,	*laquelle,*	*que.*
Gén.	Cujus,		
Dat.	Cui,	*de tout genre.*	
Acc.	Quem,	quam,	quod.
Abl.	Quo,	quâ,	quo.

PLURIEL.

Nom.	Qui,	quæ,	quæ.
	Qui, lesquels,	*lesquelles,*	*que.*
Gén.	Quorum,	quarum,	quorum.
Dat.	Quibus *et* queis, *de tout genre.*		
Acc.	Quorum,	quas,	quæ.
Abl.	Quîbus *et* queis, *de tout genre.*		

Queis, ne s'emploie guère qu'en poésie.

102   Composés de *qui.*

Qui se décline seul, les autres syllabes restent les mêmes.

m.
Nom.   Quidam, quædam, quoddam *(avec un nom),* et quiddam.
        Un certain, une certaine, certaine chose.
Gén.   Cujusdam,
Dat.   Cuidam,   { *de tout genre, etc.*

103   *Autre.*

Nom.   Quilibet, quælibet, quodlibet *(avec un nom),* et quidlibet.
        Qui l'on voudra,   ce que l'on voudra, toute chose.
Gén.   Cujuslibet,
Dat.   Cuilibet,   { *(de tout genre),* etc.

104   *Autre.*

m.
Nom.   Quivis, quævis, quodvis *(avec un nom),* et quidvis.
        Qui l'on voudra.
Gén.   Cujusvis,
Dat.   Cuivis,   { *(de tout genre),* etc.

Le premier venu, *unus qu'v's,* ou *unus quilibet.*
Du premier venu, *unius cu'isvis,* ou *unius cujuslibet.*

105   *Autre.*

	m.	f.	n.
Nom.	Quicunque, quæcunque, quodcunque.		
	Quiconque.		
Gén.	Cujuscunque,	} *(de tout genre),* etc.	
Dat.	Cuicunque,		

106   INTERROGATIF.

SINGULIER.

Nom.	Quis?	Quæ?-	quid?	*(et* quod? *avec*
	Qui? quel?	*quelle?*	*quoi?*	[*un nom*).
Gén.	Cujus? }	*de tout genre.*		
Dat.	Cui? }			
Acc.	Quem?	quam?	quid?	*(et* quod? *avec*
Abl.	Quo?	quâ?	quo?	[*un nom*).

PLURIEL.

Nom.	Qui?	quæ?	quæ?
	Qui? quels?	*quelles?*	
Gén.	Quorum?	quarum?	quorum?
Dat.	Quibus? *de tout genre.*		
Acc.	Quos?	quas?	quæ?
Abl.	Quibus? *de tout genre.*		

107   Composés de *quis.*

	m.	f.	n.
Nom.	Quisnam?	quænam?	quidnam et quodnam.
	Quel?	*quelle?*	*quoi?*
Gén.	Cujusnam?	} *(de tout genre).* etc.	
Dat.	Cuinam?		

108 *Autre*

Qui s'emploie quand la réponse doit être négative.

	m.	f.	n.
Nom.	Ecquis?	ecqua?	ecquid *et* ecquod?
	Quel?	quelle?	quoi?
Gén.	Eccujus?		
Dat.	Eccui?	*(de tout genre)*. etc.	

Cas neutres pluriels, *ecqua*.

109 *Autre.*

	m.	f.	n.
Nom.	Aliquis,	aliqua,	aliquid *et* aliquod.
	Quelqu'un,	quelqu'une,	quelque.
Gén.	Alicujus,		
Dat.	Alicui.	*(de tout genre)*. etc.	

Les cas neutres au pluriel sont en *a*.

110 Devant un nom de choses qui se comptent, on dit au pluriel *aliquot*, indéclinable.

111 *Autre.*

	m.	f.	n.
Nom,	Quispiam,	quæpiam,	quidpiam *et* quodpiam.
	Quelqu'un,	quelqu'une,	quelque.
Gén.	Cujuspiam,		
Dat.	Cuipiam,	*(de tout genre)*. etc.	

112 *Autre.*

	m.	f.	n.
Nom.	Quisquam,	quæquam,	quidquam *et* quodquam.
	(*même sens que* quispiam).		
Gén.	Cujusquam,		
Dat.	Cùiquam,	*(de tout genre)*. etc.	

113 *Autre.*

	m.	f.	n.
Nom.	Quisque,	quæque,	quidque *et* quodque.
	Chacun,	chacune,	chaque chose.
Gén.	Cujusque,		
Dat.	Cuique,	*(de tout genre)*. etc.	

114   *Autre.*

	m.	*f.*	*n.*
Nom:	Quisquis,	quæque,	quidquid *et* quicquid.

Qui que ce soit, tout ce qui, tout ce que.

Il n'a que les autres cas suivants : DAT. sing. *Cuicui.* ABL. *Quoquo,*
quâquâ. Acc. plur. *Quosquos.*

115   *Autre.*

Dans *unusquisque,* on décline *unus* et *quisque.*

	m.	*f.*	*n.*
Nom.	Unusquisque,	unaquæque,	unumquodque.
	Chacun,	*chacune,*	*chaque chose.*
Gén.	Uniuscujusque,	*(de tout genre).*	
Dat.	Unicuique,		
Acc.	Unumquemque,	unamquamque,	unumquodque.
Abl.	Unoquoque,	unâquâque,	unoquoque.

RÉGIME DES MOTS PARTITIFS.

Unus militum.

116 Les mots partitifs ou qui marquent la partie d'un plus grand
nombre, comme *quis, aliquis, unus, nemo, nullus*, ont le même
régime que les superlatifs.

Ex. : Un des soldats, *unus militum*, ou *inter milites*, ou *ex militibus.*

Personne de nous n'est prêt, *nemo nostrûm*, ou *inter nos*, ou
ex nobis, est paratus.

Il faut ici *nostrûm* et non pas *nostri*, parce qu'on parle de la partie
d'un tout.

On ne se sert de *nostri vestri* que dans le sens collectif. Il se
souvient de nous (*de nous tous*, il y a collection) ; *memor est nostri.*

RÈGLES DES PRONOMS

ET EN PARTICULIER DU RELATIF ET DE L'INTERROGATIF.

117 *Quel, quelle*, signifiant *quantième*, se dit *quotus,*
a, um.

Ex. : Quelle heure est-il? sept heures, *quota hora*
est? septima.

118 *Qui* interrogatif français est toujours substantif.
Quod est adjecti. et se joint à un nom.
Quid est tantôt adjectif et tantôt substantif.

119 *Quid* substantif veut le génitif.

Ex. : Quel avantage? *quid commodi?* ou *quod commodum?*

On construit de même *nihil* et les adjectifs neutres *aliquid, quidquid, illud, id, aliud.*

Ex. : Quelque mal, *aliquid mali;* aucune gloire, *nihil laudis.*

120 La deuxième classe d'adjectifs et les comparatifs ne se mettent pas au génitif.

Ex. : Quoi de grave? *quid grave?*
Quoi de plus beau que la vertu? *quid virtute pulchrius.*
Quelque chose de salutaire, *aliquid salutare.*

121 Tout pronom se met au cas, au genre et au nombre du mot qu'il remplace.

Il est comme un adjectif s'accordant avec un mot sous-entendu, et même ce mot s'exprime quelquefois.

PRONOMS SUJETS.

122   *Qui* RELATIF.

Je me souviens de Dieu qui est bon, *memor sum Dei, qui (Deus) est bonus.* (Mot à mot : *lequel Dieu est bon.*)

Le père et la mère qui sont bons, *pater et mater, qui (pater et mater) sunt boni.* (*Lesquels père et mère sont bons.*)

La vertu et le vice qui sont contraires, *virtus et vitium quæ sunt contraria.*

Qui INTERROGATIF.

Qui est comme Dieu? *Quis (homo) ut Deus?*

La réponse se met au même cas que la demande ; et le verbe de la demande est toujours sous-entendu dans la réponse.

Ex. : Qui est-il? Romain. *Quis est? Romanus.* (Sous-entendu *est.*)
En quoi est-il habile (en quelle chose.......)? en musique.
Cujus rei peritus est? Musicæ.

On exprime *rei*, car on a vu (n° 53) que l'adjectif neutre ne s'emploie seul qu'au nom., voc. et acc.

PRONOMS RÉGIMES.

GÉNITIF.

123 *Dont, de qui,* RELATIF.

Dieu, de qui est la puissance, *Deus cujus (Dei) est potentia. (Dieu, duquel Dieu est la puissance.)*

La musique en quoi il est habile, *musica, cujus (musicæ) peritus est.* Les bienfaits qu'il a oubliés, *beneficia quorum (beneficiorum) immemor est.*

DATIF.

124 *A qui, auquel,* RELATIF.

L'enfant à qui cela est utile, *puer (cui puero) id utile est.*

Me pour *à moi, y* pour *à lui.*

Le travail m'est utile (utile à moi) ; j'y suis accoutumé (accoutumé à lui) ; *labor mihi utilis est ; illi assuetus sum.*

A qui, auquel INTERROGATIF.

A qui cela est-il utile ? à l'enfant. *Cui id utile est ? puero (id utile est).*

ACCUSATIF.

125 *Que* RELATIF.

Les champs qu'il ravageait, *agri, quos (agros) populabundus erat.*

Qui, quelle INTERROGATIFS.

Qui admirait-il ? Le héros. *Quem mirabundus erat ? Heroa.*
Quelle ville ravageait-il ? Paris. *Quam urbem populabundus erat ? Lutetiam.*

Que INTERROGATIF.

Il se tourne par *quelle chose,* et se rend par *quid* quand il faut l'accusatif.

Ex. : Que vénérait-il ? *Quid venerabundus erat ?* (Qu'était-il vénérant ?)

Mais s'il faut un autre cas, il faut exprimer le mot *chose* (nº 53).

126 ABLATIF.

La récompense dont il est digne, *merces quâ dignus est.*

En pour *de lui.*

Ce serviteur est obéissant, j'en suis content. *Hic servus est obsequiosus, illo contentus sum.*

Est avidus mercedis, sed illâ indignus.

127 Si un régime ne peut pas servir à deux adjectifs, on emploie un pronom pour le second.

Ex. : Il est avide mais indigne de récompense. *Tournez* : il est avide de récompense, mais il en est indigne. *Est avidus mercedis, sed illâ indignus.*

128 Si le pronom relatif est régime de ces deux acjectifs, *qui, quæ, quod* se répétera à divers cas.

Ex. : La récompense dont il est avide, mais indigne, *merces, cujus avidus, sed quâ indignus est.*

LE VERBE.

129 Le verbe exprime que l'on *est* ou que l'on *fait* quelque chose. (Il marque un état ou une action.) Ainsi le mot *être*, *je suis*, etc., est un verbe; le mot *lire*, *je lis*, etc., est un verbe.

SUJET DU VERBE.

130 Le sujet du verbe, c'est ce qui est ou qui fait quelque chose. Il se reconnaît par la question *qui est-ce qui ?* Dans *je suis, je lis, il marche, je, il* sont sujets.

PERSONNES.

131 On connait un verbe en français, quand on peut y ajouter ces pronoms, *je, tu, il* ou *elle, nous, vous, ils* ou *elles*, comme *je* lis, *tu* lis, *il* lit, *nous* lisons, *vous* lisez, *ils* lisent.

Ces mots *je, nous*, marquent la première personne, c'est-à-dire, celle qui parle.

Ces mots *tu*, *vous*, marquent la seconde personne, c'est-à-dire, celle à qui l'on parle.

Ces mots *il*, *elle*, *ils*, *elles* et tout *nom* sujet d'un verbe, marque la troisième personne, c'est-à-dire, celle de qui l'on parle.

En latin les terminaisons du verbe indiquent à elles seules de quelle personne est le sujet et remplacent les pronoms. Cependant les pronoms sont quelquefois exprimés.

RÉGIME OU COMPLÉMENT.

132 Le régime du verbe, c'est le mot sur lequel tombe l'action du verbe.

Si l'on dit *ie reçois*, et qu'on s'arrête là, ce n'est qu'un mot en l'air: on demande *que recevez-vous?* Il lui faut donc un complément, je reçois *une lettre*, *un livre*. L'idée est complétée.

Si l'action tombe sur le régime directement (sans l'aide d'aucune préposition), c'est le régime *direct*, il répond à la question *qui? quoi?*

Si elle tombe indirectement sur lui, à l'aide d'une préposition, c'est le régime *indirect*, il répond à la question *à qui? à quoi? de qui? de quoi?*

Je donne du pain au pauvres.

Je donne *quoi?* du pain; *pain* régime direct. *A qui?* aux pauvres, c'est le régime indirect.

D'autres compléments exprimant des particularités, sont *circonstanciels :* hier, en promenade, etc.

133 Il y a dans les verbes deux *nombres :* le *singulier*, quand on parle d'une seule personne, *l'élève étudie;* et le *pluriel*, quand on parle de plusieurs personnes, comme *les élèves étudient.*

TEMPS.

134 Le temps marque l'époque de l'action.

Si elle se fait actuellement, c'est le présent, *je lis*.
Si elle a été faite, c'est le passé, *j'ai lu*.
Si elle est à faire, c'est le futur, *je lirai*.

On distingue trois sortes de *prétérits* ou *passés;* savoir :

L'imparfait, *je lisais;*
Le parfait, qui n'a qu'une forme en latin pour rendre les parfaits *défini*, *indéfini*, *antérieur* français, *je lus, j'ai lu, j'eus lu;*
Le plus-que-parfait, *j'avais lu ;*

Deux futurs :

Le futur simple, *je lirai*.
Le futur passé, *j'aurai lu*.

MODES.

135 Le mode (*modus*) est la manière de présenter l'existence ou l'action.

Il y a quatre modes dans les verbes :

1º L'*indicatif*, quand on affirme que la chose se fait. ou qu'elle s'est faite, ou qu'elle se fera ; lui seul a les six temps.

Il n'y a pas, en latin, de conditionnel; son présent se rend par l'imparfait du subjonctif, et son passé par le plus-que-parfait du subjonctif.

2º L'*impératif*, quand on commande de faire la chose, il n'a qu'un temps.

3º Le *subjonctif*, quand on souhaite ou qu'on doute que la chose se fasse, il n'a pas de futur.

Le *que* qui le précède, en français, n'appartient pas réellement au verbe, c'est une conjonction qui indique sa dépendance d'un autre mot. *Il faut que je travaille.* Ces trois modes sont appelés personnels, parce que leurs formes désignent les différentes personnes.

4° L'*infinitif*, mode *impersonnel*, qui exprime l'action en général, sans nombre ni personnes, comme *lire*.

Le présent et l'imparfait y sont rendus par une forme unique.

Le parfait et le plus-que-parfait par une forme unique.

Il a les deux futurs.

On y rattache les participes, le gérondifs et les supins.

PARTICIPE.

136 Le participe est un adjectif verbal, qui tient de l'adjectif en ce qu'il qualifie un mot, et du verbe par son temps et son régime.

Les participes présents se déclinent sur *prudens*. tous les autres sur *bonus, a, um*.

GÉRONDIF.

137 C'est un nom verbal de la 2ᵉ déclinaison, qui a *gén., dat., acc.* et *abl.*

SUPIN.

138 C'est un nom verbal qui a :

1° L'*accusatif* en *um*, avec la signification active ;

2° L'*ablatif* en *u*, avec la signification passive en général.

Les participes, gérondifs et supins, gouvernent le même cas que leur verbe.

139 Réciter de suite les différents modes d'un verbe avec tous leurs temps, leurs nombres et leurs personnes, cela s'appelle *conjuguer*.

Il faut commencer par le verbe *Sum*, je suis, que l'on appelle *verbe substantif*, parce qu'il exprime la subsistance.

140

INDICATIF.	IMPÉRATIF.
PRÉSENT. S. Sum, *je suis.* Es, *tu es.* Est, *il est.* Pl. Sumus, *nous sommes.* Estis, *vous êtes.* Sunt, *ils sont.*	*Point de première personne.* Es *ou* esto, *sois.* Esto (ille), *qu'il soit.* Simus, *soyons.* Este *ou* estote, *soyez.* Sunto, *qu'ils soient.*
IMPARFAIT. S. Er am, *j'étais.* Er as, *tu étais.* Er at, *il était.* Pl. Er amus, *nous étions.* Er atis, *vous étiez.* Er ant, *ils étaient.*	. . . .
PARFAIT. S. Fu i, *j'ai été, je fus.* Fu isti, *tu as été.* Fu it, *il a été.* Pl. Fu imus, *nous avons été.* Fu istis, *vous avez été.* Fu erunt *ou* fuere, *ils ont été.*	. . . .
PL.-Q.-PARF. S. Fu eram, *j'avais été.* Fu eras, *tu avais été.* Fu erat, *il avait été.* Pl. Fu eramus, *nous avions été.* Fu eratis, *vous aviez été.* Fu erant, *ils avaient été.*	. . . .
FUTUR. S. Er o, *je serai.* Er is, *tu seras.* Er it, *il sera.* Pl. Er imus, *nous serons.* Er itis, *vous serez.* Er unt, *ils seront.*	. . . .
FUTUR PASSÉ. S. Fu ero, *j'aurai été.* Fu eris, *tu auras été.* Fu erit, *il aura été.* Pl. Fu erimus, *nous aurons été.* Fu erit's, *vous aurez été.* Fu erint, *ils auront été.*	. . . .

SUBJONCTIF.		INFINITIF.	
		INFINITIFS PROPREMENT DITS.	PARTICIPE.
...im,	que je sois.		
...is,	que tu sois.		
...it,	qu'il soit.		
...imus,	que nous soyons.	Esse, être, qu'il est	Pas de participe présent.
...itis,	que vous soyez.	ou qu'il était.	
...int,	qu'ils soient.		
...ssem ou forem,	que je fusse, je serais.		
...sses ou fores,	que tu fusses.		
...sset ou foret,	qu'il fût.		
...ssemus,	que nous fussions.	. . . .	. . . .
...ssetis,	que vous fussiez.		
...ssent ou forent,	qu'ils fussent.		
...u erim,	que j'aie été.		
...u eris,	que tu aies été.		
...u erit,	qu'il ait été.	Fuisse, avoir été,	
...u erimus,	que nous ayons été.	qu'il a ou qu'il avait	. . . .
...u eritis,	que vous ayez été.	été.	
...u erint,	qu'ils aient été.		
...u issem,	que j'eusse été, j'aurais été.		
...u isses,	que tu eusses été.		
...u isset,	qu'il eût été.		
...u issemus,	que nous eussions été.	. . . .	. . . .
...u issetis,	que vous eussiez été.		
...u issent,	qu'ils eussent été.		
. . . .		Fore (indécl.). Futurum, \ décl. Futuram) esse, devoir être, qu'il sera ou qu'il serait.	Futurus, Futura, Futurum, devant être, qui sera ou qui devra être
. . . .		Futurum, Futuram fuisse, avoir dû être, qu'il sera ou qu'il eût été.	Pas de supin ni de gérondif.

Rem. : On dit aux futurs de l'infinitif : *futurum*, *futuram esse*; *futurum*, *futuram fuisse*, parce que le sujet de l'infinitif est ordinairement à l'acc., mais en plus d'un cas on dit aussi : *futurus, futura esse, fuisse.*

Cela soit dit pour tous les verbes latins.

Ainsi se conjuguent les verbes composés de *Sum*, comme :

Ad esse, ad sum, ad fui ou *affui,* être présent.
Ab esse, ab sum, ab fui, être absent.
De esse, de sum, de fui, manquer à.
In esse, in sum (sans parf.), être dedans.
Inter esse, inter sum, inter fui, assister à.
Ob esse, ob sum, ob fui ou *offui,* nuire.
Præ esse, præ sum, præ fui, être à la tête de.
Sub esse, sub sum (sans parf.), être dessous.

SYNTAXE DU VERBE *SUM.*

SUJET DU VERBE.

Ego Sum.

141 Le sujet du verbe se met toujours au nominatif, et ils s'accordent en nombre et en personne.

Ex. : Je suis, *ego sum.*
Nous sommes, *nos sumus.*
Elles sont absentes, *illæ absunt.*

EMPLOI DU VERBE *SUM.*

Deus est sanctus.

142 Le verbe *sum* joint un attribut au sujet, sans ôter l'accord.

Ex. : La vie de l'homme est un combat, *vita hominis est militia. Vita* est sujet du verbe, *militia* est attribut.

Ces trois mots réunis forment une proposition ou l'énoncé d'un jugement.

D'eu est saint, *Deus est sanctus.*

Quelle heure est-il? Sept heures (la septième heure). *Quota hora est? Septima (hora est).*

La vie des hommes est plus courte que celle des corneilles, *brevior est vita hominum quam cornicum vita,* ou *brevior est hominum quam cornicum vita* (n° 59) (*vita* est sous-entendu, parce qu'il se trouve deux fois au même cas).

Que serait-ce, si.....? *Quid futurum esset, si.....?*

PRONOMS ADJECTIFS

Sujets ou attributs du verbe *Sum.*

COMPARAISON D'ÉGALITÉ.

Non is sum qui tu.

143 *Tel que* se rend par *is... qui* ou *talis... qualis.*

Ex. : Je ne suis pas tel que vous, *non is sum qui tu,* ou *non sum talis qualis tu* (es).

Qui pater est, is est filius.

144 *Tel... tel* se rend par *qui... is,* ou *qualis... talis.*

Ex. : Tel père, tel fils, *qualis pater est, is est filius,* ou *qualis pater, talis filius.*

Tel... qui, quidam... qui.

145 *Tel qui, tel dont,* se tournent par *quelques-uns.*

Ex. : Tels sont aujourd'hui sans honneur, dont vous admirerez demain le mérite, *quidam hodie honoris exsortes sunt, quorum merita cras mirabundus eris.*

Ea amicitia vera est.

146 *Telle est... c'est* signifiant *voilà* se rendent par *is, ea, id,* ou *hic, hæc, hoc.*

Ex. : C'est la véritable amitié, telle est (voilà) la véritable amitié, *ea amicitia vera est.*

Unus aliquis.

147 *Tel* ou *tel* se rend par *unus aliquis,* ou *unus quidam.*

Ex. : Tel ou tel livre m'est nécessaire, *unus aliquis* ou *unus quidam liber mihi necessarius est.*

Hujus modi, istius modi.

148 *Tel* signifiant *de telle sorte* se rend par *hujus modi* en bonne part, et *istius modi* en nauvaise part.

Ex. : Qui n'admirerait une telle statue, *quis hujus modi statuam non mirabundus esset.*

Qui aurait du goût pour de tels livres? *Quis istius modi librorum studiosus esset?*

Le même que.

149 *Le même que* se rend par *idem qui.*

Vous n'êtes pas la même qu'autrefois (laquelle vous avez été autrefois), *non eadem es quæ fuisti olim.*

Autre que.

150 *Autre que* se rend par *alius, alia, aliud ac* ou *atque,* ou *non idem qui, ac, atque.*

Vous n'êtes pas le même que vous avez été autrefois, *alius es,* ou *non idem es ac,* ou *atque fuisti olim.*

Tout autre que.

151 *Tout autre que...*, *quelque autre que ce soit...*, *quilibet alius,* ou *quivis alius, ac* ou *atque. Tout autre* signifiant *tout différent que,* *longè alius ac* ou *atque.*

Ex. : Vous êtes tout autre que vous n'étiez, *longè alius es ac* ou *atque eras.*

Tout autre qu'Henri IV eût ravagé Paris, *quilibet alius ac Henricus quartus populabundus fuisset Lutetiam.*

Non alius est quàm erat olim.

152 Après *ne, qu'est-ce, rien, personne autre, il n'est pas autre, rien autre,* et toutes les fois que *autre* est accompagné d'une négation ou d'une interrogation, *que, sinon, si ce n'est,* se rendent par *quàm* ou *nisi.*

Ex. : Il n'est pas autre qu'il était autrefois, *non alius est quàm erat olim.*

Il n'évitait que la mauvaise occasion, *nihil aliud nisi funestam occasionem vitabundus erat.*

Qu'est-ce que la faveur populaire, sinon un souffle passager ? *Quid favor popularis, nisi aura?*

Alter... alter.

153 *L'un, l'autre,* quand on ne parle que de deux, se rendent par *alter... alter.*

Ex. : L'un est prompt, l'autre prudent, *alter velox, alter prudens est.*

Alius... alius.

154 *L'un, l'autre,* quand on parle de plus de deux, se rendent par *alius... alius.*

Ex : Les uns sont contents de peu, les autres désirent beaucoup de choses (sont désireux de beaucoup de choses), *alii contenti sunt parvo, alii multarum rerum cupidi.*

Alii aliarum rerum cupidi.

155 *L'un* étant répété et *l'autre* aussi, on tourne par différent.

Ex. : Les uns sont avides d'une chose, les autres d'une autre (différentes personnes sont avides de différentes choses), *alii aliarum rerum cupidi sunt.*

Singuli præfuerunt.

156 *L'un après l'autre* se dit *singuli, æ, a.*

Ex. : Ils présidèrent l'un après l'autre, *singuli præfuerunt.*

Lequel des deux.

157 Après *uter, utra, utrum,* lequel des deux, *l'autre* se rend encore par *uter.*

Ex. : Lequel des deux est plus grand que l'autre? *Uter utro major est?*

Celui des deux qui.

158 *Celui qui* signifiant *celui des deux qui* se rend par *uter, utra, utrum.*

Ex. : Celui des deux qui sera le plus studieux méritera une récompense, *uter erit magis studiosus, dignus erit mercede.*

Uterque... alter.

159 Quand le sujet du verbe est un pronom, *l'un l'autre* se rend par *uterque, utraque, utrumque;*

L'un ou l'autre, ou *l'un des deux* par *alteruter, alterutra, alterutrum;*

Ni l'un ni l'autre par *neuter, neutra, neutrum,* et ils sont suivis ordinairement de *alter, altera, alterum.*

Ex. : Ils sont contents l'un de l'autre, *uterque altero contentus est.*

L'un des deux ne se souvient pas de l'autre, *alteruter alterius immemor est.*

Ils ne s'admirent ni l'un ni l'autre, *neuter alterum mirabundus est.*

Quisquis, quicumque.

160 *Quisquis, quicumque,* quiconque, tout homme qui, sont toujours relatifs comme *qui, quæ, quod;* l'antécédent est exprimé ou sous-entendu.

Ex. : Nous mortels, tous tant que nous sommes, *omnes, quicumque sumus, mortales.*

En général, on ne sous-entend l'antécédent que quand il doit être au même cas que le relatif.

Il y a.

161 *Il y a, il y avait,* au commencement d'une phrase, se tourne par *il est, il était.*

Ex. : Il y a un beau livre, la Bible, *est insignis liber, Biblia.*

C'est... qui.

162 Dans les locutions comme *c'est moi qui..., c'est vous qui..., ce sont les hommes qui...,* etc., *celui qui.... c'est..., ce qui.... c'est...,* on ne rend ni *c'est.... qui..,* ni *celui qui.... c'est...;* alors en latin on met en premier lieu le mot sur lequel *c'est* appelle l'attention.

Ex. : C'est moi qui suis Daphnis, le berger du troupeau, *ego Daphnis, gregis custos* (*sum* est souvent sous-entendu).

C'est... que de...

163 *C'est..., que...,* devant un infinitif se tourne par *celui qui.*

Ex. : C'est être malheureux que d'être ambitieux, *tournez* · Celui qui est ambitieux est malheureux, *qui ambitiosus est, miser.*

RÉGIMES DU VERBE *SUM.*

Génitif.

Est judicis.

164 Le verbe *esse* veut le génitif, quand il signifie *être du devoir de, l'affaire de, être pour quelqu'un, du parti de quelqu'un.*

Ex. : Il est du devoir d'un bon juge, *est boni judicis* (sous-entendu, *munus*).

Vous êtes pour Annibal, *es Annibalis.*

Génitif ou Datif.

Judæa Romanorum erat, ou *Romanis.*

165 Quand le verbe *esse* signifie *être à, appartenir à,* le nom ou pronom qui suit *de* se met au génitif ou au datif.

Ex. : La Judée était aux Romains, *Judæa Romanorum erat.* Les Romains à qui tout appartenait, *Romani quorum* ou *quibus omnia erant* (sous-entendu, *res, negotium*).

Meum est.

166 Avec le verbe *être,* les régimes *à moi, à toi, à nous, à vous,* peuvent, et même quelquefois doivent se tourner par *mien, tien, notre, votre.*

Ex. : Le livre est à moi (est mien), *liber est meus;* c'est à moi (c'est de mon devoir), *meum est;* c'est à vous, *tuum est.*

Hoc est tibi oneri.

167 Quelquefois le verbe *Sum* gouverne deux datifs, celui de la personne et celui de la chose.

Ex. : Cela vous est à charge, *hoc est tibi oneri.*

Vous à qui les présents seront à charge, *tu cui munera oneri erunt.*

Mihi opus est amico.

168 Opus est, *il est besoin de*, veut au datif le mot de la personne, et à l'ablatif le mot de la chose dont on a besoin.

Ex. : J'ai besoin d'un ami (il est besoin à moi d'un ami), *mihi opus est amico*, ou bien *amicus mihi opus est; opus* est ici attribut. L'ami dont j'ai besoin, *amicus quo mihi opus est.*

Composés de Sum.

Defuit officio.

169 Les composés de *Sum* veulent le datif, excepté *absum* qui veut l'ablatif avec *à* ou *ab*.

Ex. : Il a manqué à son devoir, *defuit officio.* A quel spectacle était-il présent? *cui spectaculo aderat?* La maison d'où il était absent, *domus à quá aberat.*

VERBES ATTRIBUTIFS.

170 Ils contiennent l'idée du verbe *Sum* et d'un attribut.

Il y a quatre conjugaisons qui se distinguent par l'infinitif et la deuxième personne de l'indic. présent.

I.

Amare, aimer, infinitif présent; *amas,* deuxième personne de l'indicatif présent.

II.

Monere, avertir, infinitif présent; *mones,* deuxième personne de l'indicatif présent.

III.

Legere, lire, infinitif présent; *legis,* deuxième personne de l'indicatif présent.

IV.

Audire, entendre, infinitif présent; *audis,* deuxième personne de l'indicatif présent.

Il y a aussi en français quatre conjugaisons ; mais un verbe de la première, deuxième conjugaison française, etc., n'est pas toujours de la première, deuxième conjugaison latine.

La 1re en *er* comme *aimer;*
La 2e en *ir* comme *avertir;*
La 3e en *oir* comme *recevoir;*
La 4e en *re* comme *entendre;*

On appelle verbes *réguliers* ceux qui suivent les quatre conjugaisons modèles, et *irréguliers* ceux qui s'en écartent.

171 Les verbes *réguliers* et *irréguliers* sont : 1° actifs et passifs ; 2° neutres ; 3° déponents.

1° Les verbes *actifs* sont ceux qui ont deux *voix* différentes, c'est-à-dire deux suites différentes de terminaisons : la *voix active* terminée en *o,* dont le sujet fait l'action, comme *amo,* j'aime ; la *voix passive* terminée en *or,* dont le sujet n'agit pas, mais reçoit et souffre l'action, comme *amor,* je suis aimé. Ces deux voix ne sont donc réellement qu'un seul et même verbe envisagé sous un point de vue différent.

On appelle encore les verbes actifs *transitifs (transire,* passer), parce qu'ils passent d'une voix à une autre.

2° Les verbes *neutres* sont ceux qui marquent une action ou un état du sujet, et n'ont pas de passif : comme *ambulo,* je marche ; *venio,* je viens ; *curro,* je cours ; *jaceo,* je suis étendu.

REM. : Beaucoup de verbes actifs en français sont neutres en latin.

3° Les verbes *déponents* sont ceux qui ont la forme passive et la signification active.

VERBES ACTIFS.

172 La voix active sert en même temps de modèle aux verbes neutres.

173

INDICATIF.			IMPÉRATIF.	
			Point de première personne.	
PRÉSENT.	S. Am o,	j'aime.		
	Am as,	tu aimes.	Am a ou am ato,	aime.
	Am at,	il aime.	Am ato (ille),	qu'il aime.
	Pl. Am amus,	nous aimons.	Am emus.	aimons.
	Am atis,	vous aimez.	Am ate ou am atote,	aimez.
	Am ant,	ils aiment.	Am anto,	qu'ils aiment.
IMPARFAIT.	S. Am abam,	j'aimais.		
	Am abas,	tu aimais.		
	Am abat,	il aimait.	....	
	Pl. Am abamus,	nous aimions.		
	Am abatis,	vous aimiez.		
	Am abant,	ils aimaient.		
PARFAIT.	S. Am avi,	j'ai aimé, j'aimai.		
	Am avisti,	tu as aimé.		
	Am avit,	il a aimé.	....	
	Pl. Am avimus,	nous avons aimé.		
	Am avistis,	vous avez aimé.		
	Am averunt, ou am avere,	ils ont aimé.		
PLUS-QUE-PARFAIT.	S. Am averam,	j'avais aimé.		
	Am averas,	tu avais aimé.		
	Am averat,	il avait aimé.	....	
	Pl. Am averamus,	nous avions aimé.		
	Am averatis,	vous aviez aimé.		
	Am averant,	ils avaient aimé.		
FUTUR.	S. Am abo,	j'aimerai.		
	Am abis,	tu aimeras.		
	Am abit,	il aimera.	....	
	Pl. Am abimus,	nous aimerons.		
	Am abitis,	vous aimerez.		
	Am abunt,	ils aimeront.		
FUTUR PASSÉ.	S. Am avero,	j'aurai aimé.		
	Am averis,	tu auras aimé.		
	Am averit,	il aura aimé.	....	
	Pl. Am averimus,	nous aurons aimé.		
	Am averitis,	vous aurez aimé.		
	Am averint,	ils auront aimé.		

Ainsi se conjuguent : 1° Les verbes actifs : *Congregare*, rassembler ; *laudare*, louer ; *vocare*, appeler ; *verberare*, frapper.

SUBJONCTIF.	INFINITIF.	
	INFINITIF PROPREMENT DIT.	PARTICIPES.
Am em, *que j'aime.* Am es, *que tu aimes.* Am et, *qu'il aime.* Am emus, *que nous aimions.* Am etis, *que vous aimiez.* Am ent, *qu'ils aiment.*	Amare, *aimer,* *qu'il aime* ou *qu'il aimait.*	Amans, antis, ai- mant, *qui aime* ou *qui aimait.*
Am arem, *que j'aimasse, j'aimerais.* Am ares, *que tu aimasses.* Am aret, *qu'il aimât.* Am aremus, *que nous aimassions.* Am aretis, *que vous aimassiez.* Am arent, *qu'ils aimassent.*	. . . .	. . . .
Am averim, *que j'aie aimé.* Am averis, *que tu aies aimé.* Am averit, *qu'il ait aimé.* Am averimus, *que nous ayons aimé.* Am averitis, *que vous ayez aimé.* Am averint, *qu'ils aient aimé.*	Amavisse, *avoir* *aimé, qu'il a* ou *avait aimé.*	. . . .
Am avissem, *que j'eusse ou j'aurais aimé* Am avisses, *que tu eusses aimé.* Am avisset, *qu'il eût aimé.* Am avissemus, *que nous eussions aimé* Am avissetis, *que vous eussiez aimé.* Am avissent, *qu'ils eussent aimé.*	. . . .	. . . .
. . . .	Amaturum, atu- ram esse, *devoir* *aimer, qu'il aimera* ou *qu'il aimerait.*	Amaturus, atura aturum, *devant ai- mer, qui aimera* ou *qui doit aimer.* SUPIN. Amatum, *à aimer*
. . . .	Amaturum, atu- ram fuisse, *avoir* *dû aimer, qu'il aura* ou *qu'il eût aimé.*	GÉRONDIFS. Amandi, *d'aimer* Amando, *en ai- mant.* Amandum, *à ai- mer* ou *pour aimer*

2° Les verbes neutres : *Pugnare, certare,* combattre ; *ambulare,* marcher ; *laborare,* travailler.

174

INDICATIF.	IMPÉRATIF.
PRÉSENT. *S.* Mon eo, *j'avertis.* Mon es, *tu avertis.* Mon et, *il avertit.* *Pl.* Mon emus, *nous avertissons.* Mon etis, *vous avertissez.* Mon ent, *ils avertissent.*	Point de première personne. Mon e ou mon eto, *avertis.* Mon eto (ille), *qu'il avertisse.* Mon eamus, *avertissons.* Mon ete ou mon etote, *avertissez.* Mon ento, *qu'ils avertissent.*
IMPARFAIT. *S.* Mon ebam, *j'avertissais.* Mon ebas, *tu avertissais.* Mon ebat, *il avertissait.* *Pl.* Mon ebamus, *nous avertissions.* Mon ebatis, *vous avertissiez.* Mon ebant, *ils avertissaient.*	. . . .
PARFAIT. *S.* Mon ui, *j'ai averti, j'avertis.* Mon uisti, *tu as averti.* Mon uit, *il a averti.* *Pl.* Mon uimus, *nous avons averti.* Mon uistis, *vous avez averti.* Mon uerunt *ou* mon uere, *ils ont averti.*	. . . .
PL.-Q.-PARF. *S.* Mon ueram, *j'avais averti.* Mon ueras, *tu avais averti.* Mon uerat, *il avait averti.* *Pl.* Mon ueramus, *nous avions averti.* Mon ueratis, *vous aviez averti.* Mon uerant, *ils avaient averti.*	. . . .
FUTUR. *S.* Mon ebo, *j'avertirai.* Mon ebis, *tu avertiras.* Mon ebit, *il avertira.* *Pl.* Mon ebimus, *nous avertirons.* Mon ebitis, *vous avertirez.* Mon ebunt, *ils avertiront.*	. . . .
FUTUR PASSÉ. *S.* Mon uero, *j'aurai averti.* Mon ueris, *tu auras averti.* Mon uerit, *il aura averti.* *Pl.* Mon uerimus, *nous aurons averti.* Mon ueritis, *vous aurez averti.* Mon uerint, *ils auront averti.*	. . . .

Ainsi se conjuguent : 1° Les verbes actifs : *Habere*, avoir; *terrere*, épouvanter; *docere*, supin *doctum*, enseigner; *implere, implevi, impletum*, remplir; *tenere, tentum*, tenir.

SUBJONCTIF.	INFINITIF.	
	INFINITIF PROPREMENT DIT.	PARTICIPES.
Mon eam, *que j'avertisse.* Mon eas, *que tu avertisses.* Mon eat, *qu'il avertisse.* Mon eamus, *que nous avertissions.* Mon eatis, *que vous avertissiez.* Mon eant, *qu'ils avertissent.*	Monere, *avertir.*	Monens, *avertissant, qui avertit ou qui avertissait.*
Mon erem, *que j'avertisse, j'avertirais.* Mon eres, *que tu avertisses.* Mon eret, *qu'il avertît.* Mon eremus, *que nous avertissions.* Mon eretis, *que vous avertissiez.* Mon erent, *qu'ils avertissent.*	. . . .	. . . .
Mon uerim, *que j'aie averti.* Mon ueris, *que tu aies averti.* Mon uerit, *qu'il ait averti.* Mon uerimus, *que nous ayons averti.* Mon ueritis, *que vous ayez averti.* Mon uerint, *qu'ils aient averti.*	Monuisse, *avoir averti, qu'il a ou qu'il avait averti.*	. . . .
Mon uissem, *que j'eusse ou j'aurais averti* Mon uisses, *que tu eusses averti.* Mon uisset, *qu'il eût averti.* Mon uissemus, *que nous eussions averti* Mon uissetis, *que vous eussiez averti.* Mon uissent, *qu'ils eussent averti.*	. . . .	. . . .
. . . .	Moniturum, ituram esse, *devoir avertir, qu'il avertira ou qu'il avertirait.*	Moniturus, itura, iturum, *devant avertir, qui avertira ou qui doit avertir.* S PIN. Monitum, *à avertir.* GÉRONDIFS. Monendi, *d'avertir.*
. . . .	Moniturum, ituram fuisse, *avoir dû avertir, qu'il aura ou qu'il eût averti.*	Monendo, *en avertissant.* Monendum, *à avertir ou pour avertir.*

2° Les verbes neutres : *Faveo, favi, fautum,* favoriser, *invidere, invidi, invisum,* porter envie ; *studere,* étudier, sans supin.

178

INDICATIF.		IMPÉRATIF.	
PRÉSENT. S. Leg o,	je lis.	P int de première personne.	
Leg is,	tu l's.	Leg e ou leg ito,	lis
Leg it,	il lit.	Leg ito (illo),	qu'il l'se.
Pl. Leg imus,	nous lisons.	Legamus,	lirons.
Leg itis,	vous l'sez.	eg ito ou leg itote,	lisez.
Leg unt,	ils lisent.	Leg unto,	qu'ils l'sent.
IMPARFAIT. S. Leg ebam,	je l'sais.		
Leg ebas,	tu l'sais.		
Leg ebat,	il l sait.		
Pl. Leg ebamus,	nous lisions.	....	
Leg ebatis,	vous liriez.		
Leg ebant,	ils l'saient.		
PARFAIT. S. Leg i,	j'ai lu, je lus.		
Leg isti,	tu as lu.		
Leg it,	il a lu		
Pl. Leg imus,	nous avons lu.	....	
Leg istis,	vous avez lu.		
Leg erunt ou leg ere,	ils ont lu.		
PL.-Q.-PARF. S. Leg eram,	j'avais lu.		
Leg eras,	tu avais lu.		
Leg erat,	il avait lu.		
Pl. Leg eramus,	nous avions lu.	....	
Leg eratis,	vous aviez lu.		
Leg erant,	ils avaient lu.		
FUTUR. S. Leg am,	je lirai.		
Leg es,	tu liras.		
Leg et,	il lira.		
Pl. Leg emus,	nous lirons.	....	
Leg etis,	vous lirez.		
Leg ent,	ils liront.		
FUTUR PASSÉ. S. Leg ero,	j'aurai lu.		
Leg eris,	tu auras lu.		
Leg erit,	il aura lu.		
Pl. Leg erimus,	nous aurons lu.	....	
Leg eritis,	vous aurez lu.		
Leg erint,	ils auront lu.		

Ainsi se conjuguent : 1° Les verbes actifs : *Vincere, vici, victum*, vaincre,
occidere, occidi, occisum, tuer; *scribere, scripsi, scriptum*, écrire;
cognoscere, cognovi, cognitum, connaître.

SUBJONCTIF.	INFINITIF.	
	INFINITIF PROPREMENT DIT.	PARTICIPES.
Leg am, *que je lise.* Leg as, *que tu lises.* Leg at, *qu'il lise,* Leg amus, *que nous lisons.* Leg atis, *que vous lisiez.* Leg ant, *qu'ils lisent.*	Legere, *lire. qu'il lit ou qu'il lirait.*	Legens, ents, *l sant, qui lit ou qu lirait.*
Leg erem, *que je lusse, je lirais.* Leg eres, *que tu lusses.* Leg eret, *qu'il lût.* Leg eremus, *que nous lussions.* Leg eretis, *que vous lussiez.* Leg erent, *qu'ils lussent.*	. . . .	
Leg erim, *que j'aie lu.* Leg eris, *que tu aies lu.* Leg erit, *qu'il ait lu.* Leg erimus, *que nous ayons lu.* Leg eritis, *que vous ayez lu.* Leg erint, *qu'ils aient lu.*	Legisse, *avoir lu, qu'il a ou qu'il avait lu.*	. . . .
Leg issem, *que j'eusse ou j'aurais lu.* Leg isses, *que tu eusses lu.* Leg isset, *qu'il eût lu.* Leg issemus, *que nous eussions lu.* Leg issetis, *que vous eussiez lu.* Leg issent, *qu'ils eussent lu.*	. . . .	
. . . .	Lecturum, uram esse, *devoir lire, qu'il lira ou qu'il lirait.*	Lecturus, ura, urum, *devant lire, qui lira ou qui doit lire.* SUPIN. Lectum, *à lire.*
. . . .	Lecturum, uram fuisse, *avoir dû lire, qu'il aura ou qu'il aurait lu.*	GÉRONDIFS. Legendi, *de lire.* Legendo, *en lisant* Legendum, *à lire ou pour lire.*

2° Les verbes neutres : *Currere, cucurri, cursum,* courir ; *cadere, cecidi, casum,* tomber.

INDICATIF.	IMPÉRATIF.
PRÉSENT. S. Accip io, *je reçois.* Accip is, *tu reçois.* Accip it, *il reçoit.* Pl. Accip imus, *nous recevons.* Accip itis, *vous recevez.* Accip iunt, *ils reçoivent.*	Point de première personne. Accip e ou accip ito, *reçois.* Accip ito (ille), *qu'il reçoive.* Accip iamus, *recevons.* Accip ite ou accip itote, *recevez.* Accip iunto, *qu'ils reçoivent.*
IMPARFAIT. S. Accip iebam, *je recevais.* Accip iebas, *tu recevais.* Accip iebat, *il recevait.* Pl. Accip iebamus, *nous recevions.* Accip iebatis, *vous receviez.* Accip iebant, *ils recevaient.*	. . . .
PARFAIT. S. Accep i, *j'ai reçu, je reçus.* Accep isti, *tu as reçu.* Accep it, *il a reçu.* Pl. Accep imus, *nous avons reçu.* Accep istis, *vous avez reçu.* Accep erunt ou accep ere, *ils ont reçu.*	. . . .
PL.-Q.-PARF. S. Accep eram, *j'avais reçu.* Accep eras, *tu avais reçu.* Accep erat, *il avait reçu.* Pl. Accep eramus, *nous avions reçu.* Accep eratis, *vous aviez reçu.* Accep erant, *ils avaient reçu.*	. . . .
FUTUR. S. Accip iam, *je recevrai.* Accip ies, *tu recevras.* Accip iet, *il recevra.* Pl. Accip iemus, *nous recevrons.* Accip ietis, *vous recevrez.* Accip ient, *ils recevront.*	. . . .
FUTUR PASSÉ. S. Accep ero, *j'aurai reçu.* Accep eris, *tu auras reçu.* Accep erit, *il aura reçu.* Pl. Accep erimus, *nous aurons reçu.* Accep eritis, *vous aurez reçu.* Accep erint, *ils auront reçu.*	. . . .

Ainsi se conjuguent : 1° Les verbes actifs : *Facere, feci, factum,* faire ; *aspicere, aspexi, aspectum,* regarder ; *jacere, jeci, jactum,* jeter.

SUBJONCTIF.	INFINITIF.	
	INFINITIF PROPREMENT DIT.	PARTICIPES.
Accip iam, *que je recoive.* Accip ias, *que tu reçoives.* Accip iat, *qu'il reçoive.* Accip iamus, *que nous recevions.* Accip iatis, *que vous receviez.* Accip iant, *qu'ils reçoivent.*	Accipere, *recevoir,* *qu'il reçoit ou qu'il* *recevait.*	Accipiens, entis, *recevant, qui reçoit* ou *qui recevait.*
Accip erem, *que je reçusse, je recevrais.* Accip eres, *que tu reçusses.* Accip eret, *qu'il reçût.* Accip eremus, *que nous reçussions.* Accip eritis, *que vous reçussiez.* Accip erent, *qu'ils reçussent.*	. . . .	. . . .
Accep erim, *que j'aie reçu.* Accep eris, *que tu aies reçu.* Accep erit, *qu'il ait reçu.* Accep erimus, *que nous ayons reçu.* Accep eritis, *que vous ayez reçu.* Accep erint, *qu'ils aient reçu.*	Accepisse, *avoir* *reçu, qu'il a ou qu'il* *avait reçu.*	. . . .
Accep issem, *que j'eusse ou j'aurais reçu* Accep isses, *que tu eusses reçu.* Accep isset, *qu'il eût reçu.* Accep issemus, *que nous eussions reçu.* Accep issetis, *que vous eussiez reçu.* Accep issent, *qu'ils eussent reçu.*	. . . .	. . . .
. . . .	Accepturum, tu- ram esse, *devoir re-* *cevoir, qu'il recevra* ou *qu'il recevrait.*	Accepturus, tura, turum, *devant rece-* *voir, qui recevra* ou *qui doit recevoir.* SUPIN. Acceptum, *à re-* *cevoir.*
. . . .	Accepturum, tu- ram fuisse, *avoir dû* *recevoir, qu'il aura* ou *qu'il eût reçu.*	GÉRONDIFS. Accipiendi, *de re-* *cevoir.* Accipiendo, *en re-* *cevant.* Accipiendum, *à* ou *pour recevoir.*

2° Les verbes neutres : *Fugere, fugi, fugitum,* fuir ;
officere, offeci, offectum, nuire.   6

177

INDICATIF.		IMPÉRATIF.
PRÉSENT.	*S.* Aud io, j'entends; j'écoute. Aud is, tu entends; tu écoutes. Aud it, il entend; il écoute. *Pl.* Aud imus, nous entendons. Aud itis, vous entendez. Aud iunt, ils entendent.	Point de première personne. Aud i *ou* aud ito, entends. Aud ito (ille), qu'il entende Aud iamus, entendons. Aud ite *ou* aud itote, entendez. Aud iunto, qu'ils entendent.
IMPARFAIT.	*S.* Aud iebam, j'entendais. Aud iebas, tu entendais. Aud iebat, il entendait. *Pl.* Aud iebamus, nous entendions. Aud iebatis, vous entendiez. Aud iebant, ils entendaient.	....
PARFAIT.	*S.* Aud ivi, j'ai entendu Aud ivisti, tu as entendu. Aud ivit, il a entendu. *Pl.* Aud ivimus, nous avons entendu. Aud ivistis, vous avez entendu. Aud iverunt ou aud ivere, ils ont entendu.	....
PL.-Q.-PARF.	*S.* Aud iveram, j'avais entendu. Aud iveras, tu avais entendu. Aud iverat, il avait entendu. *Pl.* Aud iveramus, nous avions entendu. Aud iveratis, vous aviez entendu. Aud iverant, ils avaient entendu.	....
FUTUR.	*S.* Aud iam, j'entendrai. Aud ies, tu entendras. Aud iet, il entendra. *Pl.* Aud iemus, nous entendrons. Aud ietis, vous entendrez. Aud ient, ils entendront.	....
FUTUR PASSÉ.	*S.* Aud ivero, j'aurai entendu. Aud iveris, tu auras entendu. Aud iverit, il aura entendu. *Pl.* Aud iverimus, nous aurons entendu. Aud iveritis, vous aurez entendu. Aud iverint, ils auront entendu.	....

Ainsi se conjuguent : 1° Les verbes actifs : *Munire*, fortifier;
sepelire, *sepultum*, ensevelir; *punire*, punir; *aperire*, *aperui*, *apertum*, ouvri

SUBJONCTIF.	INFINITIF.	
Aud iain, *que j'entende.* Aud ias, *que tu entendes.* Aud iat, *qu'il entende.* Aud iamus, *qne nous entendions.* Aud iatis, *que vous entendiez.* Aud iant, *qu'ils entendent.*	INFINITIF PROPREMENT DIT. Audire, *entendre,* *qu'il entend ou qu'il* *entendait.*	PARTICIPES. Audiens, audien- tis, *entendant, qui* *entend ou qui enten-* *dait.*
Aud irem, *que j'entendisse, j'entendrais* Aud ires, *que tu entendisses.* Aud iret, *qu'il entendît.* Aud iremus, *que nous entendissions* Aud iretis, *que vous entendissiez.* Aud irent, *qu'ils entendissent.*	. . . .	. . . .
Aud iverim, *que j'aie entendu.* Aud iveris, *que tu aies entendu.* Aud iverit, *qu'il ait entendu.* Aud iverimus, *que n. ayons entendu.* Aud iveritis, *que v. ayez entendu.* Aud iverint, *qu'ils aient entendu.*	Audivisse, *avoir* *entendu, qu'il a ou* *qu'il avait entendu.*	. . . .
Aud ivissem, *que j'eusse entendu.* Aud ivisses, *que tu eusses entendu.* Aud ivisset, *qu'il eût entendu.* Aud ivissemus, *que n. eussions entendu* Aud ivissetis, *que v. eussiez entendu* Aud ivissent, *qu'ils eussent entendu.*	. . . .	. . . .
. . . .	Auditurum , itu- ram esse, *devoir en-* *tendre, qu'il enten-* *dra ou qu'il enten-* *drait.*	Auditurus, itura, iturum, *devant en-* *tendre, qui doit ou* *qui devait entendre.* SUPIN. Auditum, *à enten-* *dre.*
. . . .	Auditurum , itu- ram fuisse, *avoir dû* *entendre, qu'il aura* *ou qu'il eût entendu.*	GÉRONDIFS. Audiendi, *d'enten-* *dre.* Audiendo, *en en-* *tendant.* Audiendum, *à ou* *pour entendre.*

2° Les verbes neutres : *Dormire,* dormir; *garrire,* babiller ;
venire, veni, ventum, venir.

TABLEAU SYNOPTIQUE

des quatre Conjugaisons actives.

		1	2	3	4
INDICATIF.	*Présent.*	Am o, as.	Mon eo, es.	Leg o, is.	Aud io, is,
	Imparf.	Am abam, abas.	Mon ebam, ebas.	Leg ebam, ebas.	Aud iebam, iebas.
	Parfait.	Am avi, avisti.	Mon ui, uisti.	Leg is, isti.	Aud ivi, ivisti.
	P.-q.-P.	Am averam, averas.	Mon ueram, ueras.	Leg eram, eras.	Aud iveram, iveras.
	Futur.	Am abo, abis.	Mon ebo, ebis.	Leg am, es.	Aud iam, ies.
	F. pass.	Am avero, averis.	Mon uero, ueris.	Leg ero, eris.	Aud ivero, iveris.
IMPÉRATIF.		Am a, ato.	Mon e, eto.	Leg e, ito.	Aud i, ito.
SUBJ.	*Présent.*	Am em, es.	Mon eam, eas.	Leg am, as.	Aud iam, ias.
	Imparf.	Am arem, ares.	Mon erem, eres.	Leg erem, eres.	Aud irem, ires.
	Parfait.	Am averim, averis.	Mon uerim, ueris.	Leg erim, eris.	Aud iverim, iveris.
	P.-q.-P.	Am avissem, es.	Mon uissem, uisses.	Leg issem, isses.	Aud ivissem, ivisses.
INFINITIF.		Am are, avisse.	Mon ere, uisse.	Leg ere, isse.	Aud ire, ivisse.

Remarque I. — A toutes les conjugaisons, dans les parfaits en *avi, evi, ovi,* et dans les temps qui en sont formés, on peut faire une syncope, c'est-à-dire retrancher le *v* et l'*i* devant l'*r* ou *s;* ainsi : *amârunt* pour *amaverunt; impléssem* pour *implevissem.*

Il faut excepter deux verbes de la seconde conjugaison : *favi* parfait de *faveo,* favoriser, et *fovi* parfait de *foveo,* réchauffer, qui étant déjà syncopés, n'admettent pas le retranchement du *v* et de l'*i.*

Dans les parfaits en *ivi* et dans les temps qui en sont formés, on peut toujours supprimer le *v* : *audii* pour *audivi; audieram* pour *audiveram; audiissem* pour *audivissem* ; on dit aussi *audissem.*

Remarque II. — Les verbes en *io, ere,* sont de la troisième conjugaison à cause de l'infinitif, et de la deuxième personne en *is,* de l'indicatif présent. *I* ne se met que devant certaines initiales de terminaisons, savoir devant *a, o, u,* et quelquefois devant *e.* C'est à la première personne du singulier et à la troisième personne du pluriel de l'indicatif présent ; à tout l'imparfait de l'indicatif ; aux personnes première et troisième du pluriel de l'impératif ; au présent du subjonctif ; au participe présent, et au gérondif.

Mais dans *audio,* toutes les terminaisons commencent par *i.*

FORMATION DES TEMPS

DANS LES VERBES ACTIFS.

178. Le radical est dans sa forme pure au présent de l'infinitif. Il éprouve souvent quelque altération au *parfait de l'indicatif* et au *supin.* Il est donc nécessaire de savoir quels temps se forment du *présent de l'infinitif* et ont le radical pur ; et quels temps se forment soit du *parfait,* soit du *supin,* et peuvent avoir un radical altéré.

I.

Temps formés du présent de l'infinitif.

Du présent de l'infinitif se forment le *présent* et l'*imparfait* de tous les modes, et de plus le *futur.*

Otez la dernière syllabe de l'infinitif, vous aurez l'impératif :

Am *are,*	am *a.*
Mon *ere,*	mon *e.*
Leg *ere,*	leg *e.*
Aud *ire,*	aud *i*.*

---

* Quatre verbes, *dico, duco, facio, fero,* font à l'impératif, *dic, duc, fac, fer,* ainsi que les verbes qui en sont composés, excepté ceux qui changent *facere* en *ficere.*

Ajoutez *m* à l'infinitif, vous aurez l'imparfait du subjonctif.

Am *are,*	am *arem.*
Mon *ere,*	mon *erem.*
Leg *ere,*	leg *erem.*
Aud *ire,*	aud *irem.*

II.

Temps formés du présent de l'indicatif.

1° Dans les deux premières conjugaisons, changez *o* en *abo,* et *eo* en *ebo,* vous aurez le futur :

Am *o,*	am *abo.*
Mon *eo,*	mon *ebo.*

2° Dans les deux dernières, changez *o* en *am* :

Leg *o,*	leg *am.*
Aud *io,*	aud *iam.*

3° Dans la première conjugaison changez *o* en *em,* vous aurez le présent du subjonctif : *amem.* Dans les trois autres changez *o* en *am : moneam, legam, audiam.*

III.

Temps formés du parfait de l'indicatif.

Du parfait se forme le *plus-que-parfait* de tous les modes, et de plus le *futur passé.*

1° Changez *i* en *eram,* vous aurez le plus-que-parfait :

Am *avi,*	am *averam.*
Mon *ui,*	mon *ueram,*
Leg *i,*	leg *eram.*
Aud *ivi,*	aud *iveram.*

2° Changez *i* en *ero,* vous aurez le futur passé ;

Am *avi,*	am *avero.*
Mon *ui,*	mon *uero.*
Leg *i,*	leg *ero.*
Aud *ivi,*	aud *ivero.*

3° Changez *i* en *erim*, vous aurez le parfait du subjonctif :

Am *avi,*	am *averim.*
Mon *ui,*	mon *uerim.*
Leg *i,*	leg *erim.*
Aud *ivi,*	aud *iverim.*

4° Changez *i* en *issem*, vous aurez le plus-que-parfait du subjonctif :

Am *avi,*	am *avissem.*
Mon *ui,*	mon *uissem.*
Leg *i,*	leg *issem.*
Aud *ivi,*	aud *ivissem.*

Du supin se forme le participe futur en *rus*.

Avec le présent de l'indicatif et de l'infinitif, les dictionnaires indiquent toujours le parfait et le supin d'un verbe pour aider à former ses autres temps.

VERBES PASSIFS.

179. On forme le verbe passif en ajoutant *r* à l'actif : *amo, amor; doceo, doceor*.

RÈGLE GÉNÉRALE

POUR TOUS LES VERBES PASSIFS.

Il y a dans le passif les temps *simples* et les temps *composés*. Les temps simples n'ont qu'un seul mot à chaque personne : *amor, amabar*; les temps composés se forment du participe passé passif et du verbe *Sum* : *amatus sum, amatus esset*.

REMARQUES : 1° Les temps composés sont le *parfait*, le *plus-que-parfait* et le *futur passé* à tous les modes.

2° Au parfait on dit *amatus eram*, plutôt que *amatus fueram*, et au futur passé, *amatus ero*, plutôt que *amatus fuero*.

180

INDICATIF.	IMPÉRATIF.

PRÉSENT.

S.	Am or,	je suis		Point de première personne.	
	Am aris ou am are,	tu es		Am are ou am ator,	sois
	Am atur,	il est		Am ator (ille)	qu'il soit
Pl.	Am amur,	nous sommes		Am emur,	soyons
	Am amini,	vous êtes		Am amini,	soyez
	Am antur,	ils sont		Am antor,	qu'ils soient

aimés. aimé.   *aimés. aimé.*

IMPARFAIT.

S.	Am abar,	j'étais
	Am abaris, am abare,	tu étais
	Am abatur,	il était
Pl.	Am abamur,	nous étions
	Am abamini,	vous étiez
	Am abantur,	ils étaient

aimés. aimé.

PARFAIT.

S.	Amatus sum ou fui,	j'ai été, je fus
	Amatus es ou fuisti,	tu as été
	Amatus est ou fuit,	il a été
Pl.	Amati sumus,	nous avons été
	Amati estis,	vous avez été
	Amati sunt,	ils ont été

aimés. aimé.

PL.-Q.-PARF.

S.	Amatus eram ou fueram,	j'avais été
	Amatus eras,	tu avais été
	Amatus erat,	il avait été
Pl.	Amati eramus,	nous avions été
	Amati eratis,	vous aviez été
	Amati erant,	ils avaient été

aimés. aimé.

FUTUR.

S.	Am abor,	je serai
	Am aberis ou am abere,	tu seras
	Am abitur,	il sera
Pl.	Am abimur,	nous serons
	Am abimini,	vous serez
	Am abuntur,	ils seront

aimés. aimé.

FUTUR PASSÉ.

S.	Amatus ero ou fuero,	j'aurai été
	Amatus eris,	tu auras été
	Amatus erit,	il aura été
Pl.	Amati erimus,	nous aurons été
	Amati eritis,	vous aurez été
	Amati erunt,	ils auront été

aimés. aimé.

Ainsi se conjuguent : *Laudari, laudor, laudatus sum,* je suis loué ; —
Vituperari, vituperor, vituperatus sum, je suis blâmé.

SUBJONCTIF.	INFINITIF.	

	INFINITIFS PROPREMENT DITS.	PARTICIPES.
Am er, *que je sois* ⎱		
Am eris *ou* am ere, *que tu sois* ⎰	Amari, *être aimé,*	
Am etur, *qu'il soit* aimé.	*qu'il est ou qu'il*	Pas de participe présent.
Am emur, *que nous soyons* aimés.	*était aimé.*	
Am emini, *que vous soyez*		
Am entur, *qu'ils soient*		
Am arer, *que je fusse, je serais* ⎱		
Am areris *ou* am arere, *que tu fusses* ⎰		
Am aretur, *qu'il fût* aimé.	. . . .	. . . .
Am aremur, *que nous fussions* aimés.		
Am aremini, *que vous fussiez*		
Am arentur, *qu'ils fussent*		
Amatus sim *ou* fuerim, *que j'aie été* ⎱	Amatum, atam es-	
Amatus sis, *que tu aies été* ⎰	se *ou* fuisse, *avoir*	Amatus, ata, atum,
Amatus sit, *qu'il ait été* aimé.	*été aimé, qu'il a été*	*ayant été aimé, qui*
Amati simus, *que nous ayons été* aimés.	*ou qu'il avait été*	*a été aimé.*
Amati sitis, *que vous ayez été*	*aimé.*	
Amati sint, *qu'ils aient été*		
Amatus essem *ou* fuissem, *que j'eusse été* ⎱		
Amatus esses, *que tu eusses été* ⎰ aimé.	. . . .	. . . .
Amatus esset, *qu'il eût été*		
Amati essemus, *que nous eussions été* aimés.		
Amati essetis, *que vous eussiez été*		
Amati essent, *qu'ils eussent été*		
. . . .	Amatum iri (in-déclin.), amandum esse (décl.), *devoir être aimé, qu'il sera ou qu'il serait aimé.*	Amandus, aman-da, amandum, *devant être aimé, qui doit ou qui devait être aimé.*
. . . .	Amandum, andam fuisse, *avoir dû être aimé, qu'il aura ou qu'il eût été aimé.*	SUPIN. Amatu, *à être aimé.*

Verberari, verberor, verberatus sum, je suis frappé; — *vocari, vocor, vocatus sum,* je suis apppelé, etc.

7

181

INDICATIF.	IMPÉRATIF.

PRÉSENT.

S. Mon eor, *je suis*
Mon eris *ou* mon ere, *tu es*
Mon etur, *il est*
Pl. Mon emur, *nous sommes*
Mon emini, *vous êtes*
Mon entur, *ils sont*

avertis. averti

Point de première personne.
Mon ere *ou* mon etor, *sois*
Mon etor (ille) *qu'il soit*
Mon eamur, *soyons*
Mon emini, *soyez*
Mon entor, *qu'ils soient*

avertis. averti

IMPARFAIT.

S. Mon ebar, *j'étais*
Mon ebaris *ou* mon ebare, *tu étais*
Mon ebatur, *il était*
Pl. Mon ebamur, *nous étions*
Mon ebamini, *vous étiez*
Mon ebantur, *ils étaient*

avertis. averti

. . . .

PARFAIT.

S. Monitus sum *ou* fui, *j'ai été*
Monitus es, *tu as été.*
Monitus est, *il a été*
Pl. Moniti sumus, *nous avons été*
Moniti estis, *vous avez été*
Moniti sunt, *ils ont été*

avertis. averti

. . . .

PL.-Q.-PARF.

S. Monitus eram *ou* fueram, *j'avais été*
Monitus eras, *tu avais été*
Monitus erat, *il avait été*
Pl. Moniti eramus, *nous avions été*
Moniti eratis, *vous aviez été*
Moniti erant, *ils avaient été*

avertis. averti

. . . .

FUTUR.

S. Mon ebor, *je serai*
Mon eberis *ou* mon ebere, *tu seras*
Mon ebitur, *il sera*
Pl. Mon ebimur, *nous serons*
Mon ebimini, *vous serez*
Mon ebuntur, *ils seront*

avertis. averti

. . . .

FUTUR PASSÉ.

S. Monitus ero *ou* fuero, *j'aurai été*
Monitus eris, *tu auras été*
Monitus erit, *il aura été*
Pl. Moniti erimus, *nous aurons été*
Moniti eritis, *vous aurez été*
Moniti erunt, *ils auront été*

avertis. averti

. . . .

Ainsi se conjuguent : *Doceri, doceor, doctus sum,* je suis instruit; — *terreri, terreor, territus sum,* je suis épouvanté.

SUBJONCTIF.	INFINITIF.	
Mon ear, *que je sois* Mon earis *ou* mon eare, *que tu sois* Mon eatur, *qu'il soit* Mon eamur, *que nous soyons* Mon eamini, *que vous soyez* Mon eantur, *qu'ils soient* *avertis, averti*	INFINITIF PROPREMENT DIT. Moneri, *être aver- ti, qu'il est ou qu'il était averti.*	PARTICIPES.
Mon erer, *que je fusse* Mon ereris *ou* mon erere, *q. t. fusses* Mon eretur, *qu'il fût* Mon eremur, *que nous fussions* Mon eremini, *que vous fussiez* Mon erentur, *qu'ils fussent* *avertis, averti*	. . . .	
Monitus sim *ou* fuerim, *que j'aie été* Monitus sis, *que tu aies été.* Monitus sit, *qu'il ait été* Moniti simus, *que nous ayons été* Moniti sitis, *que vous ayez été* Moniti sint, *qu'ils aient été* *avertis, averti*	Monitum, moni- tam esse *ou* fuisse, *avoir été averti, qu'il a ou avait été averti.*	Monitus, ita, itum, *averti, ayant été averti, qui a été averti.*
Monitus essem *que j'eusse été* *ou* fuissem, Monitus esses, *que tu eusses été* Monitus esset, *qu'il eût été* Moniti essemus, *q. nous eussions été* Moniti essetis, *que vous eussiez été* Moniti essent, *qu'ils eussent été* *avertis, averti*	. . . .	
. . . .	Monitum, iri (in- décl.), monendum esse (décl.), *devoir être averti, qu'il sera ou serait averti.*	Monendus, enda, endum, *devant être averti, qui doit ou qui devait être averti*
. . . .	Monendum, en- dam fuisse, *avoir dû être averti, qu'il au- ra ou qu'il eût été averti.*	SUPIN. Monitu, *à être averti.*

Retineri, *rétineor, retentus sum,* je suis retenu ; — *impleri, impleor,
impletus sum,* je suis empli, etc.

182

INDICATIF.	IMPÉRATIF.

PRÉSENT.

S. Leg or,	je suis lu.	Point de première personne.
Leg eris *ou* leg ere,	tu es lu.	Leg ere *ou* leg itor, *sois lu.*
Leg itur,	il est lu.	Leg itor (ille), *qu'il soit lu.*
Pl. Leg imur,	nous sommes lus.	Leg amur, *soyons lus.*
Leg imini,	vous êtes lus.	Leg imini, *soyez lus.*
Leg untur,	ils sont lus.	Leg untor, *qu'ils soient lus.*

IMPARFAIT.

S. Leg ebar,	j'étais lu.
Leg ebaris *ou* leg ebare,	tu étais lu.
Leg ebatur,	il était lu.
Pl. Leg ebamur,	nous étions lus.
Leg ebamini,	vous étiez lus.
Leg ebantur,	ils étaient lus.

PARFAIT.

S. Lectus sum *ou* fui,	j'ai été, je fus lu.
Lectus es,	tu as été lu.
Lectus est,	il a été lu.
Pl. Lecti sumus,	nous avons été lus.
Lecti estis,	vous avez été lus.
Lecti sunt,	ils ont été lus.

PL.-Q.-PARF.

S. Lectus eram *ou* fueram,	j'avais été lu.
Lectus eras,	tu avais été lu.
Lectus erat,	il avait été lu.
Pl. Lecti eramus,	nous avions été lus.
Lecti eratis,	vous aviez été lus.
Lecti erant,	ils avaient été lus.

FUTUR.

S. Leg ar,	je serai lu.
Leg eris *ou* leg ere,	tu seras lu.
Leg etur,	il sera lu.
Pl. Leg emur,	nous serons lus.
Leg emini,	vous serez lus.
Leg entur,	il seront lus.

FUTUR PASSÉ.

S. Lectus ero *ou* fuero,	j'aurai été lu.
Lectus eris,	tu auras été lu.
Lectus erit,	il aura été lu.
Pl. Lecti erimus,	nous aurons été lus.
Lecti eritis,	vous aurez été lus.
Lecti erunt,	ils auront été lus.

Ainsi se conjuguent : *Vinci, vincer, victus sum,* je suis vaincu ; — *scribi, scribor, scriptus sum,* je suis écrit.

SUBJONCTIF.	INFINITIF.	
	INFINITIF PROPREMENT DIT.	PARTICIPES.
Leg ar, *que je sois* Leg aris *ou* leg are, *que tu sois* Leg atur, *qu'il soit* Leg amur, *que nous soyons* Leg amini *que vous soyez* Leg antur, *qu'ils soient* } *lu.* } *tus.*	Legi, *être lu.*	
Leg erer, *que je fusse* Leg ereris *ou* leg erere, *que tu fusses* Leg eretur, *qu'il fût* Leg eremur, *que nous fussions* Leg eremini, *que vous fussiez* Leg erentur, *qu'ils fussent* } *lu.* } *tus.*	. . . .	. . . .
Lectus sim *ou* fuerim, *que j'ai été* Lectus sis, *que tu aies été* Lectus sit, *qu'il ait été* Lecti simus, *que nous ayons été* Lecti sitis, *que vous ayez été* Lecti sint, *qu'ils aient été* } *lu.* } *tus.*	Lectum , lectam esse *ou* fuisse, *avoir été lu.*	Lectus, lecta, lec-tum , *lu, ayant été ou qui a été lu.*
Lectus esse *ou* fuissem *que j'eusse été* Lectus esses, *que tu eusses été* Lectus esset, *qu'il eût été* Lecti essemus, *que nous eussions été* Lecti essetis, *que vous eussiez été* Lecti essent, *qu'ils eussent été* } *lu.* } *tus.*	. . . .	. . . .
. . . .	Lectum iri (indé-cl.), legendum esse (décl.), *devoir être lu, qu'il sera ou se-rait lu.*	Legendus, enda, endum, *devant être lu, qui doit ou qui devait être lu.*
. . . .	Legendum , en-dam fuisse , *avoir dû être lu, qu'il au-ra ou qu'il eût été lu.*	SUPIN. Lectu, *à être lu.*

2° *Occidi, occidor, occisus sum,* je suis tué ; — *Cognosci, cognoscor, cognitus sum,* je suis connu, etc.

183

INDICATIF.	IMPÉRATIF.

PRÉSENT.	S. Accip ior,	je suis.	recus. reçu.
	Accip eris ou accip ere,	tu es	
	Accip itur,	il est	
	Pl. Accip imur,	nous sommes	
	Accip imini,	vous êtes	
	Accip iuntur,	ils sont	

Point de première personne.

Accip ere,   sois reçu.
Accip itor (ille), qu'il soit reçu.
Accip iamur,   soyons reçus.
Accip imini,   soyez reçus.
Accip iuntor,   qu'ils soient reçus

IMPARFAIT.	S. Accip iebar,	j'étais	recus. reçu.
	Accip iebaris ou accipiebare,	tu étais	
	Accip iebatur,	il était	
	Pl. Accip iebamur,	nous étions	
	Accip iebamini,	vous étiez	
	Accip iebantur,	ils étaient	

....

PARFAIT.	S. Acceptus sum ou fui, j'ai été, je fus	recus. reçu.
	Pl. Accepti sumus, nous avons été	

....

PL.-Q.-PARF.	S. Acceptus eram ou fueram, j'avais [été	recus. reçu.
	Pl. Accepti eramus, nous avions été	

....

FUTUR.	S. Accip iar,	je serai	recus. reçu.
	Accip ieris ou accipiere,	tu seras	
	Accip ietur,	il sera	
	Pl. Accip iemur,	nous serons	
	Accip iemini,	vous serez	
	Accip ientur,	ils seront	

....

FUTUR PASSÉ.	S. Acceptus ero,	j'aurai été	recus. reçu.
	Pl. Accepti erimus, nous aurons été	

....

Ainsi se conjuguent : *Aspici, aspicior, aspectus sum*, être regardé ;

SUBJONCTIF.	INFINITIF.	
Accip iar, *que je sois* Accip iaris *ou* accip iare, *que tu sois* Accip iatur, *qu'il soit* Accip iamur, *que nous soyons* Accip iamini, *que vous soyez* Accip iantur, *qu'ils soient* *reçus.*	INFINITIF PROPREMENT DIT. Accipi, *être reçu.*	PARTICIPES.
Accip erer, *que je fusse* Accip ereris *ou* accip erere, *q. t. fusses* Accip eretur, *qu'il fût* Accip eremur, *que nous fussions* Accip eremini, *que vous fussiez* Accip erentur, *qu'ils fussent* *reçus.*	. . . .	. . . .
Acceptus sim *ou* fuerim, *que j'aie été* Accepti simus, *que nous ayons été* *reçus.*	Acceptum, acceptam esse *ou* fuisse, *avoir été reçu.*	Acceptus, a, um, *reçu, reçue, ayant été reçu, qui a été reçu.*
Acceptus essem *ou* fuissem, *q. j'eusse été, j'aurais été.* Accepti essemus, *q. nous eussions été* *reçus.*	. . . .	. . . .
. . . .	Acceptum iri (indécl.), accipiendum esse, *devoir être reçu qu'il sera ou serait reçu.*	Accipiendus, a, um, *devant être reçu, qui doit ou qui devait être reçu.*
. . . .	Accipiendum fuisse, *avoir dû être reçu, qu'il aura ou qu'il eût été reçu.*	SUPIN. Acceptu , *à être reçu.*

2° *Jaci, jacio, jactus sum,* être jeté ; *injici, injicior, injectus sum,* être jeté dedans.

184

INDICATIF.			IMPÉRATIF.		
PRÉSENT.	S. Aud ior,	*je suis*		Point de première personne.	
	Aud iris *ou* aud ire,	*tu es*		S. Aud ire *ou* aud itor, *sois*	
	Aud itur,	*il est*	écouté	Aud itor (ille), *qu'il soit*	écouté
	Pl. Aud imur,	*nous sommes*	écoutés	Pl. Aud iamur, *soyons*	écoutés
	Aud imini,	*vous êtes*		Aud imini, *soyez*	
	Aud iuntur,	*ils sont*		Aud iuntor, *qu'ils soient*	
IMPARFAIT.	S. Aud iebar,	*j'étais*		....	
	Aud iebaris *ou* aud iebare, *tu étais*		écouté		
	Aud iebatur,	*il était*	écoutés		
	Pl. Aud iebamur,	*nous étions*			
	Aud iebamini,	*vous étiez*			
	Aud iebantur,	*ils étaient*			
PARFAIT.	S. Auditus sum *ou* fui, *j'ai été*			....	
	Auditus es,	*tu as été*	écouté		
	Auditus est,	*il a été*	écoutés		
	Pl. Auditi sumus,	*nous avons été*			
	Auditi estis,	*vous avez été*			
	Auditi sunt,	*ils ont été*			
PL.-Q.-PARF.	S. Auditus eram *ou* fueram, *j'avais été*			....	
	Auditus eras,	*tu avais été*	écouté		
	Auditus erat,	*il avait été*	écoutés		
	Pl. Auditi eramus,	*nous avions été*			
	Auditi eratis,	*vous aviez été*			
	Auditi erant,	*ils avaient été*			
FUTUR.	S. Aud iar,	*je serai*		....	
	Aud ieris *ou* aud iere,	*tu seras*	écouté		
	Aud ietur,	*il sera*	écoutés		
	Pl. Aud iemur,	*nous serons*			
	Aud iemini,	*vous serez*			
	Aud ientur,	*ils seront*			
FUTUR PASSÉ.	S. Auditus ero *ou* fuero, *j'aurai été*			....	
	Auditus eris,	*tu auras été*	écouté		
	Auditus erit,	*il aura été*	écoutés		
	Pl. Auditi erimus,	*nous aurons été*			
	Auditi eritis,	*vous aurez été*			
	Auditi erunt,	*ils auront été*			

Ainsi se conjuguent : *Aperiri, aperior, apertus sum,* je suis ouvert. — *Muniri, munior, munitus sum,* je suis fortifié.

SUBJONCTIF.	INFINITIF.	
Aud iar, *que je sois* Aud iaris *ou* aud iare, *que tu sois* Aud iatur, *qu'il soit* Aud iamur, *que nous soyons* Aud iamini, *que vous soyez* Aud iantur, *qu'ils soient* } *écoutés écouté*	INFINITIF PROPREMENT DIT. Audiri, *être écouté.*	PARTICIPES.
Aud ire, *que je fusse* Aud ireris *ou* aud irere, *q. tu fusses* Aud iretur, *qu'il fût* Aud iremur, *que nous fussions* Aud iremini, *que vous fussiez* Aud irentur, *qu'ils fussent* } *écoutés écouté*	. . . .	. . . .
Auditus sim *ou* fuerim, *que j'aie été* Auditus sis, *que tu aies été.* Auditus sit, *qu'il ait été* Auditi simus, *que nous ayons été* Auditi sitis, *que vous ayez été* Auditi sint, *qu'ils aient été* } *écoutés écouté*	Auditum, auditam esse *ou* fuisse, *avoir* *été écouté.*	Auditus, ita, itum, *écouté, ayant été* *écouté ou qui a été* *écouté.*
Auditus essem *ou* fuissem, *q. j'eusse été* Auditus esses, *que tu eusses été* Auditus esset, *qu'il eût été* Auditi essemus, *que n. eussions été* Auditi essetis, *que vous eussiez été* Auditi essent, *qu'ils eussent été* } *écoutés écouté*	. . . .	. . . .
. . . .	Auditum iri (in- décl.), audiendum esse (décl.), *devoir* *être écouté, qu'il sera* *ou serait écouté.*	Audiendus, ienda, iendum, *devant être* *écouté, qui sera ou* *serait écouté.*
. . . .	Audiendum, ien- dam fuisse, *avoir dû* *être écouté, qu'il au-* *ra ou qu'il eût été* *écouté.*	SUPIN. Auditu, *à être* *écouté.*

Sepeliri, sepelior, sepultus sum, je suis enseveli — Punio, punior,
punitus sum, je suis puni, etc.

8

TABLEAU SYNOPTIQUE

des quatre Conjugaisons passives.

		1	2	3	4
INDICATIF	Présent.	Am or, aris.	Mon eor, eris.	Leg or, eris.	Aud ior, iris.
	Imparf.	Am abar, abaris.	Mon ebar, ebaris.	Leg ebar, ebaris.	Aud iebar, iebaris.
	Parfait.	Am atus sum ou fui.	Mon itus sum,	Lec tus sum.	Aud itus sum.
	P.-q.-P.	Am atus eram ou fueram.	Mon itus eram,	Lec tus eram.	Aud itus eram.
	Futur.	Am abor, aberis.	Mon ebor, eberis.	Leg ar, eris.	Aud iar, ieris.
	F. pass.	Am atus ero ou fuero.	Mon itus ero,	Lec tus ero.	Aud itus ero.
IMPÉRATIF.		Am are, ator.	Mon ere, etor.	Leg ere, itor.	Aud ire, itor.
SUBJ.	Présent.	Am er, eris.	Mon ear, earis.	Leg ar, aris.	Aud iar, iaris.
	Imparf.	Am arer, areris.	Mon erer, ereris.	Leg erer, ereris.	Aud irer, ireris.
	Parfait.	Am atus sim ou fuerim	Mon itus sim,	Lec tus sim.	Aud itus sim.
	P.-q.-P.	Am atus essem ou fuissem.	Mon itus essem.	Lec tus essem.	Aud itus essem
INFINITIF.		Am ari.	Mon eri.	Leg i.	Aud iri.

REM. : Le présent *amor, legor*, etc., exprime une action qui est en train de se faire : *liber legitur*, le livre est lu (l'action de lire dure encore), *on lit le livre*. Le parfait, *amatus sum, lectus sum*, etc., marque une action qui est achevée : *liber lectus est*, le livre est lu (l'action de lire ne dure plus), *on a lu le livre.*

Ainsi pour traduire : *la vertu est aimée*, on dira, *virtus amatur*, parce que l'action d'aimer n'est pas accomplie; mais pour traduire : *la lettre est écrite*, il faut dire : *epistola scripta est*, parce qu'on n'est plus occupé à écrire la lettre.

La même différence existe entre l'imparfait *amabar*, et le plus-que-parfait *amatus eram.*

Formation des Temps.

1° L'impératif passif est toujours semblable à l'infinitif actif.

2° Les temps simples du passif se forment des mêmes temps de l'actif en ajoutant *r* à ceux qui sont terminés en *o* : *amo, amor; amabo, amabor;* et en changeant *m* en *r* aux temps de l'actif qui sont terminés en *m* : *amabam, amabar; amarem, amarer; legam, legar; audiam, audiar.*

3° Le présent de l'infinitif passif se forme de l'actif en mettant *i* à la place d'*e* final dans la première, la seconde et la quatrième conjugaison, à la place d'*ere* dans la troisième.

4° Le participe passé passif se forme du supin actif en changeant *m* en *s* : *amatum, amatus; lectum, lectus.*

5° Du supin actif se forme encore le supin passif, en retranchant *m* : *amatum, amatu; lectum, lectu.*

VERBES NEUTRES.

185 Les verbes *neutres* (ni actifs ni passifs) sont aussi nommés *intransitifs*, parce qu'ils ne passent point d'une forme à une autre. En latin comme en français, il y a des verbes neutres qui ne peuvent point avoir de régime, comme *dormire*, dormir; d'autres prennent un régime. En français, ce régime est toujours précédé d'une préposition, *à* ou *de*; en latin, le régime des verbes neutres n'est jamais à l'accusatif.

Souvent les verbes actifs français sont neutres en latin, et réciproquement; ainsi *studere*, étudier, est neutre en latin et actif en français.

186 Certains verbes neutres en latin, se traduisent en français par un verbe pronominal : *ambulare*, se promener; *festinare*, se hâter; *tacere*, se taire.

Il en sera de même pour certains verbes déponents, *queri*, se plaindre; *uti*, se servir, etc.

VERBES DÉPONENTS.

187 Ils ont déposé (*deponere*) la forme active qu'ils avaient primitivement, et ont pour modèle les quatre conjugaisons passives.

188

INDICATIF.	IMPÉRATIF.
PRÉSENT. *S.* Imit or, *j'imite.* Imit aris *ou* imit are, *tu imites.* Imit atur, *il imite.* *Pl.* Imit amur, *nous imitons.* Imit amini, *vous imitez.* Imit antur, *ils imitent.*	Point de première personne. Imit are *ou* imit ator, *imite.* Imit ator (ille), *qu'il imite.* Imit emur, *imitons.* Imit amini, *imitez.* Imit antor, *qu'ils imitent.*
IMPARFAIT. *S.* Imit abar, *j'imitais.* Imit abaris *ou* imit abare, *tu imitais.* Imit abatur, *il imitait.* *Pl.* Imit abamur, · *nous imitions.* Imit abamini, *vous imitiez.* Imit abantur, *ils imitaient.*	. . . .
PARFAIT. *S.* Imitatus sum *ou* fui, *j'ai imité, j'imitai* Imitatus es, *tu as imité.* Imitatus est, *il a imité.* *Pl.* Imitati sumus, *nous avons imité.* Imitati estis, *vous avez imité.* Imitati sunt, *ils ont imité.*	. . . .
PL.-Q.-PARF. *S.* Imitatus eram *ou* fueram, *j'avais* ⎫ Imitatus eras, *tu avais* ⎪ Imitatus erat, *il avait* ⎬ *imité.* *Pl.* Imitati eramus, *nous avions* ⎪ Imitati eratis, *vous aviez* ⎪ Imitati erant, *ils avaient* ⎭	. . . .
FUTUR. *S.* Imit abor, *j'imiterai.* Imit aberis *ou* imit abere, *tu imiteras.* Imit abitur, *il imitera.* *Pl.* Imit abimur, *nous imiterons.* Imit abimini, *vous imiterez.* Imit abuntur, *ils imiteront.*	. . . .
FUTUR PASSÉ. *S.* Imitatus ero *ou* fuero, *j'aurai* ⎫ Imitatus eris, *tu auras* ⎪ Imitatus erit, *il aura* ⎬ *imité.* *Pl.* Imitati erimus, *nous aurons* ⎪ Imitati eritis, *vous aurez* ⎪ Imitati erunt, *ils auront* ⎭	. . . .

Ainsi se conjuguent : *Mirari, miror, miratus sum,* admirer ; — *Hortari, hortor, hortatus sum,* exhorter.

SUBJONCTIF.	INFINITIF.	
Imit er, *que j'imite.* Imit eris *ou* imit ere, *que tu imites.* Imit etur, *qu'il imite.* Imit emur, *que nous imitions.* Imit emini, *que vous imitiez.* Imit entur, *qu'ils imitent.*	INFINITIF PROPREMENT DIT. Imitari, *imiter.*	PARTICIPES. Imitans, antis, *imi- tant, qui imite, qui imitait.*
Imit arer, *que j'imitasse, j'imiterais.* Imit areris *ou* imit arere, *q. tu imitasses.* Imit aretur, *qu'il imitât.* Imit aremur, *que nous imitassions.* Imit aremini, *que vous imitassiez.* Imit arentur, *qu'ils imitassent.*	. . . .	. . . .
Imitatus sim *ou* fuerim, *que j'aie* Imitatus sis, *que tu aies* ⎫ Imitatus sit, *qu'il ait* ⎬ *imité.* Imitati simus, *que nous ayons* ⎪ Imitati sitis, *que vous ayez* Imitati sint, *qu'ils aient*	Imitatum, imita- tam esse *ou* fuisse, *avoir imité.*	Imitatus, ata, atum *ayant imité, qui a ou avait imité.*
Imitatus essem *ou* fuissem,*que j'eusse* ⎫ *[ou j'aurais* ⎪ Imitatus esses, *que tu eusses* ⎪ Imitatus esset, *qu'il eût* ⎬ *imité.* Imitati essemus, *que nous eussions* ⎪ Imitati essetis, *que vous eussiez* ⎪ Imitati essent, *qu'ils eussent*	. . . .	FUTUR ACTIF. Imitaturus, atura, aturum, *devant imi- ter, qui imitera, ou qui imiterait.*
	Imitaturum, ram esse, *devoir imiter, qu'il imitera ou imi- terait.*	FUTUR PASSIF. Imitandus, da, dum, *devant être imité, qui doit être imité.*
. . . .		SUPIN. Imitatum, *à imiter.* Imitatu, *à être imité.*
. . . .	Imitaturum, ram fuisse, *avoir dû imi- ter, qu'il aura ou qu'il eût imité.*	GÉRONDIFS. Imitandi, *d'imiter.* Imitando, *en imitant* Imitandum, à ou *pour imiter.*

Precari, precor, precatus sum, prier ; — *Venerari, veneor,
veneratus sum,* respecter.

189

INDICATIF.	IMPÉRATIF.
PRÉSENT. *S.* Pollic eor, *je promets.* Pollic eris *ou* pollic ere, *tu promets.* Pollic etur, *il promet.* *Pl.* Pollic emur, *nous promettons.* Pollic emini, *vous promettez.* Pollic entur, *ils promettent.*	Point de première personne. Pollic ere *ou* pollic etor, *promets.* Pollic etor (ille), *qu'il promette.* Pollic eamur, *promettons.* Pollic emini, *promettez.* Pollic entor, *qu'ils promettent*
IMPARFAIT. *S.* Pollic ebar, *je promettais.* Pollic ebaris *ou* pollic ebare, *tu promet-* Pollic ebatur, *il promettait.* [*tais.* *Pl.* Pollic ebamur, *nous promettions.* Pollic ebamini, *vous promettiez.* Pollic ebantur, *ils promettaient.*	. . . .
PARFAIT. *S.* Pollicitus sum *ou* fui, *j'ai promis, etc.* *Pl.* Polliciti sumus, *n. avons promis, etc.*	. . . .
PL.-Q.-PARF. *S.* Pollicitus eram *ou* fueram, *j'avais pro-* *mis, etc.* *Pl.* Polliciti eramus, *n. avions promis, etc.*	. . . .
FUTUR. *S.* Pollic ebor, *je promettrai.* Pollic eberis *ou* pollic ebere, *tu promet-* Pollic ebitur, *il promettra.* [*tras.* *Pl.* Pollic ebimur, *nous promettrons.* Pollic ebimini, *vous promettrez.* Pollic ebuntur, *ils promettront.*	. . . .
FUTUR PASSÉ. *S.* Pollicitus ero *ou* fuero, *j'aurai promis* etc. *Pl.* Polliciti erimus, *nous aurons promis,* etc.	. . . .

Ainsi se conjuguent : *Misereri, misereor, misertus ou miseritus sum*, avoir
pitié ; — *Vereri, vereor, veritus sum*, craindre.

SUBJONCTIF.	INFINITIF.	
Pollic ear, *que je promette.* Pollic earis *ou* pollic eare, q. tu promet- Pollic eatur, *qu'il promette.* [tes. Pollic eamur, *que nous promettions.* Pollic eamini, *que vous promettiez.* Pollic eantur, *qu'ils promettent.*	INFINITIF PROPREMENT DIT. Polliceri, *promettre.*	PARTICIPES. Pollicens , entis , *promettant, qui pro- met ou q. promettait.*
Pollic erer, *q. je promisse, je promettra's* Pollic ereris *ou* pollic erere, *que tu pro-* Pollic eretur, *qu'il promît.* [misses. Pollic eremur, *que n. promissions.* Pollic eremini, *que v. promissiez.* Pollic erentur, *qu'ils promissent.*	. . . .	. . . .
Pollicitus sim *ou* fuerim, *que j'aie pro- mis, etc.* Polliciti simus, *que nous ayons pro- [mis, etc.*	Pollicitum, polli- citum esse *ou* fuisse, *avoir promis.*	Pollicitus, ita, itum, *ayant promis, qui a promis ou qui avait promis.*
Pollicitus essem *ou* fuissem, *que j'eusse promis, j'aurais pro- mis, etc.* Polliciti essemus, *que n. eussions pro- mis, etc.*	. . . .	FUTUR ACTIF. Polliciturus, itura, iturum, *devant pro- mettre, q. promettra ou qui promettrait.*
. . . .	Polliciturum, ram esse, *devoir promet- tre, qu'il promettra ou promettrait.*	FUTUR PASSIF. Pollicendus, da, dum *devant être promis, qui doit être promis.* SUPIN. Pollicitum, *à pro- mettre.* Pollicitu, *à être promis.*
. . . .	Polliciturum, ram fuisse, *avoir dû pro- mettre, qu'il aura ou qu'il eût promis.*	GÉRONDIFS. Pollicendi, *de pro- mettre.* Pollicendo, *en promettant.* Pol- licendum, *à ou pour promettre.*

Fateri, fateor, fassus sum, avouer ; — *Tueri, tueor, tuitus sum,*
garder.

190

INDICATIF.	IMPÉRATIF.
PRÉSENT. *S.* Ut or, *je me sers.* Ut eris *ou* ut ere, *tu te sers.* Ut itur, *il se sert.* *Pl.* Ut imur, *nous nous servons.* Ut imini, *vous vous servez.* Ut untur, *ils se servent.*	Point de première personne. Ut ere *ou* ut itor, *sers-toi.* Ut itor (ille), *qu'il se serve.* Ut amur, *servons-nous.* Ut imini, *servez-vous.* Ut untor, *qu'ils se servent.*
IMPARFAIT. *S.* Ut ebar, *je me servais.* Ut ebaris *ou* ut ebare, *tu te servais.* Ut ebatur, *il se servait.* *Pl.* Ut ebamur, *nous nous servions.* Ut ebamini, *vous vous serviez.* Ut ebantur, *ils se servaient.*	. . . .
PARFAIT. *S.* Usus sum *ou* fui, *je me suis servis, etc.* *Pl.* Usi sumus, *nous nous sommes servis, etc.*	. . . .
PL.-Q.-PARF. *S.* Usus eram *ou* fueram, *je m'étais servi, etc.* *Pl.* Usi eramus, *nous nous étions servis, etc.*	. . . .
FUTUR. *S.* Ut ar, *je me servirai.* Ut eris *ou* ut ere, *tu te serviras.* Ut etur, *il se servira.* *Pl.* Ut emur, *nous nous servirons.* Ut emini, *vous vous servirez.* Ut entur, *ils se serviront.*	. . . .
FUTUR PASSÉ. *S.* Usus ero *ou* fuero, *je me serai servi, etc.* *Pl.* Usi erimus, *nous nous serons servis, etc.*	. . . .

Ainsi se conjuguent : *Sequi, sequor, secutus sum,* suivre ; *Loqui, loquor, locutus sum,* parler ; — *Ulcisci, ulciscor, ultus sum,* venger ; — *Nasci, nascor, natus sum,* naître.

SUBJONCTIF.	INFINITIF.	

SUBJONCTIF.	INFINITIF PROPREMENT DIT.	PARTICIPES.
Ut ar, *que je me serve.* Ut aris ou utare, *que tu te serves.* Ut atur, *qu'il se serve.* Ut amur, *que nous nous servions.* Ut amini, *que vous vous serviez.* Ut antur, *qu'ils se servent.*	Uti, *se servir.*	Utens, utentis, *se servant, qui se sert, qui se servait.*
Ut erer, *q. je me servisse, je me servirais* Ut ereris ou ut erere, *q. tu te servisses.* Ut eretur, *qu'il se servît.* Ut eremur, *que nous n. servissions.* Ut eremini, *que vous v. servissiez.* Ut erentur, *qu'ils se servissent.*	. . . .	. . . .
Usus sim *ou* fuerim, *que je me sois ser- vi,* etc. Usi simus, *que nous nous soyons ser- vis,* etc.	Usum, usam esse *ou* fuisse, *s'être servi*	Usus, a, um, *s'étant servi, qui s'est servi ou qui s'était servi.*
Usus essem *ou* fuissem, *que je me fusse servi ou je me serais servi,* etc. Usi essemus, *que nous nous fussions servi,* etc.	. . . .	FUTUR ACTIF. Usurus, a, um, *devant se servir, qui doit* ou *devait se servir.*
. . . . —	Usurum, usuram esse, *devoir se ser- vir, qu'il se servira* ou *qu'il se servirait.*	FUTUR. PASSIF. Utendus, da, dum, *dont on doit se servir* SUPIN. Usum, *à se servir.* Usu, *à être employé.*
. . . .	Usurum, usuram fuisse, *avoir dû se servir, qu'il se sera servi,* ou *qu'il se fût servi.*	GÉRONDIFS. Utendi, *de se servir.* Utendo, *en se ser- vant.* Utendum, *à* ou *pour se servir.*

Conjuguer sur *accipior* : *ingredi, ior, ingressus sum,* entrer ; *puti, ior,*
passus sum, souffrir ; *mori, ior, mortuus sum,* participe
futur, *moriturus,* mourir.   9

191

INDICATIF.	IMPÉRATIF.
PRÉSENT. *S.* Bland ior, *je flatte.* Bland iris *ou* bland ire, *tu flattes.* Bland itur, *il flatte.* *Pl.* Bland imur, *nous flattons.* Bland imini, *vous flattez.* Bland iuntur, *ils flattent.*	Point de première personne. Bland ire *ou* bland itor, *flatte.* Bland itor (ille), *qu'il flatte.* Bland iamur, *flattons.* Bland imini, *flattez.* Bland iuntor, *qu'ils flattent.*
IMPARFAIT. *S.* Bland iebar, *je flattais.* Bland iebaris *ou* bland iebare, *t. flattais.* Bland iebatur, *il flattait.* *Pl.* Bland iebamur, *nous flattions.* Bland iebamini, *vous flattiez.* Bland iebantur, *ils flattaient.*	. . . .
PARFAIT. *S.* Blanditus sum *ou* fui, *j'ai flatté,* etc. *Pl.* Blanditi sumus, *nous avons flatté,* etc.	. . . .
PL.-Q.-PARF. *S.* Blanditus eram, *ou* fueram, *j'avais flatté,* etc. *Pl.* Blanditi eramus, *nous avions flatté,* etc.	. . . .
FUTUR. *S.* Bland iar, *je flatterai,* Bland ieris *ou* bland iere, *tu flatteras.* Bland ietur, *il flattera.* *Pl.* Bland iemur, *nous flatterons.* Bland iemini, *vous flatterez.* Bland ientur, *ils flatteront.*	. . . .
FUTUR PASSÉ. *S.* Blanditus ero *ou* fuero, *j'aurai flatté,* etc. *Pl.* Blanditi erimus, *nous aurons flatté,* etc.	. . . .

Ainsi se conjuguent : *Largiri, largior, largitus sum,* donner ; — *Experiri, experior, expertus sum,* éprouver.

SUBJONCTIF.	INFINITIF.	
	INFINITIFS PROPREMENT DITS.	PARTICIPES.
Bland iar, *que je flatte.*		Blandiens, ientis,
Bland iaris *ou* bland iare, *que tu flattes.*		*flattant, qui flatte*
Bland iatur, *qu'il flatte.*	Blandiri, *flatter.*	ou *qui flattait.*
Bland iamur, *que nous flattions.*		
Bland iamini, *que vous flattiez.*		
Bland iantur, *qu'ils flattent.*		
Bland irer, *que je flattasse, je flatterais.*		
Bland ireris *ou* bland irere, *q.t.flattasses*		
Bland iretur, *qu'il flattât.*	. . . .	. . . .
Bland iremur, *que nous flattassions.*		
Bland iremini, *que vous flattassiez.*		
Bland irentur, *qu'ils flattassent.*		
Blanditus sim *ou* fuerim, *q. j'aie flatté,* etc.	Blanditum, itam esse *ou* fuisse, *avoir flatté.*	Blanditus, a, um, *ayant flatté, qui a flatté.*
Blanditi simus, *que n. ayons flatté,* etc.		
Blanditus essem *ou* fuissem, *que j'eusse flatté, j'aurais flatté.*	. . . .	. . . .
Blanditi essemus, *que nous eussions flatté,* etc.		
	Blanditurum, ituram esse, *devoir flatter, qu'il flattera* ou *flatterait.*	Blanditurus, ra, rum, *devant flatter, qui flattera* ou *qui flatterait.* SUPIN. Blanditum, *à flatter.* Blanditu, *à être flatté.*
. . . .		
. . . .	Blanditurum, blandituram fuisse, *avoir dû flatter, qu'il aura* ou *qu'il eût flatté.*	GÉRONDIFS. Blandiendi, *de flatter.* Blandiendo, *en flattant.* Blandiendum, *à* ou *pour flatter.*

Metiri, metior, mensus sum, mesurer; — *Partiri, partior, partitus sum,* partager, etc.

OBSERVATIONS.

1° Dans les verbes déponents, la seconde personne de l'impératif est toujours semblable à la seconde personne du présent de l'indicatif en *re*.

2° Ajoutez *r* à la 2ᵐᵉ personne de l'impératif, vous aurez l'imparfait du subjonctif : *imitare, imitarer; pollicere, pollicerer; utere, uterer; blandire, blandirer.*

REM. Le participe passé des verbes déponents répond au participe passé actif du français : *imitatus*, ayant imité; *pollicitus*, ayant promis.

2° Le participe futur passif de *uti*, *utendus, a, um*, est employé rarement; il en est de même pour tous les verbes déponents qui ne gouvernent pas l'accusatif (voy. p. 104). *Nasci, nascor*, naître, ainsi que tous ceux qui s'emploient dans un sens absolu, c'est-à-dire sans régime, n'a point de participe futur passif.

VERBES IRRÉGULIERS.

192. Les verbes irréguliers s'écartent, à certains temps et à certaines personnes, des règles générales de la conjugaison, mais non aux temps dérivés du *parfait* et du *supin*.

VERBE IRRÉGULIER COMPOSÉ DE SUM :

194

INDICATIF.		IMPÉRATIF.
PRÉSENT. Prosum,	*je sers.*	Point de première personne.
Prodes,	*tu sers.*	Prodes *ou* prodesto, *sers,*
Prodest,	*il sert.*	Prodesto (ille), *qu'il serve.*
Prosumus,	*nous servons.*	Prosimus, *servons.*
Prodestis,	*vous servez.*	Prodeste *ou* prodestote, *servez.*
Prosum,	*ils servent.*	Prosunto, *qu'ils servent.*
IMP. Proderam,	*je servais,* etc.	....
PARF. Profui,	*j'ai servi, je servis,* etc.	....
P.-Q.-P. Profueram,	*j'avais servi,* etc.	....
FUTUR. Prodero,	*je servirai,* etc.	....
F. PASSÉ. Profuero,	*j'aurai servi,* etc.	....

3

INDICATIF.		SUBJONCTIF.		INFINITIF.
Possum,	je peux ou je puis	Possim,	que je puisse.	Posse, pouvoir.
Potes,	tu peux.	Possis,	que tu puisses.	Potuisse, avoir
Potest,	il peut.	Possit,	qu'il puisse.	pu.
Possumus,	nous pouvons.	Possimus,	que nous puissions.	
Potestis,	vous pouvez.	Possitis,	que vous puissiez.	
Possunt,	ils peuvent.	Possint,	qu'ils puissent.	—
. Poteram,	je pouvais, etc.	Possem,	que je pusse, etc.	REMARQUE.
Poteras,		Posses,		*Possum*, com-
ᴀᴘ. Potui,	j'ai pu, etc.	Potuerim,	que j'aie pu, etc.	posé de *pot* ou *pos*
Potuisti,		Potueris,		(pour *potis*, qui
				peut) et de *sum*,
ᴏ.-ǫ. Potueram,	j'avais pu, etc.	Potuissem,	que j'eusse pu, etc.	n'a ni impératif,
Potueras,		Potuisses,		ni participe, ni su-
				pin, ni gérondif.
. Potero,	je pourrai, etc.	....		
Poteris,				
ᴀs. Potuero,	j'aurai pu, etc.	....		
Potueris,				

PROSUM, PRODESSE, SERVIR A

SUBJONCTIF.		INFINITIF.
Prosim,	que je serve.	INFINITIFS.
Prosis,	que tu serves,	PRÉSENT. Prodesse, *servir.*
Prosit,	qu'il serve.	PASSÉ. Profuisse, *avoir servi.*
Prosimus,	que nous servions.	FUTUR, Profore (indécl.) ou profu-
Prositis,	que vous serviez.	turum, am esse, *devoir servir,*
Prosint,	qu'ils servent.	*qu'il servira.*
		FUT. PAS. Profuturum, am fuisse,
Prodessem,	que je servisse, etc.	*avoir dû servir, qu'il eût ou au-*
		rait servi.
Profuerim,	que j'aie servi, etc.	PARTICIPES.
		Pas de participe présent.
Profuissem,	que j'eusse servi, etc.	FUT. Profuturus, a, um, *devant serv.*
....		REM. *Prosum* est composé de *pro*
		(pour) et de *sum;* devant *e* on met
....		*prod* au lieu de *pro.*

Ou qui ont la forme passive au parfait et à ses dérivés,

INDICATIF.	IMPÉRATIF.
PRÉSENT. *S.* Gaud eo, *je me réjouis.* Gaud es, *tu te réjouis.* Gaud et, *il se réjouit.* *Pl.* Gaud emus, *nous nous réjouissons.* Gaud etis, *vous vous réjouissez.* Gaud ent, *ils se réjouissent.*	Point de première personne. Gaud e *ou* gaud eto, *réjouis-toi.* Gaud eto (ille), *qu'il se réjouisse.* Gaud eamus, *réjouissons-nous.* Gaud ete, *réjouissez-vous.* Gaud ento, *qu'ils se réjouissent.*
IMPARFAIT. *S.* Gaud ebam, *je me réjouissais.* Gaud ebas, *tu te réjouissais.* Gaud ebat, *il se réjouissait.* *Pl.* Gaud ebamus, *nous nous réjouissions.* Gaud ebatis, *vous vous réjouissiez.* Gaud ebant, *ils se réjouissaient*	. . . .
PARFAIT. *S.* Gavisus sum, *ou* **fui,** *je me suis* Gavisus es, *tu t'es* Gavisus est, *il s'est* *Pl.* Gavisi sumus, *nous nous sommes* Gavisi estis, *vous vous êtes* Gavisi sunt, *ils se sont* } *réjouis réjoui*	. . . .
PL.-Q.-PARF. *S.* Gavisus eram *ou* **fueram,** *je m'étais* Gavisus eras, *tu t'étais* Gavisus erat, *il s'était* *Pl.* Gavisi eramus, *nous nous étions* Gavisi eratis, *vous vous étiez* Gavisi erant, *ils s'étaient* } *réjouis réjoui*	. . . .
FUTUR. *S.* Gaud ebo, *je me réjouirai.* Gaud ebis, *tu te réjouiras.* Gaud ebit, *il se réjouira.* *Pl.* Gaud ebimus, *nous nous réjouirons.* Gaud ebitis, *vous vous réjouirez.* Gaud ebunt, *ils se réjouiront.*	. . . .
FUTUR PASSÉ. *S.* Gavisus ero *ou* **fuero,** *je me serai* Gavisus eris, *tu te seras* Gavisus erit, *il se sera* *Pl.* Gavisi erimus, *nous nous serons* Gavisi eritis, *vous vous serez* Gavisi erunt, *ils se seront* } *réjouis réjoui*	. . . .

Déponents.

et la forme active dans tous les autres temps.

SUBJONCTIF.	INFINITIF.

Gaud eam,	*que je me réjouisse.*
Gaud eas,	*que tu te réjouisses.*
Gaud eat,	*qu'il se réjouisse.*
Gaud eamus,	*que n. n. réjouissions.*
Gaud eatis,	*que v. v. réjouissiez.*
Gaud eant,	*qu'ils se réjouissent.*

Gaud erem,	*q. je me réjouisse, je me ré-*
Gaud eres,	*q. tu te réjouisses.* [*jouirais.*
Gaud eret,	*qu'il se réjouît.*
Gaud eremus,	*que n. n. réjouissions.*
Gaud eretis,	*que v. v. réjouissiez.*
Gaud erent,	*qu'ils se réjouissent.*

Gavisus sim *ou* fuerim,	*q. je me sois*
Gavisus sis,	*que tu te sois*
Gavisus sit,	*qu'il se soit*
Gavisi simus,	*que nous n. soyons*
Gavisi sitis,	*que vous vous soyez*
Gavisi sint,	*qu'ils se soient*

(réjouis réjoui.)

	fusse, je me serais
Gavisus essem *ou* fuissem,	*que je me*
Gavisus esses,	*que tu te fusses*
Gavisus esset,	*qu'il se fût*
Gavisi essemus,	*que nous n. fussions*
Gavisi essetis,	*que vous v. fussiez*
Gavisi essent.	*qu'ils se fussent*

(réjouis. réjouis.)

. . . .

. . . .

INFINITIFS PROPREMENT DITS.

PRÉSENT. Gaudere, *se réjouir.*

PARFAIT. Gavisum, am esse, *ou* fuisse, *s'être réjoui.*

FUTUR. Gavisurum, ram esse, *devoir se réjouir, qu'il se réjouira.*

FUT. PAS. Gavisurum, ram fuisse, *avoir dû se réjouir, qu'il se fût réjoui.*

PARTICIPES.

PRÉ. Gaudens, gaudentis, *se réjouissant.*

PASSÉ. Gavisus, sa, sum, *s'étant réjoui.*

FUTUR. Gavisurus, gavisura, gavisu-rum, *devant se réjouir.*

SUPIN.

Gavisum, *se réjouir.*

Gavisu, *à se réjouir.*

GÉRONDIFS.

Gaudendi, *de se réjouir.*

Gaudendo, *en se réjouissant.*

Gaudendum, *à se réjouir* ou *pour se réjouir.*

Ainsi se conjuguent :

Audere, audeo, ausus sum, oser ; *solere, soleo, solitus sum*, avoir coutume.

VERBES IRRÉGULIERS DE LA 3ᵐᵉ CONJUGAISON.

SEMI-DÉPONENTS.

Fido, is, fisus sum, fidere, *se fier.*

Et ses deux composés :

Confido, is, confisus sum, confidere, *se confier ;*
Diffido, diffisus sum, diffidere, *se défier.*

EDO

Le verbe actif *edo, is, edi, esum* ou *estum, edere,* manger, se conjugue régulièrement sur *lego;* mais il a deux formes aux temps et personnes qui suivent.

INDICATIF PRÉSENT.

Edis *ou* es, *tu manges.*
Edit *ou* est, *il mange.*

IMPÉRATIF.

Ede *ou* edito, es *ou* esto, *mange.*
Edite *ou* editote, este *ou* estote, *mangez.*

IMPARFAIT DU SUBJONCTIF.

Ederem *ou* essem,	*que je mangeasse.*
Ederes *ou* esses,	*que tu mangeasses.*
Ederet *ou* esset,	*qu'il mangeât.*
Ederemus *ou* essemus,	*que nous mangeassions.*
Ederetis *ou* essetis,	*que vous mangeassiez.*
Ederent *ou* essent,	*qu'ils mangeassent.*

INFINITIF PRÉSENT.

Edere *ou* esse, *manger.*

INDICATIF.

PRÉSENT. *Sing.*	Fero,	*je porte.*
	Fers,	*tu portes.*
	Fert,	*il porte.*
Plur.	Ferimus,	*nous portons.*
	Fertis,	*vous portez.*
	Ferunt,	*ils portent.*
IMPARFAIT.	Ferebam, etc.,	*je portais*, etc.
PARFAIT.	Tuli, etc.,	*j'ai porté*, etc.
PLUS-QUE-PARF.	Tuleram, etc.,	*j'avais porté*, etc.
FUTUR.	Feram, etc.,	*je porterai*, etc.
FUTUR PASSÉ.	Tulero, etc.,	*j'aurai porté*, etc.

IMPÉRATIF.

Fer *ou* ferto,	*porte.*
Ferto (ille),	*qu'il porte.*
Feramus,	*portons.*
Ferte *ou* fertote,	*portez.*
Ferunto,	*qu'ils portent.*

SUBJONCTIF.

PRÉSENT.	Feram, etc.,	*que je porte*, etc.
IMPARFAIT.	Ferrem, etc.,	*que je portasse ou je porte-* [*rais*, etc.
PARFAIT.	Tulerim, etc.,	*que j'aie porté.*
PLUS-Q.-PARF.	Tulissem, etc.,	*que j'eusse porté ou j'au-* [*rais porté*, etc.

INFINITIF.

PRÉS et IMPARF.	Ferre,	*porter, qu'il porte ou qu'il portait.*
PARF. et P.-Q.-P.	Tulisse,	*avoir porté, qu'il a ou qu'il avait porté.*
FUTUR.	Laturum, laturam esse,	*devoir porter, qu'il portera ou qu'il porterait.*
FUTUR PASSÉ.	Laturum, laturam fuisse,	*avoir dû porter, qu'il aurait ou qu'il eût porté.*
PART. PRÉSENT.	Ferens, entis,	*portant, qui porte ou qui portait.*
PART. FUTUR.	Laturus, latura, laturum,	*devant porter, qui doit ou qui devait porter.*
SUPIN.	Latum,	*à porter.*
GÉRONDIF. *Gén.*	Ferendi,	*de porter.*
Dat. Abl.	Ferendo,	*en portant.*
Acc.	Ferendum (ad),	*à porter ou pour porter.*

REMARQUE. *Fero* perd l'*i* de la terminaison à plusieurs personnes du présent de l'indicatif et de l'impératif : *fers, fert, ferte* pour *feris, ferit, ferite*. — A l'infinitif, il fait *ferre* par syncope pour *ferere*. — Le parfait a pour radical *tul* et le supin *lat*.

Ainsi se conjuguent les composés de *fero*, comme :

> *Offero, offers, obtuli, oblatum, offerre,* offrir.
> *Differo, differs, distuli, dilatum, differre,* différer, etc.

197.   PASSIF, *FEROR*, JE SUIS PORTÉ.

INDICATIF.

PRÉSENT.	Sing.	Feror,	*je suis porté.*
		Ferris *ou* ferre,	*tu es porté.*
		Fertur,	*il est porté.*
	Plur.	Ferimur,	*nous sommes portés*
		Ferimini,	*vous êtes portés.*
		Feruntur,	*ils sont portés.*
IMPARFAIT.		Ferebar, etc.,	*j'étais porté,* etc.
PARFAIT.		Latus sum *ou* fui, etc.,	*j'ai été porté,* etc.
PLUS-Q.-PARF.		Latus eram *ou* fueram, etc.	*j'avais été porté,* etc.
FUTUR.		Ferar, etc.,	*je serai porté,* etc.
FUTUR PASSÉ.		Latus ero *ou* fuero, etc.,	*j'aurai été porté,* etc.

IMPÉRATIF.

	Sing.	Ferre *ou* fertor,	*sois porté.*
		Fertor (ille),	*qu'il soit porté.*
	Plur.	Feramur,	*soyons portés.*
		Ferimini,	*soyez portés.*
		Feruntor,	*qu'ils soient portés.*

SUBJONCTIF.

PRÉSENT.	Ferar, etc.,	*que je sois porté,* etc.
IMPARFAIT.	Ferrer, etc.,	*que je fusse porté ou je se-[rais porté,* etc.
PARFAIT.	Latus sim *ou* fuerim, etc ,	*que j'aie été porté,* etc.
PLUS-Q.-PARF.	Latus essem *ou* fuissem,	*que j'eusse été porté.*

INFINITIF.

PRÉS. et IMPARF. Ferri, *être porté, qu'il est ou qu'il était porté*, etc.

PARF. et P.-Q.-P. Latum, latam esse *ou* fuisse, *avoir été porté, qu'il a été ou qu'il avait été porté.*

FUTUR. Latum (*indécl.*) iri *ou* ferendum, dam esse, *devoir être porté, qu'il sera ou qu'il serait porté.*

FUT. PASSÉ. Ferendum, dam fuisse, *avoir dû être porté, qu'il eût ou aura été porté.*

PART. PASSÉ. Latus, lata, latum, *porté, ayant été porté, qui a été porté.*

PART. FUTUR. Ferendus, ferenda, ferendum, *devant être porté, qui doit ou qui devait être porté.*

SUPIN. Latu, *à être porté.*

REMARQUE. Au passif, les mêmes voyelles (*i ou e*) se suppriment dans les terminaisons correspondantes à celles de l'actif qui les perdent, sauf la deuxième personne du pluriel du présent de l'indicatif et celle de l'impératif, qui gardent l'*i* : Ferimini.

Ainsi se conjuguent :

Offeror,	*oblatus sum,*	*offerri,*	être offert.
differor,	*dilatus sum,*	*differri.*	être différé, etc.

198. VERBE *FIO*, JE DEVIENS *ou* JE SUIS FAIT.

Quand le verbe *Fio* signifie *je deviens*, il est verbe *neutre;* et quand il signifie *être fait*, c'est le passif du verbe *facere.*

INDICATIF.

PRÉSENT.	*Sing.*	Fio,	*je deviens ou je suis fait.*
		Fis,	*tu deviens.*
		Fit,	*il devient.*
	Plur.	Fimus,	*nous devenons.*
		Fitis,	*vous devenez.*
		Fiunt,	*ils deviennent.*
IMPARFAIT.		Fiebam, etc.,	*je devenais,* etc.
PARFAIT.		Factus sum *ou* fui, etc.,	*je suis devenu,* etc.
PLUS-Q.-PARF.		Factus eram *ou* fueram,	*j'étais devenu,* etc. [etc.,
FUTUR.		Fiam, etc.,	*je deviendrai,* etc.
FUTUR PASSÉ.		Factus ero *ou* fuero, etc.	*je serai devenu,* etc.

IMPÉRATIF.

Sing. Fi,   *deviens.*
Plur. Fite *ou* fitote,   *devenez.*

SUBJONCTIF.

PRÉSENT.	Fiam, etc.,	*que je devienne,* etc.
IMPARFAIT.	Fierem, etc.,	*que je devinsse* ou *je devien-*
		[*drais,* etc.
PARFAIT.	Factus sim *ou* fuerim, etc.,	*que je sois devenu,* etc.
PL.-QUE-PARF.	Factus essem *ou* fuissem,	*que je fusse devenu,* etc.
	etc.,	

INFINITIF.

PRÉS. et IMPARF.	Fieri, *devenir, qu'il devient* ou *qu'il devenait.*
PARF. et P.-Q.-P.	Factum, factam esse *ou* fuisse, *être devenu,*
	qu'il est ou *qu'il était devenu.*
FUTUR.	Factum (*indécl.*) iri *ou* faciendum, dam esse, *devoir*
	devenir, qu'il deviendra ou *qu'il deviendrait.*
FUT. PASSÉ.	Faciendum, dam fuisse, *qu'il serait* ou *qu'il fût devenu.*
PART. PASSÉ.	Factus, a, um, *étant devenu* ou *ayant été fait, qui a*
	été fait.
PART. FUTUR.	Faciendus, a, um, *devant être fait, qui doit* ou *qui de-*
	vait être fait.
SUPIN.	Factu, *à faire* ou *à être fait.*

199.   VERBE *EO*, JE VAIS.

INDICATIF.

PRÉSENT.	*Sing.*	Eo, *je vais.*
		Is, *tu vas.*
		It, *il va.*
	Plur.	Imus, *nous allons.*
		Itis, *vous allez.*
		Eunt, *ils vont.*
IMPARFAIT.		Ibam, etc., *j'allais,* etc.
PARFAIT.		Ivi, etc., *je suis allé,* etc.
PL.-QUE-PARF.		Iveram, etc., *j'étais allé,* etc.
FUTUR.		Ibo, etc., *j'irai,* etc.
FUTUR PASSÉ.		Ivero, etc., *je serai allé,* etc.

IMPÉRATIF.

Sing. I *ou* ito, *va.*
Ito (ille), *qu'il aille.*
Plur. Eamus, *allons.*
Ite *ou* itote, *allez.*
Eunto, *qu'ils aillent.*

SUBJONCTIF.

PRÉSENT.	Eam, etc.,	*que j'aille, etc.*
IMPARFAIT.	Irem, etc.,	*que j'allasse, etc.*
PARFAIT.	Iverim, etc.,	*que je sois allé, etc.*
PL.-QUE-PARF.	Ivissem, etc.,	*que je fusse allé, etc.*

INFINITIF.

PRÉS. et IMPARF. Ire, *aller, qu'il va ou qu'il allait.*
PARF. et P.-Q.-P. Ivisse, *être allé, qu'il est ou qu'il était allé.*
  FUTUR. Iturum, ituram esse, *devoir aller, qu'il ira ou qu'il irait.*
FUTUR PASSÉ. Iturum, ituram fuisse, *avoir dû aller, qu'il serait ou qu'il fût allé.*
PART. PRÉSENT. Iens, euntis, *allant, qui va ou qui allait.*
PART. FUTUR. Iturus, itura, iturum, *devant aller, qui ira ou qui irait.*
  SUPIN. Itum, *aller.*
  Itu, *à aller.*
GÉROND. *Gén.* Eundi, *d'aller.*
  Dat. Abl. Eundo, *en allant.*
  Acc. Eundum (ad), *à aller ou pour aller.*

REMARQUE. Le verbe *eo* a deux radicaux : *e* à la première personne du singulier, à la troisième du pluriel du présent de l'indicatif, au présent du subjonctif, à la troisième du pluriel de l'impératif, au participe présent, sauf le nominatif, et au gérondif; partout ailleurs son radical est *i*. Le futur est en *bo*.

Ainsi se conjuguent :

Exeo,	*is,*	*ivi,*	*ire,*	sortir.
Pereo,	*is,*	*ivi,*	*ire,*	périr.
Redeo,	*is,*	*ivi,*	*ire,*	revenir.
Adeo,	*is,*	*ivi,*	*ire,*	aller trouver.
Transeo,	*is,*	*ivi,*	*ire,*	traverser.
Praetereo,	*is,*	*ivi,*	*ire,*	passer outre *ou* après.

VERBES DÉFECTIFS.

200. Les verbes défectifs sont ceux auxquels il manque plusieurs personnes et plusieurs temps.

201.   *QUEO*, JE PEUX.

Ce verbe se conjugue régulièrement comme *eo*; mais il n'a ni *impératif*, ni *participes*, ni *gérondif*, ni *supin*.

INDICATIF.

PRÉSENT. *Sing.* Queo, *je peux* ou *je puis.*
                Quis, *tu peux.*
                Quit, *il peut.*
          Plur. Quimus, *nous pouvons.*
                Quitis, *vous pouvez.*
                Queunt, *ils peuvent.*
IMPARFAIT.   Quibam, etc., *je pourais*, etc.
PARFAIT.   Quivi, etc., *j'ai pu*, etc.
PL.-QUE-PARF.   Quiveram, etc., *j'avais pu*, etc.
FUTUR.   Quibo, etc., *je pourrai*, etc.
FUTUR PASSÉ.   Quivero, etc., *j'aurai pu*, etc.

SUBJONCTIF.

PRÉSENT. *Sing.* Queam, *que je puisse.*
                Queas, *que tu puisses.*
                Queat, *qu'il puisse.*
          Plur. Queamus, *que nous puissions.*
                Queatis, *que vous puissiez.*
                Queant, *qu'ils puissent.*
IMPARFAIT.   Quirem, etc., *que je pusse*, etc.
PARFAIT.   Quiverim, etc., *que j'aie pu*, etc.
PL.-QUE-PARF.   Quivissem, etc., *que j'eusse pu*, etc.

INFINITIF.

PRÉS. et IMPARF. Quire, *pouvoir, qu'il peut* ou *qu'il pouvait.*
PARF. et P.-Q.-P. Quivisse, *avoir pu, qu'il a* ou *qu'il avait pu.*

202. *VOLO*, JE VEUX.

Il n'a ni *impératif*, ni *gérondif*, ni *supin.*

INDICATIF.

PRÉSENT. *Sing.* Volo, *je veux.*
Vis, *tu veux.*
Vult, *il veut.*
Plur. Volumus, *nous voulons.*
Vultis, *vous voulez.*
Volunt, *ils veulent.*
IMPARFAIT. Volebam, etc., *je voulais, etc.*
PARFAIT. Volui, etc., *j'ai voulu, etc.*
PL.-QUE-PARF. Volueram, etc., *j'avais voulu, etc.*
FUTUR. Volam, etc., *je voudrai, etc.*
FUTUR PASSÉ. Voluero, etc., *j'aurai voulu, etc.*

SUBJONCTIF.

PRÉSENT. *Sing.* Velim, *que je veuille.*
Velis, *que tu veuilles.*
Velit, *qu'il veuille.*
Plur. Velimus, *que nous voulions.*
Velitis, *que vous vouliez.*
Velint, *qu'ils veuillent.*
IMPARFAIT. Vellem, etc., *que je voulusse, etc.*
PARFAIT. Voluerim, etc., *que j'ai voulu, etc.*
PL.-QUE-PARF. Voluissem, etc., *que j'eusse voulu, etc.*

INFINITIF.

PRÉS. et IMPARF. Velle, *vouloir, qu'il veut ou qu'il voulait.*
PARF. et P.-Q.-P. Voluisse, *avoir voulu, qu'il a ou qu'il avait voulu.*

Ainsi se conjuguent :

Nolo,   je ne veux pas.
Malo,   j'aime mieux.

203.   *NOLO, (non volo)* JE NE VEUX PAS.

Il n'a ni *gérondif*, ni *supin*.

INDICATIF.

PRÉSENT. *Sing.* Nolo, *je ne veux pas.*
Non vis, *tu ne veux pas.*
Non vult, *il ne veut pas.*
Plur. Nolumus, *nous ne voulons pas.*
Non vultis, *vous ne voulez pas.*
Nolunt, *ils ne veulent pas.*
IMPARFAIT.   Nolebam, etc., *je ne voulais pas,* etc.
PARFAIT.   Nolui, etc., *je n'ai pas voulu,* etc.
PL.-QUE-PARF. Nolueram, etc., *je n'avais pas voulu,* etc.
(La première personne inusitée).
FUTUR.   Nolam, etc., *je ne voudrai pas,* etc.
FUTUR PASSÉ. Noluero, etc., *je n'aurai pas voulu,* etc.

IMPÉRATIF.

Sing. Noli *ou* nolito, *ne veuille pas.*
Nolito (ille), *qu'il ne veuille pas.*
Plur. Nolimus, *que nous ne veuillons pas.*
Nolite *ou* nolitote, *ne veuillez pas.*
Nolunto, *qu'ils ne veuillent pas.*

SUBJONCTIF.

PRÉSENT.   Nolim, etc., *que je ne veuille pas,* etc.
IMPARFAIT.   Nollem, etc., *que je ne voulusse pas,* etc.
PARFAIT.   Noluerim, etc., *que je n'aie pas voulu,* etc.
PL.-QUE-PARF. Noluissem, etc., *que je n'eusse pas voulu,* etc.

INFINITIF.

PRÉSENT.   Nolle, *ne pas vouloir, qu'il ne veut ou qu'il ne voulait pas.*
PAR. et P.-Q.-P. Noluisse, *n'avoir pas voulu, qu'il n'a pas ou n'avait pas voulu.*
PART. PRÉSENT. Nolens, nolentis, *ne voulant pas, qui ne veut ou qui ne voulait pas.*

204. *MALO (ma pour magis),* J'AIME MIEUX.

Il n'a ni *impératif,* ni *participes,* ni *gérondif,* ni *supin.*

INDICATIF.

PRÉSENT. *Sing.* Mălo, *j'aime mieux.*
Mavis, *tu aimes mieux.*
Mavult, *il aime mieux.*
Plur. Malumus, *nous aimons mieux.*
Mavultis, *vous aimez mieux.*
Malunt, *ils aiment mieux.*
IMPARFAIT. Malebam, etc., *j'aimais mieux,* etc.
PARFAIT. Malui, etc., *j'ai aimé mieux,* etc.
PLUS-Q.-PARF. Malueram, etc., *j'avais aimé mieux,* etc,
FUTUR. Malam, etc., *j'aimerai mieux,* etc.
FUTUR PASSÉ. Maluero, etc., *j'aurai aimé mieux,* etc.

SUBJONCTIF.

PRÉSENT. Malim, etc., *que j'aime mieux,* etc.
IMPARFAIT. Mallem, etc., *que j'aimasse mieux,* etc.
PARFAIT. Maluerim, etc., *que j'aie aimé mieux,* etc.
PLUS-Q.-PARF. Maluissem, etc., *que j'eusse aimé mieux,* etc

INFINITIF.

PRÉS. et IMPARF. Malle, *aimer mieux, qu'il aime mieux* ou *qu'il aimait mieux.*
PARF. et P.-Q.-P. Maluisse, *avoir aimé mieux, qu'il a* ou *avait aimé mieux.*

205. *MEMINI,* JE ME SOUVIENS.

PARFAIT. *Sing.* Memini, *je me souviens.*
Meministi, *tu te souviens.*
Meminit, *il se souvient.*
Plur. Meminimus, *nous nous souvenons.*
Meministis, *vous vous souvenez.*
Meminerunt ou meminere, *ils se souviennent.*
PLUS-Q.-PARF. Memineram, etc., *je me souvenais,* etc.
FUTUR PASSÉ. Meminero, *je me souviendrai.*
Memineris, *tu te souviendras.*
Meminerit, *il se souviendra.*
Meminerimus, *nous nous souviendrons.*
Memineritis, *vous vous souviendrez.*
Meminerint, *ils se souviendront.*

11

IMPÉRATIF.

Sing. Memento, *souviens-toi.*
Memento (ille), *qu'il se souvienne.*
Plur. Mementote, *souvenez-vous.*

SUBJONCTIF.

PARFAIT. Meminerim, etc., *que je me souvienne,* etc.
PL.-QUE-PARF. Meminissem, etc., *que je me souvinsse,* etc.

INFINITIF.

PARF. et P.-Q.-P. Meminisse, *se souvenir, qu'il se souvient, ou se souvenait.*

Aux temps passés on se sert de *recordatus sum.*

REMARQUE. Ce verbe n'a réellement ni *présent,* ni *imparfait,* ni *futur;* car *memini* est la forme régulière d'un parfait; *memineram,* celle d'un plus-que-parfait, et *meminero,* celle d'un futur passé.

Ainsi se conjuguent :

Novi, novisse, connaître; *cœpi, cœpisse,* commencer; *odi, odisse,* haïr; ce dernier fait au parfait *osus sum,* j'ai haï; au plus-que-parfait *osus eram,* etc. — *Cœpi* a aussi un parfait à forme passive : *cœptus sum,* qu'on emploie devant un infinitif passif. Aucun de ces trois verbes n'a d'impératif.

206.   *AIO,* JE DIS.

Il n'a que les formes suivantes :

INDICATIF.

PRÉSENT. Sing. Aio, *je dis.*
Ais, *tu dis.*
Ait, *il dit.*
Plur. Aiunt, *ils disent.*
IMPARFAIT. Aiebam, *je disais.*
Aiebas, *tu disais.*
Aiebat, *il disait.*
Aiebamus, *nous disions.*
Aiebatis, *vous disiez.*
Aiebant, *ils disaient.*
PARFAIT. Aisti, *tu as dit.*
Ait, *il a dit.*
Aistis, *vous avez dit.*

IMPÉRATIF.

Aï (rare), *dis.*

SUBJONCTIF.

PRÉSENT. *Sing.* Aias, *que tu dises.*
    Aiat, *qu'il dise.*
  Plur. Aiant, *qu'ils disent.*
PART. PRÉSENT. Aiens, aientis, *disant, qui dit* ou *qui disait.*

207.   *INQUAM,* DIS-JE.

Il n'a que les formes suivantes :

INDICATIF.

PRÉSENT. *Sing.* Inquam, *dis-je.*
    Inquis, *dis-tu.*
    Inquit, *dit-il.*
  Plur. Inquimus, *disons-nous.*
    Inquitis, *dites-vous.*
    Inquiunt, *disent-ils.*
IMPARFAIT. Inquiebat, *disait-il.*
    Inquiebant, *disaient-ils.*
PARFAIT. Inquisti, *as-tu dit.*
    Inquit, *a-t-il dit.*
    Inquistis, *avez-vous dit.*
FUTUR. Inquies, *diras-tu.*
    Inquiet, *dira-t-il.*

IMPÉRATIF.
Inque *ou* inquito, *dis.*

SUBJONCTIF.
Inquiat, *qu'il dise.*

VERBES IMPERSONNELS OU UNIPERSONNELS.

208. Les verbes *impersonnels* ou *unipersonnels* sont ceux qui n'ont que la troisième personne du singulier.

Ils appartiennent à l'une des quatre conjugaisons, et n'ont ni *impératif*, ni *participes*, ni *supin.*

209.   IMPERSONNEL *POENITET.*

Il se conjugue dans tous ses temps avec les pronoms, à l'accusatif, *me, te, illum, illam* (ou un nom) pour le *singulier*, et *nos, vos, illos, illas* (ou un nom) pour le *pluriel.*

INDICATIF.

PRÉS. *Sing.* me Pœnit et, *je me repens.*
   te Pœnit et, *tu te repens.*
 illum, illam Pœnit et, *il, elle se repent.*

Plur. nos   Pœnit et, *nous nous repentons.*
        vos   Pœnit et, *vous vous repentez.*
  illos, illas   Pœnit et, *ils, elles se repentent.*
IMPARFAIT.   me   Pœnit ebat, etc., *je me repentais,* etc.
PARFAIT.   me   Pœnit uit, etc., *je me suis repenti,* etc.
PL.-QUE-PARF.   me   Pœnit uerat, etc., *je m'étais repenti,* etc.
FUTUR.   me   Pœnit ebit, etc., *je me repentirai,* etc.
FUTUR PASSÉ.   me   Pœnit uerit, etc., *je me serai repenti.*

SUBJONCTIF.

PRÉSENT.   me   Pœnit eat, etc., *que je me repente,* etc.
IMPARFAIT.   me   Pœnit eret, etc., *que je me repentisse,* etc.
PARFAIT.   me   Pœnit uerit, etc., *que je me sois repenti,* etc.
PL.-QUE-PARF.   me   Pœnit uisset, etc., *que je me fusse repenti,* etc.

INFINITIF.

PRÉS. et IMPARF. Pœnit ere, *se repentir, qu'il se repent* ou *qu'il se repentait.*
PARF. et P.-Q.-P. Pœnit uisse, *s'être repenti, qu'il s'est* ou *qu'il s'était repenti.*
PART. PRÉSENT. Pœnit ens, entis, *se repentant, qui se repent* ou *qui se repentait.*
PART. FUT. PAS. Pœnit endus, pœnit enda, pœnit endum, *dont on doit se repentir.*
GÉRONDIF. *Gén.* Pœnit endi, *de se repentir.*
        Dat. Abl. Pœnit endo, *en se repentant.*
        Acc. Pœnit endum (*ad*), *à se repentir* ou *pour se repentir.*

Ainsi se conjuguent :

Me pud et,   *j'ai honte,*   me pud uit *ou* pud itum est, pudere.
Me pig et,   *je suis fâché,*   me pig uit *ou* pig itum est, pigere.
Me tæd et,   *je m'ennuie,*   me pertæsum est, tædere.
Me miser et,   *j'ai pitié,*   me misertum est.

210.   AUTRES IMPERSONNELS.

PREMIÈRE CONJUGAISON.

Fulgurat,   *il éclaire,*   fulguravit, fulgurare.
Tonat,   *il tonne,*   tonuit tonare.
Grandinat,   *il grêle,*   grandinavit, grandinare.

DEUXIÈME CONJUGAISON.

Oportet,   *il faut,*   oportuit, oportere.
Decet,   *il convient,*   decuit, decere.
Dedecet,   *il ne convient pas,* dedecuit, dedecere.
Libet,   *il plaît,*   libuit, libere.
Licet,   *il est permis,* licuit, licere.

TROISIÈME CONJUGAISON.

Pluit, *il pleut,* pluit, pluere.
Ningit, *il neige,* ninxit, ningere.

211. Outre ces verbes impersonnels, il y en a d'autres qui se tirent des verbes dont la conjugaison est complète.

SUM.

Est, il est, *fuit, esse.*
Mihi, tibi persuasum est, *je suis, tu es persuadé.*

COMPOSÉ DE SUM.

Interest, *il importe,* interfuit, interesse.

PREMIÈRE CONJUGAISON.

Constat, *il est constant,* constitit, constare.
Juvat, *il fait plaisir,* juvit, juvare.
Præstat, *il vaut mieux,* præstitit, præstare.

DEUXIÈME CONJUGAISON.

Liquet, *il est clair,* liquere.
Patet, *il est évident,* patuit, patere.
Placet, *il plaît,* placuit, placere.

TROISIÈME CONJUGAISON.

Accidit, *il arrive (dans le sens de malheur),* accidit, accidere.
Contingit, *il arrive (dans le sens de bonheur),* contigit, contingere.
Conducit, *il est avantageux,* conduxit, conducere.
Refert, *il importe,* retulit, referre.
Fit, *il se fait,* factum est, fieri.
Mihi, tibi, illi, satis fit, *je suis, tu es, il est satisfait.*

QUATRIÈME CONJUGAISON.

Convenit, *il convient,* convenit, convenire.
Evenit, *il arrive (dans le sens de malheur ou de bonheur),*
evenit, evenire.

212. IMPERSONNELS PASSIFS.

Il y a des verbes impersonnels passifs que l'on a formés avec la troisième personne du singulier des temps passifs tirés des verbes actifs.

Pour les traduire on met le plus souvent *on, l'on* devant le verbe français, comme : memoratur. memoratum est; narratur, narratum est, *on raconte.* Videtur, *on voit, il paraît.* Perhibetur, *on rapporte.* Creditur, *on croit.* Dicitur, *on dit.* Traditur, fertur, *on rapporte.*

On peut faire impersonnels passifs tous les verbes actifs et neutres, comme :

Certatur, pugnatur, *on combat; certatum est, pugnatum est, on combattit.* Favetur, *on favorise,* fautum est, *on a favorisé.* Invidetur, *on porte envie,* invisum est, *on a porté envie.* Curritur, *on court,* cursum est, *on a couru.* Itur, *on va,* itum est, *on est allé.* Venitur, *on vient,* ventum est, *on est venu.*

SYNTAXE DES VERBES.

NOMINATIF DU VERBE.

Ego audio.

213. Tout verbe s'accorde en personne et en nombre avec son nominatif.

EXEMPLES : J'entends, *ego audio.* Dieu règne, *Deus regnat.* La reine qui est venue, *regina quæ advenit.* Athènes, cité célèbre, n'est plus, *fuerunt Athenæ, clarissima civitas.* Les uns jouent, les autres chantent, *alii ludunt, cantant alii.* (N° 154.)

Mater amata est.

Aux temps composés des verbes passifs, les genres, le nombre et les cas doivent s'accorder.

EXEMPLE : La mère fut aimée, *mater amata est.*

214. On sous-entend ordinairement le pronom personnel sujet ; ainsi l'on dit simplement *audio, mones, accipit,* au lieu de *ego audio, tu mones, ille accipit.*

Cependant on l'exprime le plus souvent quand il y a deux mots à sens opposés, ou qu'on veut marquer quelque chose de vif.

EXEMPLES : Vous riez et je pleure, *tu rides, ego fleo.* Vous agissez ainsi? *tu sic agis?*

Pluit, tonat, etc.

215. Tous les impersonnels à forme active qui expriment les phéno-mènes de la nature, comme *tonat,* il tonne ; *pluit,* il pleut, etc., et les impersonnels passifs *tirés des verbes neutres,* comme *itur,* on va ; *studetur,* on étudie, etc., et quelquefois même les impersonnels passifs *tirés des verbes actifs,* ont leur sujet enfermé en eux-mêmes et forment seuls une proposition.

Actum est.

La locution *c'en est fait* a son équivalent dans le latin *actum est,* elle se rend aussi par *acta res est,* s'il n'y a pas de complément.

Petrus et Joannes student.

216. Plusieurs sujets singuliers veulent le verbe au pluriel.

EXEMPLES : Pierre et Jean étudient, *Petrus et Joannes student;* votre père et son ami qui viendront, *tuus pater et ejus amicus qui venient.*

Ego et tu valemus.

217. Si les sujets sont de différentes personnes, le verbe prend celle qui a la priorité. La première l'emporte sur la seconde, et celle-ci sur la troisème.

EXEMPLES : Vous et moi nous nous portons bien, *ego et tu valemus;* vous et votre frère qui causez, *tu fraterque qui garritis.*

REMARQUE : 1° En français la première personne se nomme après les autres. C'est le contraire en latin.

2° En latin quand on parle à une seule personne, on se sert du singulier.

Turba ruit ou ruunt.

218. Avec un nom collectif singulier on peut mettre le verbe au pluriel, lorsqu'on a dans l'idée un nom pluriel sous-entendu. Collectif (*colligere* réunir) signifie une réunion de plusieurs choses.

EXEMPLES : La foule se précipite, *turba ruit* ou *ruunt;* une grande partie furent blessés ou tués, *magna pars vulnerati, aut occisi sunt.*

VERBES ASSIMILÉS AU VERBE *SUM.*

Graculus rediit mœrens.

219. Certains verbes attributifs, neutres ou passifs, joignent comme le verbe *sum* un attribut au sujet, sans ôter l'accord.

EXEMPLES : Le geai revint tout chagrin, *graculus rediit mœrens.* Aristide mourut pauvre, *Aristides mortuus est pauper.* Je m'appelle lion, *ego nominor leo.*

Cicéron fut appelé père de la patrie, *Cicero vocatus est pater patriæ.*

REMARQUE : Les verbes qui servent à cette construction sont ceux qui n'ont pas un sens actif, comme *existere, fieri, evadere,* devenir; *vivere,* vivre; *manere,* rester; *redire,* revenir; *nasci,* naître; *mori,* mourir; *videri,* paraître; *dici, vocari, appellari,* être appelé; *putari, numerari, credi,* être regardé comme; *haberi,* passer pour; *eligi, creari, designari,* être créé, élu, désigné; et autres semblables.

EXEMPLES : Personne ne nait riche, *nemo nascitur dives.* Il passe pour savant, *habetur doctus.*

220. *Avoir l'air, la mine,* signifie paraître, *videri.*
EXEMPLE : Il a l'air triste, *videtur tristis.*

VERBES APRÈS COMPARATIF.

Doctior est quàm opinantur.

221. Les verbes servent après un comparatif de second terme de comparaison, et le verbe latin se met au temps et au mode du verbe français.

EXEMPLE : Il est plus savant qu'on ne pense, *doctior est quàm opinantur* ou *putant.*

Ne qui suit le comparatif français est euphonique et ne se rend pas en latin).

222. Le verbe qui suit *quàm* se remplace élégamment par un nom; *doctior est opinione.*
Les ablatifs neutres *æquo, justo, solito, dicto,* s'emploient de cette manière.
EXEMPLE : Il a été plus lent qu'il n'a coutume, que de coutume, *tardior fuit solito.*

Hoc tibi jucundius est quam mihi.

223. Pour mettre au même cas les deux termes d'une comparaison, il faut que le verbe du premier membre puisse se sous-entendre dans le second.

EXEMPLE : Cela vous est plus agréable qu'à moi, *hoc tibi jucundius est quàm mihi* (*est jucundius*).
Mais on dit : *hæc verba sunt viri, quàm nos sumus, doctioris,* ces paroles sont d'un homme plus savant que nous; *memor sum libri utilioris quàm tuus est,* je me souviens d'un livre plus utile que le vôtre.

224. Quand les deux termes de comparaison sont deux verbes au même temps et au même mode, ou qui peuvent se tourner ainsi, il les faut tous les deux à ce temps et à ce mode en latin.

EXEMPLE : L'ambition nuit plus qu'elle ne sert, *ambitio magis nocet quàm prodest.*

Cependant si le premier verbe est à l'impératif, mettez le second au subjonctif.

EXEMPLE : Soyez plus hardi qu'on ne pense (qu'on ne puisse penser), *audacior esto quàm opinentur.*

COMPLÉMENT OU RÉGIME DES VERBES.

GÉNITIF.

Miserere pauperum.

225. Les verbes *misereri*, avoir pitié ; *oblivisci*, oublier ; *recordari, meminisse*, se souvenir; veulent le génitif.

Ex. : Ayez pitié des pauvres, *miserere pauperum ;* je me souviens des vivants, et je n'oublie pas les morts, *vivorum memini, nec obliviscor mortuorum ;* les morts dont je me souviens me sont chers, *mortui quorum memini mihi cari sunt.* (N° 121.)

C'est une élégance de mettre le nom dans la proposition relative, mais il faut placer la proposition relative la première : *quorum memini mortuorum, hi mihi cari sunt.*

EXEMPLES : 1° *Oblivisci, recordari, meminisse,* se construisent aussi avec l'accusatif.

2° Le verbe *miserari,* qui signifie avoir pitié, déplorer, se construit avec l'accusatif seulement.

Refert, interest regis.

226. Les verbes *refert, interest,* il importe, il est important, il est de l'intérêt de, veulent au génitif le mot de la personne qui a intérêt, à laquelle il importe.

Ex. : Il importe au roi, *refert* ou *interest regis ;* l'enfant qui a intérêt (auquel il importe), *puer cujus interest ;* à qui importe-t-il? à lui, *cujusnam interest? illius* (sous-entendu *interest*).

Refert, interest meâ, tuâ, nostrâ, vestrâ.

227. Avec *refert, interest,* les pronoms *me, te, nous, vous,* s'expriment par *meâ, tuâ, nostrâ, vestrâ.* — On sous-entend *causâ.*

EXEMPLE : Il m'importe, *refert, interest meâ.* Il vous importe, *tuâ.* Il nous importe, *nostrâ.* A qui importe-t-il? à nous, *quorumnam interest? nostrâ.*

Refert meâ Cæsaris.

228. Si, après *il importe*, ces pronoms *à moi, à toi*, etc., sont suivis d'un nom, on met au génitif cet adjectif ou ce nom.

EXEMPLE : Il importe à vous seul, *interest tuâ unius.* Il importe à moi César, *refert meâ Cæsaris.*

Refert meâ qui sum Cœsar.

229. Si *à moi, à toi* sont suivis de *qui, dont*, on met simplement *qui, quæ, quod* au cas exigé par son rôle de sujet ou de régime.

EXEMPLE : Il importe à moi qui suis César, dont le père était sénateur, *refert meâ, qui sum Cæsar, cujus pater erat senator.*

C'est que l'idée se porte sur *mei, tui*, renfermés dans *meâ, tuâ.*

Utriusque nostrûm interest.

230. Ces phrases : Il nous importe *à tous deux ;* il vous importe, il leur importe *à tous deux ;* se tournent ainsi :

EXEMPLE : Il importe *à l'un et à l'autre* de nous, de vous, d'eux, *utriusque nostrûm, vestrûm, illorum interest.*

Ad honorem, nostrum interest.

231. Le régime inanimé de *refert, interest*, se met à l'accusatif avec *ad.*

EXEMPLE : Il importe à notre honneur, *ad honorem nostrum refert.*

L'honneur auquel il importe, *honor ad quem refert.*

Si c'est un ensemble d'êtres animés, il faut le génitif.
EXEMPLE : Il est de l'intérêt de la société, *interest societatis.*
La république à laquelle il importe, *respublica cujus interest.*

DATIF.

Le datif signifie *à l'avantage, au désavantage de, pour, dans, l'intérêt de, au profit de, en vue de.*

EXEMPLE : Je craignais pour votre vie, *vitæ tuæ metuebam.* C'était pour son pays qu'il travaillait, *suæ patriæ laborabat.*

Studeo Grammaticæ.

232. La plupart des verbes neutres veulent le datif.

EXEMPLE : J'étudie la grammaire, *studeo grammaticæ.* Qu'étudiez-vous ? la grammaire. *Cui rei studes? Grammaticæ.* Qui favorisez-vous ? les enfants. *Quibus faves? pueris.* Les plus honnêtes gens le favorisent (chaque homme le plus honnête le favorise). *Optimus quisque illi favet.* Il a contenté le maître, *satisfecit præceptori.*

Hoc tibi expedit.

233. Les verbes *accidit, evenit, contingit,* il arrive, *conducit, expedit,* il est avantageux ; *placet,* il plaît, etc. veulent au datif le mot de la personne.

EXEMPLE : Cela vous est avantageux, *hoc tibit expedit.* L'homme à qui cela est arrivé, *homo cui id accidit.*

Magna calamitas tibi imminet, impendet, instat.

234. Les trois verbes *imminere, impendere, instare,* menacer, veulent le datif.

EXEMPLE : Un grand malheur vous menace, *magna calamitas tibi imminet, impendet, instat.*

Ces verbes veulent pour sujet un nom de chose inanimée.

Homo irascitu mihi.

235. Les verbes déponents, *irasci,* se mettre en colère, en avoir contre quelqu'un, à quelqu'un ; *blandiri,* flatter ; *opitulari,* secourir, *minari,* menacer ; etc. veulent le datif.

EXEMPLE : Cet homme en a contre moi, *homo irascitur mihi,* ou bien *homo succenset mihi.*
Il se flatte, *sibi blanditur.*

On emploie *sui, sibi* : 1° toutes les fois qu'en français il y a *soi, se* ; 2° toutes les fois que le sens ne permet pas de remplacer *il, le, lui, elle, la, leur* par *celui-ci, ceux-ci, ceux-là, celles-là* ; sinon on se sert de *is, ille.* Cet homme auquel Léon donne du secours, le menace, *hic homo cui Leo opitulatur, illi minatur.*

REM. *Minatur* veut toujours pour sujet un nom de personne, ou au moins un nom de chose considérée comme être animé.

ACCUSATIF.

Amo Deum.

236. L'accusatif est de sa nature, régime direct.
Tout verbe actif veut l'accusatif.

EXEMPLE : J'aime Dieu, *amo Deum.*
Dieu que j'aime, *Deus quem amo.*

Quelle mère n'aime pas ses enfants ? *quænam mater pueros suos non amat?*

Qui vous a racheté ? Jésus-Christ. *Quis te redemit? Jesus-Christus.* Quels enfants instruisez-vous ? *Quosnam pueros doces?*

Le maître les écoute, *magister eos audit.*

Il la renvoya malgré lui et malgré elle (lui ne voulant pas) il renvoya elle qui ne voulait pas, *invitus invitam dimisit.*

Ils envoyèrent un général plus hardi qu'habile, *miserunt ducem audaciorem quàm peritiorem* (nº 68). Portez les fardeaux l'un de l'autre, *alter alterius onera portate.* Votre mère n'est pas la même que je l'ai vue autrefois, *non eadem est mater tua quam vidi olim.*

Cultivez l'amitié, le plus précieux de nos biens (que laquelle il n'y a rien de plus précieux), *amicitiam cole quà nihil melius habemus.*

Le poison se glisse dans les veines, *venenum in venas se insinuat,* (*se* réfléchit sur poison). L'affaire va bien (se porte bien), *bene se res habet.* Quelquefois on supprime le pronom, *bene res habet.*

Ici le sujet est sensé faire l'action sur lui-même, cela se reconnait toutes les fois qu'après un verbe réfléchi français on peut ajouter *lui-même, elle-même,* etc. Autrement on tourne par le passif.

EXEMPLE : Ce mot se trouve dans Phèdre (ce mot est trouvé dans Phèdre), *hæc vox invenitur apud Phedrum.*

Res agitur.

237. 1º Le passif du verbe *agere* forme un idiotisme analogue aux gallicismes *il s'agit de, il y va de, il est question de,* et *être mis en question.*

EXEMPLES : *Magna res agitur.* il s'agit d'un grand intérêt. — *Civium vita et fortunæ aguntur,* la vie et la fortune des citoyens sont mises en question, *ou* il y va de la vie et de la fortune des citoyens.

2º En latin le nom est toujours sujet du verbe *agi.* Ce verbe ne peut s'employer dans ce sens ni à la première, ni à la seconde personne.

EXEMPLE : Il s'agit de vous (*tournez* votre affaire est agitée), *tua res agitur.* — Si *il s'agit de vous* signifiait : c'est de vous que l'on parle, on traduirait : *de te fabula est,* ou *sermo est.*

Petrus et Paulus, se invicem laudant.

238. Quand deux sujets agissent l'un sur l'autre, on ajoute *invicem,* ou l'on se sert de *inter.*

EXEMPLE : Pierre et Paul se louent, *Petrus et Paulus se invicem laudant;* ils se battent, *inter se pugnant. Invicem* et *inter se* expriment une action mutuelle ; sans *invicem, Petrus et Paulus se laudant* voudrait dire : Pierre se loue, et Paul se loue.

L'ambition de cet homme le perdra (son ambition perdra cet homme), *sua eum perdet ambitio.* Les citoyens d'Annibal le bannirent de leur ville. *Tournez :* Ses citoyens bannirent Annibal de leur ville,

Annibalem sui cives e civitate ejecerunt. (Sui réfléchit sur *Annibalem*, régime de la proposition) ;

Dans ces tournures-là il faut autant que possible rapprocher *suus* du mot sur lequel il réfléchit. J'ai rendu à César son épée. *suum Cæsari gladium restitui.*

GALLICISMES.

C'est vous-même que je cherche, *teipsum quæro* (n° 162). C'est moi Annibal qui demande la paix, (moi Annibal je demande la paix), *Ego Annibal peto pacem.*

C'est vous, mon frère, qui m'avez trahi, *tu, frater meus, me prodidisti.* Quel est celui qui vous a appelé? (qui vous a appelé?) *quis te vocavit?* Quel est celui que vous appelez? qui appelez-vous? *quem vocas.*

La lettre que vous m'avez écrite m'a été très-agréable, *quas scripsisti litteras, eæ mihi fuerunt jucundissimæ.*

IDIOTISME DU VERBE *AVOIR*.

239. *Avoir* et un nom qui exprime un état, se rendent souvent par un seul verbe.

EXEMPLE : J'ai de l'affection pour vous, *te diligo;* j'ai faim, *esurio;* j'ai soif, *sitio;* j'ai chaud, *caleo;* j'ai peur, *paveo;* j'ai mal à la tête, *doleo à capite.*

Avoir signifiant *posséder,* avoir en propre se traduit par *habere,* ou par *esse* avec le datif.

EXEMPLE : Les champs ont une nature différente, *agri naturas dissimiles habent,* ou *agris dissimiles sunt naturæ.*

Socrate avait l'affection, ou était l'objet de l'affection de la jeunesse athénienne. *Socrates habuit amorem juventutis atheniensis.*

240. Avec *habere* les noms à l'accusatif exprimant un sentiment ont d'ordinaire le sens du passif. *Habere invidiam* signifie être l'objet de l'envie, être odieux, et non pas avoir de l'envie.

EXEMPLE : Il était soupçonné d'un crime (il portait le soupçon d'un crime), *habebat suspicionem sceleris.*

Il n'a pas d'ennemis, *nihil odii habet.*

241. On se sert plutôt de *esse* pour un sentiment, une intention, un avantage accompagné d'un adjectif.

EXEMPLE : Epaminondas avaient un grand amour pour sa mère. *Erat Epaminondæ ingens matris amor.*

Les Hébreux avaient un grand regret à Moïse qui était mort. *Erat Hebræis magnum Moysis mortui desiderium* ou *magno erat Hebræis desiderio mortuus Moyses,* ou *magno Moysis mortui desiderio Hebræi tenebantur* (mot à mot : un grand regret de Moyse mort était aux Hébreux, *ou* Moyse mort était aux Hébreux à grand regret, *ou* les Hébreux étaient saisis d'un grand regret de Moyse mort.

242. Pour une qualité, un caractère, on se sert de *esse* et du génitif ou de l'ablatif qualificatif.

Exemple : Goliath avait une taille extraordinaire, Goliath était d'une taille extraordinaire, *Goliath inusitatæ altitudinis erat* ou *inusitatâ altitudine*.

243. Quelquefois on se sert d'*habere* avec le participe passé passif qu'on fait accorder avec le régime.

Exemple : La victoire m'a trompé, *victoria me falsum habuit*.

244. *Avoir* dans le sens de se procurer, se rend par *parare*.

Exemple : Je n'ai pas eu facilement cette maison, *hanc domum non facile paravi*.

245. *Avoir* signifiant disposer de, se servir de, se rend par *uti*, *utor*.

Exemple : Il a de courageux soldats, *fortibus militibus utitur*. Ambroise avait beaucoup d'autorité sur Théodose, *Ambrosius magnâ utebatur auctoritate in Theodosium*.

Vous l'aviez pour associé, *eo utebaris socio*.

VERBE FAIRE

246. Le verbe *faire* dans ses acceptions les plus générales, se traduit en latin, selon le sens, par *facere, agere, gerere, fingere, componere, conflare*, etc.

Exemple : Je ne le ferai pas (je ne ferai pas cela), *hoc non agam*. Que ferai-je ? *quid faciam ?*

IDIOTISME DU VERBE *FAIRE*.

247. *Faire* avec un nom répond souvent à un verbe latin exprimant l'idée du nom : faire effort, *conari* ; faire du bruit, *crepære, crepitare* ; faire un bon accueil, *bene excipere* ; faire tort, *nocere* ; faire l'objet de ses vœux, *concupiscere*.

Exemple : Le sage ne fit jamais des richesses l'objet de ses vœux, *nemo sapiens pecuniam concupivit*.

Toutes les fois que le nom joint à *faire*, n'est pas dans son sens ordinaire, il faut chercher la signification exacte de l'idiotisme et trouver un équivalent.

248. *Faire de l'effet* ou *produire de l'effet* signifie *être remarqué, attirer l'attention, les regards*. On pourra le traduire par *conspici* ou *spectari*. Il ne produirait pas de l'effet, *non spectabatur*.

Faire impression, faire de l'effet sur, agir sur, signifient *émouvoir* et se rendent par *movere*.

Exemple : Ce spectacle m'a fait impression qu a agi sur moi, *hoc spectaculum me movit*.

249. *Faire époque* signifie *être particulièrement signalé, noté* ; on le traduira par *notari* ou un mot analogue.

EXEMPLE : Cet événement fera époque dans l'histoire, *ea res imprimis apud historiam notabitur*, ou *præcipuâ notâ apud scriptores digna erit*.

250. *Faire fortune* veut dire *avancer dans les emplois, dans les honneurs*, et peut se traduire par *in majus provehi*, ou *ad magnas opes provehi*.

EXEMPLE : Il a fait fortune, *ad magnas opes provectus est*.

251. *Faire son chemin, faire un beau chemin*, a un sens analogue et peut se traduire par *prosperâ uti fortunâ*.

252. *Faire* signifie quelquefois *dire, prétendre*, alors on doit le traduire par *dicere* ou un verbe analogue.

EXEMPLE : On le faisait mort, il se porte bien, *mortuus dicebatur*, alors *valet*.

253. Si *faire* a le sens de *importer*, il se traduit par *interest* ou *pertinet*.

EXEMPLE : Cela fait beaucoup, *id plurimùm interest;* Qu'est-ce que cela fait à la chose ? *quid ad rem pertinet ?* On peut sous-entendre *pertinet*, et dire : *quid ad rem ?*

254. Dans les locutions *il fait chaud, il fait nuit, il fait du vent*, et autres semblables, l'impersonnel *il fait* se traduit ordinairement par le verbe *esse*.

EXEMPLE : Il faisait nuit, *nox erat*; il fera du vent, *ventus erit*.

255. 1° *Facere maximam pecuniam*, amasser beaucoup d'argent, répond au français *faire de gros bénéfices, gagner beaucoup d'argent*.

256. 2° *Facere perniciem*, causer la ruine répond à la locution française *faire la perte*.

EXEMPLE : *Ea perniciem ipsis fecere*, cela fut cause de leur ruine ou *fit leur perte*.

257. L'expression *actum* ou *acta agere* (faire une chose déjà faite) répond aux locutions françaises *perdre son temps, prendre une peine inutile*.

Imitor patrem.

258. Plusieurs verbes déponents veulent l'accusatif.

EXEMPLE : J'imite mon père, *imitor patrem*.

Nous cherchons l'honnête et l'utile, *sequimur honestum et utile*.

J'ai vu votre maison et j'en ai admiré la beauté (*en* pour *d'elle*), *vidi tuam domum, et illius pulchritudinem miratus sum*.

259. *Avoir raison de quelqu'un, de quelque chose*, se tourne par *se venger, ulcisci, ulciscor, ultus*.

EXEMPLE : J'aurai raison de cette injure, *hanc injuriam ulciscar*.

Musica me juvat ou delectat.

260. Les verbes *juvat, delectat*, il fait plaisir ; *manet*, il est réservé ; *decet*, il convient ; et *fugit, fallit, præterit*, employés pour exprimer le verbe français *ignorer*, veulent au nominatif le mot de la chose qui fait plaisir, qui convient, etc., et le mot de la personne à l'accusatif.

Exemple : la musique me fait plaisir (*mot à mot*, me réjouit), *musica me juvat* ou *delectat*.

Nous ignorons bien des choses (*mot à mot*, bien des choses nous échappent, nous trompent, nous passent), *multa nos fugiunt, fallunt, prætereunt*.

Vous savez cela, *ou* vous n'ignorez pas cela, *id te non fugit, fallit, præterit*.

Une gloire éternelle nous est réservée (*mot à mot* nous attend), *gloria æterna nos manet*.

Rem. *Attendre* ayant pour sujet un nom de chose inanimée se dit *manere*. Attendre ayant pour sujet un nom de personne, ou d'un ensemble d'êtres animés, se dit *exspectare*.

Odi, odisse, haïr, veut l'accusatif. Exemple : ils se haïssent l'un l'autre *uterque alterum odit*.

On dit : *convenire debitorum*, citer son débiteur.

VERBES DONT LE COMPLÉMENT EST L'ACCUSATIF AVEC *AD*.

Ejus consilium ad bellum spectat.

261. Les trois verbes *pertinere, attinere*, regarder, intéresser quelqu'un ; *spectare*, tendre à, viser à, se construisent avec *ad* et l'accusatif.

Ex. : Ses vues tendent à la guerre, *ejus consilium ad bellum spectat*. Cela me regarde, *hoc ad me pertinet* ou *attinet*.

Rem. Ces trois verbes sont souvent sous-entendus.

Exemple : Cela ne me regarde pas, *nihil ad me*. Que fait cela à Epicure ? *quid hoc ad Epicurum ?*

VERBES DONT LE COMPLÉMENT EST A L'ABLATIF.

Abundat divitiis ; nulla re caret.

262. Les verbes neutres qui signifient *abondance* ou *disette* veulent ordinairement l'ablatif.

Ex. : Il regorge de biens, *abundat divitiis*. Il ne manque de rien, *nulla re caret*.

Fruor otio.

263. Les cinq verbes déponents qui suivent, et leurs composés, veulent l'ablatif.

Ex. Je jouis du repos, *fruor otio*.

Le devoir dont je m'acquitte, *officium quo fungor*.

Je suis maître de la ville, *potior urbe*.

Le pain dont je me nourris, *panis quo vescor*.

Il se sert des mêmes livres que vous, *iisdem utitur libris quibus tu*. (Sous-ent. *uteris*.)

Pluit lapidibus ou lapides.

264. *Pluit* prend l'ablatif ou l'accusatif indifféremment.

Ex. : Il pleut des pierres, *pluit lapidibus* ou *lapides*.

Gaudere felicitate alienâ.

265. *Gaudere*, *lætari*, se réjouir; *dolere*, s'affliger; *gloriari*, se glorifier; *niti*, s'appuyer sur; *fidere*, *confidere*, se fier à; veulent le mot de la chose à l'ablatif.

Ex. : Se réjouir du bonheur d'autrui, *gaudere felicitate alienâ*. Le bonheur dont il se réjouit, *felicitas quâ lætatur*. C'est un homme orgueilleux qui aimait trop le commandement (tournez, cet homme orgueilleux se réjouissait trop du commandement), *ille homo superbus imperio nimis gaudebat*.

Ainsi *aimer* se tourne quelquefois élégamment par se réjouir; c'est quand il veut dire *aimer pour son avantage*.

Rem. : 1° *Fidere*, *confidere*, veulent le nom de la personne au datif; *diffidere*, se défier, se construit toujours avec le datif.

2° *Gloriari* prend quelquefois l'ablatif avec *de*.

VERBES DONT LE COMPLÉMENT EST A L'ABLATIF AVEC *A* ou *AD*.

Dissidet à patre.

266. *Differe*, *discrepare*, être différent de; *dissentire*, *dissidere*, n'être pas de l'avis de; *distare*, *abhorrere*, être éloigné de; et *alienare*, aliéner de; veulent l'ablatif avec *à* ou *ab*.

12

Ex. : Il n'est pas de l'avis de son père, *dissidet à patre*. Les autres dont il diffère, *cæteri à quibus differt*.

RÉGIME DU VERBE PASSIF.

Amor à patre.

Le régime du verbe passif est le nom de la personne ou de la chose par qui l'action est faite ou produite, il est marqué en français par *de* ou *par*.

267. Le verbe passif veut son régime à l'ablatif avec *à* ou *ab*.

Ex. : Je suis aimé de mon père, *amor à patre*.

Dieu par qui tout a été fait, *Deus à quo omnia facta sunt*.

Par qui est-il appelé? *à quo vocatur?*

J'aime cet enfant et j'en suis aimé, *hunc puerum diligo et ab eo diligor*.

On tourne aussi par l'actif, *pater me amat*.

Chacun est entraîné par sa passion (sa passion entraîne chacun), *trahit sua quemque voluptas*.

Mærore conficior.

268. On ne met pas la préposition *à* devant les êtres inanimés.

Ex. : Je suis accablé de chagrin, *mærore conficior*. La douleur dont je suis accablé, *dolor quo conficior*.

Il ne s'émeut pas de vos menaces (il n'est pas ému de vos menaces), *nimis non movetur tuis*. Comme le sujet ne fait pas sur lui-même l'action, on ne doit pas dire *se movet*.

Les uns aiment une chose, les autres une autre (différentes personnes sont charmées de différentes choses), *alii aliis rebus delectantur*.

269. Avec *probor, improbor, videor*, et le participe en *dus, da, dum*, on met mieux le nom de la personne au datif qu'à l'ablatif.

Ex. : Ce sentiment n'est approuvé ni de lui ni de nous, *hæc sententia neque nobis, neque illi probatur*.

Je dois pratiquer la vertu (la vertu est devant être pratiquée par moi), *mihi colenda est virtus*.

RÉGIME INDIRECT DES VERBES.

270. Il y a des verbes qui, outre leur régime direct

à l'accusatif, ont un régime indirect marqué en français par *à, au, aux, de, du, des*, etc.

Ce régime a cela de particulier qu'il se construit avec le verbe passif aussi bien qu'avec l'actif.

RÉGIME INDIRECT AU GÉNITIF.

Admonium eum periculi ou de periculo.

271. Les verbes *avertir, informer, commonefacio, certiorum facio*, etc., veulent leur complément indirect marqué par *de* au génitif ou à l'ablatif avec *de*.

Ex. : Je l'ai averti du danger, *admonui eum periculi* ou *de periculo*.

Le danger dont il a été averti, *periculum cujus* ou *de quo monitus est*.

Il m'a informé de son dessein, *certiorum me fecit sui consilii*.

Rem. Avec *moneo*, l'on met bien les accusatifs neutres, *hoc, illud, unum*, comme complément indirect.

Ex. : Je les en avertis (*en* pour *de cela*), *hoc eos mones*; d'une chose, *unum*.

Insimulare aliquem furti ou furto.

272. Les verbes *accuser, convaincre, absoudre, condamner*, veulent leur complément indirect au génitif ou à l'ablatif, mais mieux au génitif.

Accuser quelqu'un de larcin, *insimulare aliquem furti* ou *furto*.

Absoudre quelqu'un d'un crime, *absolvere aliquem sceleris* ou *scelere*.

Condamner quelqu'un à la peine de mort, *damnare aliquem capitis* ou *capite*.

Rem. 1° Avec le verbe condamner, le mot de la peine se met à l'ablatif ou à l'accusatif avec *ad*.

Ex. : Condamner quelqu'un à mort, *aliquem morte damnare*; — aux galères, *ad triremes*; — à une amende, *pecuniâ*. La mort à laquelle il fut condamné, *mors quâ damnatus est*.

Rem. 2° Avec les verbes condamner, les termes généraux, *crimen, nomen, judicium, actio*, se mettent toujours à l'ablatif.

RÉGIME INDIRECT AU DATIF.

273. *Avoir pour soi* se tourne en renversant la phrase par *favo-*

riser, faveo, ou par un verbe analogue. Il a pour lui la fortune. (la fortune le favorise), *ei favet fortuna,* ou bien *ab eo* ou *cum eo stetit fortuna.*

S'il signifie *être utile,* il se rend par *prodesse.*

Ex. : Il aura pour lui l'audace (l'audace lui servira), *ei proderit audacia.*

274. *Avoir à cœur* ou *prendre à tâche,* se traduit par *curæ est* avec le nom de la personne au datif.

Ex. : J'ai à cœur votre gloire, *mihi curæ est tua gloria.*

Cordi esse et *cordi habere,* analogues pour la forme au français, ont bien quelquefois le même sens, mais pas toujours.

Ex. : Ils avaient à cœur la paix, *pax illis cordi fuit* ou *pacem cordi habebant.*

Mais ordinairement *cordi esse* signifie *être agréable, être selon le cœur.*

Ex. : Mon père m'est fort cher, *mihi pater maximè cordi est.*

Cordi habere veut encore dire *retenir par cœur.*

Ex. : Il sait tous les psaumes par cœur, *omnes psalmos cordi habet.*

275. *Avoir de la haine pour quelqu'un* se tourne par *avoir quelqu'un à haine, habere aliquem odio.*

Avoir en vue, avoir pour but ou *pour objet,* signifient *se proposer,* et se rendent par *sibi proponere* ou *studium habere.*

Ex. : Il a cela en vue, *id sibi proposuit* ou *id habet propositum* ou *id ei propositum est,* ou bien *hujus rei studium habet.*

Do vestem pauperi.

276. Les verbes qui signifient *donner, dire, promettre,* etc., veulent au datif leur complément indirect marqué par *à.*

Ex. : Je donne un habit au pauvre, *do vestem pauperi.* Dieu promet une vie éternelle au juste, *Deus vitam æternam justo promittit.* La chose est très-grave, j'y donnerai mes soins (*y* pour *à elle*), *res est gravissima, huic operam dabo.*

Lequel des deux a dressé, a fait des embûches à l'autre ? *uter utri insidias fecit?*

277. Quand *faire* a le sens d'*accoutumer,* il se rend par *assuefacere,* et *se faire,* par *assuescere.*

Ex. : Les voyages l'ont fait à la fatigue, *peregrinationes eum defatigationi assuefecerunt.* — Cet homme se fait à sa fortune, *hic vir suæ fortunæ assuescit.*

278. Ces locutions, *que faire à cela? je ne sais qu'y faire, je n'y puis que faire,* expriment l'idée de remédier, de remède ; c'est donc par les mots *remédium* ou *mederi* qu'il faut les traduire.

Ex. : Que faire à cela? *quid est remedii?* — Je n'y puis que faire, *nihil remedii habeo* ou *quo pacto huic rei medear nescio.*

Crimini dedit mihi meam fidem.

279. Les verbes *do, verto, tribuo,* outre leur régime direct à l'accusatif, veulent souvent deux datifs.

Ex. : Il m'a fait un crime de ma bonne foi (il a donné ma bonne foi à crime à moi), *crimini dedit mihi meam fidem.*

Blâmer quelqu'un de quelque chose (tournez quelque chose à défaut à quelqu'un), *vertere vitio aliquid alicui.*

Le mérite qu'il se fait de ses richesses, *laus cui sibi ducit divitas.*

Hoc erit tibi dolori.

280. Les verbes *causer, apporter, procurer,* se tournent souvent par le verbe *sum.*

Cela vous causera de la douleur (cela sera à douleur à vous), *hoc erit tibi dolori.*

Minari mortem alicui.

281. *Minari,* menacer; *gratulari,* féliciter; veulent le mot de la chose à l'accusatif, et le mot de la personne au datif.

Ex. : Menacer quelqu'un de la mort (tournez, menacer la mort à quelqu'un), *minari mortem alicui.*

Féliciter quelqu'un d'une victoire (tournez, complimenter la victoire à quelqu'un), *gratulari victoriam alicui.*

Lequel felicite-t-il de la victoire? *cui victoriam gratulatur?*

INDIRECT A L'ACCUSATIF.

Doceo pueros grammaticam.

282. Les verbes *docere,* instruire; *rogare,* prier; *celare,* cacher, veulent deux accusatifs, le mot de la personne et celui de la chose.

Ex. : J'enseigne la grammaire aux enfants (tournez, j'instruis les enfants sur la grammaire), *doceo pueros grammaticam.* Ceux à qui j'enseigne la grammaire, *illi quos doceo grammaticam.*

REM. : Le verbe *celare,* surtout au passif, et *docere, edocere,* dans le sens d'avertir, veulent aussi leur complément indirect à l'ablatif avec *de.*

Ex. : Instruisez-le de mon arrivée, *de meo adventu doce illum.*

Pueri docentur grammaticam.

283. Les verbes passifs *doceri,* être instruit ; *rogari,* être prié, etc., ont toujours pour sujet le nom de la personne, et celui de la chose reste à l'accusatif.

Ex. : La grammaire qui est enseignée aux enfants (sur laquelle les enfants sont instruits), *grammatica quam pueri docentur.* Quels enfants en sont-ils instruits ? (*en* pour *sur elle*), *qui pueri illam docentur ?* Que lui demandez-vous ? (sur quoi le priez vous ?) *quid illum rogas ?*

284. *Être au fait* signifie *être bien instruit,* et peut se traduire par *callere.*

Ex. : Il est bien au fait de son métier, *pulchrè suam artem callet.*

285. *Mettre au fait* signifie *instruire,* et se rend par *edocere.*

Ex. : Je vous mettrai au fait de tout, *te omnia edocebo.*

RÉGIME INDIRECT A L'ACCUSATIF AVEC *AD.*

Te hortor ad laborem.

286. Quand le verbe signifie quelque *mouvement,* comme *conduire à,* ou une *inclination* vers quelque chose, comme *exhorter à, exciter à,* etc., le complément indirect se met à l'accusatif avec *ad.*

Ex. : Je vous exhorte au travail, *te hortor ad laborem.*

Quel chemin conduit au bonheur ? c'est celui de la vertu qui nous y conduit (*y* pour *à lui*), *quæ nam via nos ducit ad felicitatem ? via virtutis ad eam nos ducit.* (N° 89.)

Je vous enverrai l'un ou l'autre, *alterutrum ad te mittam.* (N° 159.)

Scribo ad Philemonem ou Philemoni epistolam.

287. Les trois verbes *scribo,* j'écris ; *mitto,* j'envoie ;

fero, je porte ; veulent leur complément indirect à l'accusatif avec *ad*, ou au datif.

À qui écrivez-vous une lettre? à Philémon; *ad quem* ou *cui scribis epistolam? ad Philemonem* ou *Philemoni.*

In quem ou cui officium præstitisti ?

288. *Præstare officium*, rendre service, veut son régime indirect à l'accusatif avec *in* ou au datif.

Ex. : A qui avez-vous rendu service? *in quem* ou *cui officium præstitisti?*

Implere dolium vino.

289. Les verbes d'*abondance*, de *disette* ou de *privation*, veulent leur complément indirect à l'ablatif.

Ex. : Priver quelqu'un de secours, *nudare aliquem præsidio.*

Emplir un tonneau de vin, *implere dolium vino.*

Les bienfaits dont il l'a comblé, *beneficia quibus illum cumulavit.*

Avec *implere* on peut mettre le régime indirect au génitif, *implere dolium vini.*

Cumulare signifiant aussi *accumuler*, on peut dire *cumulare beneficia in aliquem*, mot à mot, *accumuler les bienfaits sur quelqu'un.*

Interdico tibi domo meâ.

290. Le verbe *interdico*, interdire, faire une défense, veut le mot de la personne au datif et celui de la chose à l'ablatif.

Ex. : Je vous interdis ma maison, *interdico tibi domo meâ.* (Sous-ent. *uti*, se servir.)

La maison que je vous interdis, *domus quâ interdico tibi.*

Dutrey ne sous-entend pas *uti*, mais la préposition *de*, disant que *interdico* est un verbe neutre.

COMPLÉMENT INDIRECT A L'ABLATIF AVEC *A* ou *AB, E* ou *EX.*

Accepi litteras à patre meo.

291. Les verbes *demander, recevoir, emprunter, ache-*

ter, espérer, attendre, obtenir, etc., veulent leur complément indirect à l'ablatif, avec *à* ou *ab.*

Ex. : J'ai reçu une lettre de mon père, *accepi litteras à patre meo.*

Il a demandé une grâce au roi, *petivit beneficium à rege.*

Celui à qui il a acheté quelque chose, *ille à quo emit aliquid.*

Rem. Avec *emere* on met aussi l'ablatif avec *de, emere aliquid de aliquo.*

Accepi magnam voluptem ex litteris tuis.

292. Si le complément indirect des verbes *demander, recevoir,* etc., est une chose inanimée, on le met à l'ablatif avec *è* ou *ex;* on fait de même après les verbes *allumer à, suspendre à, juger à, retirer de, prendre à,* etc.

Ex. : J'ai reçu une grande joie de votre lettre, *accepi magnam voluptatem ex litteris tuis.*

Puiser de l'eau à une fontaine, *haurire aquam ex fonte.*

Cependant avec *haurire,* puiser, *capere,* retirer de, *sumere,* prendre à, au lieu de *è* ou *ex,* on peut employer *à.*

Id audivi ex ou ab amico meo.

293. *Audire,* apprendre; *quærere,* s'informer; prennent leur complément indirect à l'ablatif, avec *à* ou *ab, è* ou *ex;* après *cognoscere,* c'est toujours *è* ou *ex.*

Ex. : J'ai appris cela de mon ami, *id audivi ex* ou *ab amico meo.*

Votre lettre par laquelle j'ai appris, *litteræ tuæ ex quibus cognovi.*

Christus redemit hominem à morte.

294. Les verbes *délivrer, éloigner, arracher, ôter, séparer, détourner,* etc., veulent leur complément indirect à l'ablatif avec *à* ou *è,* et quelquefois sans préposition.

Ex. : Délivrer quelqu'un de la servitude, *eximere aliquem à* ou *è servitute,* ou *servitute* sans préposition.

La mort dont Jésus-Christ a délivré l'homme, *mors à quâ Christus hominem redemit.*

VERBES QUI ONT DEUX MANIÈRES DE SE CONSTRUIRE AVEC LEURS COMPLÉMENTS.

Circumdare urbem muro ou murum urbi.

295. Certains verbes, comme les suivants, se construisent de deux manières avec leurs compléments.

Ex. : Entourer une ville de murailles, *cirdumdare urbem muro* ou *circumdare murum urbi.*

Donner de l'argent à quelqu'un, *donare aliquem pecunia* ou *donare pecuniam alicui.*

Intercepter les vivres à l'armée, *intercludere exercitum commeatu* ou *intercludere commeatum exercitu.*

Revêtir quelqu'un d'une robe, *induere togam alicui* ou *induere aliquem toga.*

Le vêtement qu'il lui a ôté, *vestis quâ illum* ou *quam illi exuit.*

COMPLÉMENT DES IMPERSONNELS

Pœnitet, pudet, piget, tædet, miseret.

Me pœnitet culpæ meæ.

296. *Pœnitet, pudet, piget, tædet, miseret,* veulent leur sujet à l'accusatif, et l'objet du repentir, de la honte, etc., au génitif.

Ex. : Je me repens de ma faute, *me pœnitet culpæ meæ.*

Qui a pitié de cet homme? *quem miseret hujus hominis?*

Le roi a pitié de cet homme, *regem miseret hujus hominis.*

Rem. Le mot à l'accusatif est le régime direct de ces verbes. *Me pœnitet, me miseret,* etc., est pour *me pœna tenet, me misericordia tenet,* etc.

La douleur de ma faute, la pitié de cet homme me tient.

UN SEUL MOT POUR PLUSIEURS ROLES.

Deus amat virum bonum, illique favet.

297. Si un régime ne peut pas servir à deux verbes, on emploie pour le second un pronom démonstratif.

Ex. : Dieu aime et favorise l'homme de bien (Dieu

aime l'homme de bien et le favorise), *Deus amat virum bonum, illique favet.*

298. *Qui, quæ, quod* ayant à remplir divers rôles, se répètera à divers cas.

Ex. : L'enfant qui travaille et a intérêt de travailler (et auquel il importe de travailler), *puer qui laborat et cujus interest laborare.* *Qui* sujet du premier verbe, et *cujus* régime du second.

Les pauvres que nous devons aimer et secourir (et auxquels nous devons porter secours), *pauperes quos amare et quibus opitulari debemus.* *Quos* régime de *amare* qui veut l'accusatif, *quibus* régime d'*opitulari* qui veut le datif.

Fortuna non eripit quod non dedit.

299. *Celui qui, celle qui, ce qui,* entre deux verbes peuvent se rendre par *qui, quæ, quod* tout seul, quand le même cas va aux deux verbes, sinon il faut encore un pronom démonstratif.

Ex. : La fortune n'enlève pas ce qu'elle n'a pas donné, *fortuna non eripit quod non dedit (id quod non dedit).*

Méditez ce que vous avez étudié, *meditare id cui studuisti.*

Ces règles sont pour toute espèce de mots.

ACTIF POUR PASSIF.

Mihi favet fortuna.

300. Quand un passif en français n'a pas de passif en latin, on le tourne par l'actif. Alors le *complément* devient le *sujet*, et le *sujet* devient le *complément*.

Ex. : Je suis favorisé de la fortune (tournez, la fortune me favorise), *mihi favet fortuna.*

Il est admiré de tout le monde (tournez, tout le monde l'admire), *illum omnes admirantur.*

Rem. S'il n'y a point de complément dont on puisse faire le sujet, mettez le verbe à la troisième personne du pluriel.

Ex. : Cicéron était admiré, *admirabantur Ciceronem.* (On sous-entend *homines* avec le verbe.)

PRONOMS INDÉFINIS *ON, L'ON,*
QUI NE S'ENTENDENT GÉNÉRALEMENT QUE DES PERSONNES.

Amant virtutem.

301. *On, l'on,* peuvent se traduire par la troisième personne du pluriel, sous-entendu *homines.*

Ex. : On aime la vertu, *amant virtutem*.
On hait celui que l'on craint, *oderunt quem metuunt*.
C'est la règle des verbes sans passifs.
On admirait Cicéron, *admirabantur Ciceronem*.

Virtus amatur.

302. Quand le verbe est actif et qu'il a un complément direct, on tourne ordinairement par le passif, et
le complément devient sujet.

Ex. : On aime la vertu (la vertu est aimée), *virtus
amatur*.

On a écrit la lettre (la lettre est écrite), *scripta est
epistola*.

On les croit heureux, *illi existimantur beati*.

On connait les impersonnels *dicitur,* on dit; *pugnatur,* on combat;
ventum est, on est venu.

Aliquis pulsat organum.

303. *On, l'on,* peut se tourner quelquefois par *quelqu'un*.
Ex. : On joue de l'orgue (quelqu'un joue...), *aliquis pulsat organum*.

Homines miseret inopiæ.

304. Avec *pœnitet, pudet,* etc., *on* se rend par *homines*.
Ex. On a pitié de l'indigence, *homines pœnitet inopiæ*.

Hominum refert.

305. Avec *refert, interest, on* se rend par *hominum*.
Ex. : On a intérêt, *hominum refert*.

On ne, nemo.

306. *On ne,* se tourne par *personne, nemo, neminis*.
Ex. : On n'attendait pas cette nouvelle, *nemo hunc nuntium exs-
pectabat* ou *hic nuntius à nemine exspectabatur*.

307. *Quand on, lorsqu'on,* se tourne par *celui qui*.
Ex Quand on a été malheureux, on sait compâtir à la misère (celui
qui a été malheureux..), *qui mali non ignarus est miseris succurrere
discit* ou *non ignarus mali miseris succurrere discit*.

VERBE EMPLOYÉ COMME NOM ET ADJECTIF.

INFINITIF, PARTICIPE ET SUPIN.

308. L'infinitif, les gérondifs et supins, se construisent comme noms neutres, et servent de sujet, d'attribut et de régime.

Ex. : Le savoir de l'homme n'est rien, *humonum scire nihil est.*

VERBE AU NOMINATIF.

INFINITIF SUJET.

Errare humanum est.

309. L'infinitif latin s'emploie comme nominatif du verbe, et l'attribut se met au nominatif et au neutre si c'est un adjectif.

Ex. : C'est chose humaine de se tromper (se tromper est chose humaine), *errare humanum est.*

Le premier commandement c'est de se commander à soi-même, *primum imperium est sibi imperare.*

Il est du devoir d'un roi de défendre ses sujets, *est regis tueri subditos.* C'est à vous de parler, *tuum est loqui* (sous-ent. *negotium*). A qui appartient-il de présider? à vous, *cujus est prœesse? tuum.* Il m'importe d'étudier, *meâ refert studere.* C'est une honte de ne rien faire, *pudor est desidere.*

Il y a du mérite à triompher de ses passions, *laus est libidines vicisse.*

Turpe est mentiri et maledicere.

310. Quand même il y a plusieurs infinitifs, l'attribut se met toujours au singulier.

Ex. : Il est honteux de mentir et de médire, *turpe est mentiri et maledicere.*

INFINITIF ATTRIBUT.

311. L'infinitif s'emploie au nominatif comme attribut.

Ex. : Vivre c'est penser, *vivere est cogitare.*

Vous paraissez être malade, *videris ægrotare.*

On le faisait malade, il se porte bien (il était dit malade), *ægrotare dicebatur valet.*

Les cerfs sont dits vivre très-longtemps, *cervi dicuntur diutissimè vivere.*

L'attribut du second verbe s'accorde avec le sujet du premier par attraction.

Ex. : Cet homme passe pour être un savant, *hic homo putatur esse doctus.*

Il ne m'a pas l'air content, d'être content (il ne me paraît pas content), *mihi non videtur conténtus esse.*

Videtur illum tædere.

312. On doit toujours mettre à l'accusatif le sujet des infinitifs *pœnitere, pudere,* etc.

Ex. : Il paraît s'ennuyer, *videtur illum tædere* (et non pas *se tædere*); c'est pour *tædium videtur illum tenere,* l'ennui paraît le tenir.

INFINITIFS TERMES DE COMPARAISON.

313. Il vaut mieux se taire que de nuire aux autres (se taire vaut mieux que....) *tacere præstat quàm aliis nocere.*

Il vaut mieux combattre que de devenir esclave, *satius est pugnare quàm servire.*

Præstat, il vaut mieux; *malo,* j'aime mieux, contiennent un comparatif.

Il vaut mieux se repentir que de passer pour homme de bien, *melius est pœnitere quàm haberi bonus.*

PARTICIPE.

314. Le participe sert à la formation de l'infinitif.

Il suit les règles d'accord de l'adjectif, et veut le même cas que son verbe.

Ex. : Saül cherchant des ânesses trouva un royaume, *Saül quærens asinas regnum invenit.*

Le participe équivaut à une proposition avec un pronom relatif ou avec une conjonction. Ainsi la phrase précédente équivaut à celle-ci :

Saül, qui cherchait des ânesses, trouva un royaume; *ou* lorsque Saül cherchait des ânesses, il trouva un royaume; *ou* Saül cherchait des ânesses, et il trouva un royaume.

César qui devait partir pour la Gaule, forma une armée; *ou* lorsque César devait partir pour la Gaule, il forma une armée; *ou* devant partir pour la Gaule, César forma une armée, *profecturus in Galliam Cæsar copias paravit.*

Ayant attaqué l'ennemi, il fut vainqueur, *aggressus hostem, vicit.*

L'enfant ayant été interrogé, le sera encore par son maître, *puer interrogatus, adhuc interrogandus est à præceptore.*

(*Le* doit se rendre par le participe qu'il remplace).

L'enfant se servant, devant se servir du livre, *puer utens usurus libro.*

Servans æqui.

315. Les participes présents *abundans, amans, appetans, sciens,* etc., quand ils marquent un état et non une action, peuvent se construire avec le génitif.

Ex. : Observant la justice, *servans æqui.*

Audivimus eos loquentes.

316. Après les verbes *voir, sentir, comprendre, écouter, admirer,* l'infinitif se tourne par le participe présent, qui s'accorde avec leur régime.

Ex. : Juifs et Arabes nous les avons entendus, chacun en notre langue, raconter les merveilles de Dieu, *Judæi et Arabes audivimus eos loquentes nostris linguis magnalia Dei.*

Je l'admire parler (je suis admirateur de lui parlant), *mirans sum illius loquentis.*

Entendre parler de se rend par *audire de,* avec l'ablatif.

Commisit tibi litteras scribendas.

317. Après un nom les locutions comme *à lire, à faire,* etc., se tournent par les participes *devant être lu, devant être fait,* etc., qui s'accordent avec le nom.

Ex. : Il vous a confié une lettre à écrire (devant être écrite), *commisit tibi litteras scribendas.*

318. *Avoir fort à faire* veut dire *avoir besoin de faire de grands efforts.*

Ex. : Vous aurez fort à faire pour instruire cet enfant, *magnis conatibus opus tibi erit, ut hunc puerum edoceas.*

QUI, QUE INTERROGATIFS DEVANT UN INFINITIF.

Quid agendum ?

319. Après *qui, que,* interrogatifs, on met souvent un infinitif français pour exprimer un futur ou un conditionnel ; il se tourne par le participe futur passif ou par un mode personnel.

Ex. : Que faire ? (quelle chose à faire, devant être faite) ? ou que ferai-je ? que ferons-nous ? *quid agendum ? quid agam ? quid agemus ?*
Qui choisir ? *quis eligendus ?* ou *quem eligam ?*

Civibus ferro necandis victor pepercit.

320. Souvent on fait accorder un participe avec un régime.

Ex. : Les citoyens devant être passés au fil de l'épée, le vainqueur leur pardonna ; *ou bien* : les citoyens devaient être passés au fil de l'épée, le vainqueur leur pardonna (le vainqueur pardonna aux citoyens devant être passés au fil de l'épée), *civibus ferro necandis victor pepercit.*

Les chrétiens étant emprisonnés, toujours il en mourait quelqu'un (toujours quelqu'un des chrétiens emprisonnés mourait), *christianorum carcere inclusorum aliquis semper obiit.*

Urbem captam hostis diripuit.

321. Le participe se tourne encore de l'actif en passif.

Ex. : L'ennemi ayant pris la ville la pilla ; *ou* lorsque l'ennemi eut pris la ville il la pilla ; *ou* la ville ayant été prise, l'ennemi la pilla ; *ou* la ville fut prise et pillée par l'ennemi (l'ennemi pilla la ville prise), *urbem captam hostis diripuit* ou *urbs capta est et direpta ab hoste.*

VERBE AU GÉNITIF.

Tempus legendi.

322. *De* entre un nom et un infinitif veut le gérondif en *di.*

Ex. : Le temps de lire, *tempus legendi.*

Les adjectifs *avide, désireux, habile,* suivis d'un infinitif, veulent le gérondif en *di.*

Ex. : Habile à dire, *peritus loquendi.*

Rem. 1° En général, quelque soit le cas d'un gérondif, lorsqu'il a un complément direct, il est souvent élégant de mettre ce complément au cas du gérondif, et d'employer le participe en *dus, da, dum,* qui s'accorde avec ce complément.

Ex. : Avide de lire l'histoire, *avidus legendæ historiæ* (avide de l'histoire devant être lue).

Rem. 2° Quand le verbe qu'on devrait mettre au gérondif, est au parfait de l'infinitif, on tourne la phrase par le participe passé passif.

Ex. : Le soupçon d'avoir tué Cicéron (le soupçon de Cicéron tué), *suspicio oppressi Ciceronis.*

VERBE AU DATIF.

Corpus assuetum laborando.

323. Les adjectifs *utile, avantageux, accoutumé, propre à,* suivis d'un infinitif, veulent le gérondif en *do.*

Ex. : Corps accoutumé à travailler, *corpus assuetum laborando.*

Corps accoutumé à supporter le travail, *corpus assuetum ferendo labores,* et mieux *ferendis laboribus.*

Rem. 1° Le gérondif en *do* se construit rarement avec l'accusatif, on se sert beaucoup mieux des participes en *dus, da, dum,* qu'on fait accorder avec le nom.

2° Après *assuetus* on met aussi l'infinitif, *assuetus tolerare labores.*

VERBE A L'ACCUSATIF.

Amat studere.

324. L'infinitif latin s'emploie à l'accusatif comme régime direct ou indirect de certains verbes qui ne marquent pas mouvement ou exhortation.

Ex. : Il aime à étudier, *amat studere*.

Il enseignait aux bœufs à marcher d'un pas égal, *docebat boves ambulare compositè*.

Il lui fit un crime d'avoir accepté de l'argent, *crimini illi dedit accepisse pecuniam*.

Il craint de dire (il n'ose pas dire), *non audet dicere*.

N'insultez pas les malheureux (ne veuillez pas insulter les malheureux), *noli insultare miseris*.

Instruite par le malheur, je sais secourir les malheureux, *non ignara mali, miseris succurrere disco*.

Quelquefois on sous-entend l'infinitif régime, c'est lorsque le pronom relatif est entre deux verbes. Envoyez qui vous voudrez, *mitte quem voles* (sous-ent. *mittere*).

325. *Se contenter de* ou *ne faire que* expriment l'idée de *pas autre chose*, et se traduisent par *nihil aliud quàm* ou *nihil præter quàm* ou *quid aliud quàm*.

Ex. : Il se contenta de veiller *ou* il ne fit que veiller, *nihil aliud præter quàm vigilavit*. Après *aliud* on sous-entend *egit*, il n'a fait rien autre chose que....

Volo esse beatus.

326. L'infinitif de *sum* et des verbes qui lui sont assimilés placés après *volo, nolo, malo, cupio, studeo, possum, maturo, pergo, incipio, soleo, desino*, veut l'adjectif suivant au nominatif par attraction.

Ex. : Je m'applique à être heureux, *studeo esse beatus*.

Je cesserai de paraître vieux, *desinam videri senex*.

J'aime mieux me bien porter que d'être riche, *valere malo quàm dives esse*.

Je me hâte d'arriver, *maturo advenire*.

REM. Après *volo, cupio, studeo*, on peut mettre le nom ou l'adjectif à l'accusatif; mais il faut exprimer le pronom qui représente le sujet des verbes *volo, cupio, studeo*.

Ex. : Je veux être heureux, *volo me esse beatum*.

Les hommes qui s'appliquent à se distinguer des autres animaux, *homines qui se student præstare ceteris animalibus*. (SALLUSTE.)

Te monitum volo.

327. Après *volo, nolo, cupio*, au lieu de l'infinitif actif, on se sert élégamment du participe passé passif en *us, a, um*, que l'on met à l'accusatif avec le complément. Ex. : Je veux vous avertir, *te monitum volo.*

Incipit me pœnitere criminis mei.

328. Devant *pœnitere, pudere,* etc., tous les verbes excepté *volo, nolo, malo, audeo, cupio,* se mettent à la troisième personne du singulier, et le nom qui les précède à l'accusatif.

Ex. : Je commence à me repentir de mon crime, *incipit me pœnitere criminis mei* (c'est-à-dire *pœna mei criminis incipit me tenere,* la peine de mon crime commence à me tenir).

Vous devez avoir honte de votre crime, *debet te pudere tui criminis* (*debet pudor tui criminis te tenere*).

Les sujets réels de *debet, incipit* sont *pœna, pudor,* qui ne peuvent pas l'être des verbes exprimant une volonté, un sentiment, comme *volo, cupio,* etc. Ainsi on doit dire *volo me pœnitere mei criminis* (mot à mot : *je veux la peine de mon crime me tenir*), je veux mei repentir de mon crime.

Sustinuit loqui.

329. Devant un infinitif *se mettre à* se rend par *cœpisse; avoir la force de, avoir le courage, la hardiesse, le cœur, le front de,* se rendent par *sustinere, audere.*

Ex. : Il a eu la force de parler, *sustinuit loqui.*

Il se mit à rire, *ridere cœpit.*

Il se mit à les manger l'un après l'autre (un à un), *cœpit vesci singulis.*

330. Souvent on retranche *cœpit* pour donner plus de vie à la phrase.

Ex. : Horace de rire, *ridere Horatius.*

Pour énoncer dans un récit, dit Duthrey, les détails d'un fait, d'un caractère ou de la conduite de quelqu'un, on emploie fréquemment en latin le présent de l'infinitif avec un sujet au nominatif.

Ex. : Marius ordonne à ses plus agiles fantassins de s'emparer des portes; lui-même il les *suit* en toute diligence, et ne *permet* pas aux soldats de se livrer au pillage, *Marius velocissimos pedites portas obsidere iubet ; deinde ipse propere sequi, neque milites prædari sinere.*

Cet infinitif est très-fréquent chez les historiens, et on l'appelle pour cela infinitif *historique* ou de *narration.* En français, cet idiotisme se retrouve, mais il ne convient qu'au style naïf et familier.

Ex. : Il (le lièvre) s'en alla passer sur le bord d'un étang,
 Grenouilles aussitôt *de sauter* dans les ondes ;
 Grenouilles *de rentrer* dans leurs grottes profondes.
 (LA FONTAINE. *Le lièvre et les grenouilles.*)

13

Non potuit non ridere.

331. *Ne pouvoir, ne savoir s'empêcher de, se défendre de,* se tournent par *ne savoir pas ne pas, ne pouvoir pas ne pas* ; en latin, *non posse non* avec l'infinitif, ou *non posse quin* avec le subjonctif.

Ex. : Il ne put s'empêcher de rire, *non potuit non ridere,* ou *quin rideret.*

Vincere scis.

332. Devant un infinitif *savoir* signifiant *avoir le talent, être habile,* se rend par *scire, callere.*

Ex. : Tu sais vaincre, Annibal, mais tu ne sais pas profiter de la victoire, *vincere scis, Annibal, sed victoriâ uti nescis.*

Hors ce cas, *savoir* devant un infinitif ne se rend pas.

Ex. : Il sut profiter de son malheur, *suo malo usus est.*

333. *S'amuser à, s'occuper à, se mêler de, ne servir qu'à, venir à, aller jusqu'à,* devant un infinitif ne se rendent pas non plus.

Il s'occupe à lire (il lit), *legit.*

Cela ne sert qu'à aigrir ma douleur (cela aigrit ma douleur), *hoc dolorem meum exulcerat.*

Rem. Ne servir qu'à étant l'équivalent de *seulement, exclusivement,* on peut, pour le traduire exactement, employer un des adverbes : *tantùm, tantummodo, solummodo,* ou *nihil aliud quàm, hoc nihil aliud quàm dolorem meum exulcerat.*

Il est venu à savoir cela, *id rescivit.*

Venir à, exprimant l'idée de *par hasard,* on peut ajouter l'adverbe *fortè, id fortè rescivit.*

ALLER, DEVOIR.

334. Quand *aller, devoir,* suivis d'un infinitif, marquent seulement qu'une chose est près de se faire, on n'exprime pas les verbes *aller, devoir;* mais on met le verbe suivant au participe futur avec le verbe *sum, es, est,* au même temps qu'est le verbe *aller* en français.

Ex. : Je vais *ou* je dois partir, *mox profecturus sum.*

Il devait partir, *profecturus erat.*

La ville doit être pillée demain, *urbs cras diripienda est.*

PASSIF EMPLOYÉ POUR L'ACTIF.

335. 1° Quand les verbes *devoir, il faut,* marquent obligation, on tourne la phrase par le passif, et l'on se sert du participe futur en *dus, da, dum.*

Ex. : Il faut réprimer ses passions (tournez, les passions doivent être réprimées), *comprimendæ sunt libidines.*

2° Exprimez de même, par le participe en *dus, da, dum, avoir besoin* suivi d'un infinitif.

Ex. : Il a besoin d'être excité au travail, *is ad laborem est incitandus.*

336. 1° Si le verbe qui suit *devoir, il faut*, ne gouverne pas l'accusatif, servez-vous du participe neutre en *dum*, avec *est*, et mettez au cas du verbe le nom ou le pronom suivant.

Ex. : Il faut servir Dieu, *serviendum est Deo*. — Le verbe *servire* gouverne le datif.

2° On peut aussi se servir de *debere* ou *oportere* : *debemus Deo servire* ou *oportet Deo servire*.

337. 1° Pour traduire les locutions *on peut, on a coutume, on commence, on cesse*, devant un infinitif, on met le second verbe au passif, et on donne pour sujet aux verbes *posse, solere, cœpisse, desinere*, ainsi qu'à l'infinitif passif, le nom qui est le complément de l'infinitif français.

Ex. : On ne peut blâmer un compliment, *gratulatio reprehendi non potest*.

2° Quand l'infinitif français n'a point de complément dont on puisse faire le sujet des verbes latins, ou quand cet infinitif est un verbe neutre, on emploie les verbes *posse, solere, cœpisse, desinere* comme impersonnels, et l'infinitif latin se met toujours au passif.

Ex. : On a accoutumé de faire, *fieri solet*.

On pourrait vivre agréablement, *jucundè vivi posset*.

On commença à douter, *dubitari cœptum est*.

On a cessé de discuter, *desitum est disputari*.

REM. Avec un infinitif passif, les deux verbes *cœpisse* et *desinere* prennent eux-mêmes la forme passive, s'ils n'ont pas de sujet : *cœptum est, desitum est*. — S'ils ont un sujet, ils peuvent encore se mettre au passif. Exemple : On commença à établir un pont, *pons institui cœptus est*.

3° Au lieu de *potest* on peut se servir de l'impersonnel *licet*, soit avec l'infinitif passif, soit avec l'infinitif actif.

Ex. : On peut dire, *licet dici* ou *dicere*.

VERBE A L'ACCUSATIF AVEC *AD.*

Pronus ad irascendum.

338. Quand les adjectifs *pronus, propensus, proclivis*, porté à ; *paratus*, prêt à ; et tous ceux qui marquent un *penchant*, une *inclination* vers quelque chose, sont suivis d'un infinitif en français, on met en latin cet infinitif au gérondif en *dum* avec *ad.*

Ex. : Porté à se mettre en colère, *pronus ad irascendum*.

Prêt à venger une injure, *paratus ad ulciscendum injuriam*, et mieux *ad ulciscendam injuriam*.

Cependant avec *paratus*, on met bien l'infinitif.

Ex. : Prêt à souffrir, *paratus omnia perpeti*.

Venio ad ludendum.

339. Lorsque deux verbes sont de suite en français, et que le premier signifie *mouvement* vers quelque lieu on met en latin le second au gérondif en *dum* avec *ad*.

Ex. : Je viens jouer, *venio ad ludendum*.

Je vais é'udier, *eo ad studendum*

Si le second verbe a un supin en *um*, on peut aussi se servir de ce supin.

Ex. : Je viens jouer, *venio lusum*.

Il envoya demander la paix, *misit rogatum pacem*.

J'irai les secourir, *ibo adjutum eos*.

Quelquefois on tourne autrement :

Ex. : Il vint se présenter (venant il se présenta), *veniens se obtulit*.

Te hortor ad legendum.

340. *A* devant un infinitif exprimant une inclination, un mouvement vers quelque chose, se rend par *ad* avec le gérondif en *dum*.

Ex. : Je vous exhorte à lire, *te hortor ad legendum* ; à lire l'histoire, *ad legendum historiam*, et mieux *ad legendam historiam*.

Surrexit ad respondendum ou responsurus.

341. *Pour* devant un infinitif se rend par *ad*, avec le gérondif en *dum*, ou par *causâ* avec le gérondif en *di*, ou par le participe futur, ou par *ut* avec le subjonctif.

Ex. : Il se leva pour répondre, *surrexit ad respondendum*, ou *respondendi causâ*, ou *responsurus*, ou *ut responderet*.

VERBE A L'ABLATIF

Res mirabilis visu.

342. Après les adjectifs *mirabilis*, admirable à ; *facilis*, facile à ; *difficilis*, difficile à ; *incredibilis*, incroyable à ; *jucundus*, agréable à ; et *honestus, turpis*, etc. l'infinitif français se rend par le supin en *u*.

Ex. : Chose admirable à voir, *res mirabilus visu*, ou *mirabile visu* (à être vue).

L'adjectif neutre au nominatif et à l'accusatif est l'équivalent d'un nom.

Chose facile à dire, *res dictu facili* ; à trouver, *inventu*.

On dit encore : *fas, nefas dictu*, ce qu'il est permis, défendu de dire.

Difficile est studere lectioni meæ.

343. Faute de supin on tourne autrement :

1° Par un verbe à l'infinitif.

Ex. Il est difficile d'étudier cette leçon (*tournez*, étudier cette leçon est difficile) *difficile est studere huic lectioni.*

2° par un nom.

Ex. : Le juste est facile à défendre (*tournez*, la défense du juste est facile), *justi facilis est defensio.*

3° par un verbe à un mode personnel.

Ex. : Le vrai n'est pas facile à distinguer du faux (*tournez*, les choses fausses et les choses vraies ne sont pas distinguées facilement), *vera et falsa non facile dijudicantur.*

DE CERTAINS ADJECTIFS EN *BLE*, etc.

344. Les adjectifs en *ble* répondent aux adjectifs latins en *bilis ;* mais plusieurs n'ont pas de correspondants exacts en latin. Comme ils expriment qu'une chose *peut* ou *ne peut pas se faire*, on les traduit par le verbe *possum* et l'infinitif passif du verbe d'où serait tiré l'adjectif.

Ex. : Cela est possible, *id fieri potest.*
Cela est impossible, *id fieri nequit.*
Des esprits invisibles, *spiritus qui conspici nequeunt.*
La condition paraissait admissible, *conditio admitti posse videbatur.*

Avec *contentus*, content de, *dignus*, digne de, on ne se sert ni du supin ni du gérondif en *do ;* mais on prend une autre tournure, comme on verra aux conjonctions.

Ex. : Content de vivre (content de ce qu'il vit), *contentus eò quòd vivit.*

On trouve quelquefois l'infinitif :

Ex. : Content d'avoir chassé l'ennemi, *contentus pepulisse hostem.*

Avec *digne de* on met *ut* avec le subjonctif.

Fit doctus legendo.

345. *En*, devant le participe présent, quand il marque la *manière* dont une chose se fait, le *moyen* de la faire, se rend par le gérondif en *do.*

Ex. : Il devient savant en étudiant, *fit doctus studendo.*

En avec le participe présent se rend encore par les prépositions *inter, secundùm, cum*, et les conjonctions *quòd, si;* voir le dictionnaire.

Lorsque *en* avec le participe présent indique qu'une chose se fait en même temps qu'une autre, il se traduit, en latin, par le participe présent.

Ex. : Il se promène en lisant, *ambulat legens.*

A défaut de participe présent, on se sert de la conjonction *dum*, tandis que.

Consumit tempus legendo.

346. Quand *à*, devant un infinitif français, peut se tourner par *en* avec le participe présent, on met en latin cet infinitif au gérondif en *do*.

Il passe son temps à lire, *consumit tempus legendo;* à lire l'histoire, *legendá historiá.*

VERBE A L'ABLATIF AVEC *A* OU *AB*.
Redeo ab ambulando.

347. *De* entre deux verbes dont le premier signifie *éloignement*, *séparation*, veut le second au gérondif en *do*, avec *à* ou *ab*.

Ex. : Je reviens de me promener, *redeo ab ambulando.*

Je revenais de visiter mes terres, *redibam ab invisendo agros,* et mieux, *ab invisendis agris.*

Il n'aime pas à écrire, *abhorret à scribendo.*

INFINITIF EMPLOYÉ COMME GÉNITIF OU ABLATIF.
Insimulaverunt eum prodidisse rempublicam.

348. L'infinitif sert de régime indirect aux cinq verbes *pœnitet*, *pudet*, etc., et à *arguere*, *insimulare*.

Ex. : On se repent d'avoir mal vécu, *homines pœnitet malè vixisse.*

Ils l'accusèrent d'avoir trahi la république, *insimulaverunt eum prodidisse rempublicam.*

Avec *accusare* on met *quòd* avec le subjonctif : *Accusaverunt eum quòd prodidisset rempublicam.*

Accuso suppose le fait certain.

PROPOSITION INFINITIVE.

Deum esse sanctum.

349. Une proposition infinitive est celle dont le verbe est à l'infinitif, le sujet et l'attribut à l'accusatif.

Ex. : Dieu être saint, *Deum esse sanctum.*

Cette propposition à l'accusatif ne va jamais seule, elle est toujours sujet ou régime.

PROPOSITION INFINITIVE SUJET.

Decet civem esse comiorem.

350. Les verbes impersonnels *oportet*, il faut, *decet*, il convient, *placet*, il plaît, *refert*, *interest*, il importe, *evenit*, *contingit*, *accidit*, il arrive, *juvat*, il fait plaisir, *constat*, il est certain, constant ; les impersonnels passifs, *videtur*, il parait, *dicitur*, il est dit, *narratur*, *traditur*, il est raconté, rapporté, ont toujours pour sujet un infinitif ou une proposition infinitive.

Ex. : Il convient qu'un citoyen soit poli (un citoyen être poli convient), *decet civem esse comiorem*.

On dit que les cerfs vivent très-longtemps (mot à mot, les cerfs vivre très-longtemps est dit), *dicitur cervos diut'ssime vivere*.

Il importe à un jeune homme d'être docile, *refert adolescentis esse docilem*.

On a intérêt d'être magnanime (être magnanime importe aux hommes), *refert hominum esse magnanimos*.

On dit que vous vous repentez de votre faute (vous repentir de votre faute est dit), *dicitur te tuæ culpæ pœnitere*.

Il faut qu'un vieillard même apprenne, *oportet etiam senem discere*, ou mieux en tournant par le participe en *dus, da, dum, etiam seni discendum est* (il est devant être appris même par le vieillard).

Il faut que l'homme pratique la vertu (la vertu est devant être pratiquée par l'homme), *oportet virtitutem coli ab homine*, ou *homini colenda est virtus*.

REM. Quand *licet* et quelques autres verbes à la troisième personne, ont pour sujet *esse* ou *fieri*, l'attribut de ces infinitifs peut se mettre au datif par attraction.

Ex. : Il ne m'est pas permis d'être paresseux, *mihi non licet esse pigro*.

Mihi videris esse contentus.

351. Quand la proposition infinitive est attribut, son adjectif se met au nominatif par attraction.

Ex. : Vous avez l'air d'être content (vous paraissez.....), *videris esse contentus*.

QUE RETRANCHÉ OU PROPOSITION INFINITIVE RÉGIME.

Credo Deum esse sanctum.

352. Après les verbes d'indication, *penser que...*, *croire que...*, *savoir que...*, *annoncer que...*, *sinere*, permettre, etc., et leurs contraires ; *jubere*, ordonner, *ve-*

tare, défendre, on met le verbe suivant à l'infinitif, son sujet et son attribut à l'accusatif, sans rendre *que*.

Les noms de même racine que les verbes d'indication gouvernent aussi la proposition infinitive.

Ex. : Je crois que Dieu est saint (Dieu être saint), *Credo Deum esse sanctum*. Je crois qu'il lit, *credo illum legere*.

Qu'est ce que le régime direct d'un verbe, c'est ce qui répond à la question *qu'est ce que? quoi? Qu'est ce que je crois?*

Qu'est ce que je sais? qu'il lit. Voilà un régime direct. Il faut donc mettre à l'accusatif la proposition exprimant ce qu'on croit, ce qu'on sait.

La conjonction *que* se supprime aussi quelquefois en français.

Ex. : Je sens la mort approcher, ou que la mort approche, *intelligo mortem appropinquare*.

Cette construction est d'un usage fréquent en latin. Elle unit deux proposition sans le secours d'aucune conjonction : 1° Proposition principale, je sens, *intelligo*; 2° proposition complétive, la mort approcher, *mortem appropinquare*.

Credo me esse victimam.

Le sujet de l'infinitif doit être exprimé en latin, quand même il ne serait pas en français.

Ex. : Je crois être victime, *credo me esse victimam*.

Quelquefois au lieu de la proposition infinitive, on prend d'autres tournures.

Mihi videtur legere (il me parait lire): *creditur à me legere* (il est cru par moi lire).

Ut credo, legit (comme je le crois, il lit).

Mihi videor esse victima, ou *sum victima*, *ut mihi videtur*, *ut credo*.

Ou bien on change le style indirect en style direct.

Ex. : Il dit que Pierre est courageux (il dit : Pierre est courageux), *dicit : Petrus est fortis.*

Ces tournures servent à prévenir une amphibologie, un double sens.

AMPHIBOLOGIE.

Petrus credebat Joannem à Jesu amari.

353. On ne connaîtrait le plus souvent ni le sujet ni le régime d'un infinitif, si tous les deux étaient à l'accusatif, alors on tourne par le passif ou autrement.

Ex. : Pierre croyait que Jésus aimait Jean ; avec cette phrase : *Petrus credebat Jesum amare Joannem*, on ne sait pas si c'est Jésus qui aime Jean, ou Jean qui aime Jésus.

Mais on tourne ainsi :

Jésus était cru par Pierre aimer Jean, ou Pierre croyait que Jean était aimé de Jésus, ou Jésus aimait Jean, comme Pierre le croyait, *Jesus à Petro credebatur amare Joannem*, ou *Petrus credebat Joannem à Jesu amari*, ou *Jesus, ut credebat Petrus, amabat Joannem*.

De là POUR LES VERBES SANS PASSIF.

On dit que Paul imite Pierre, *Petrus, ut dicunt, imitatur Paulum :* ou *Petrus dicitur imitari Paulum* (1).

Scitur puerum qui parentes veretur, à Deo amari.

Il ne faut pas confondre le verbe régime avec celui de la phrase incidente relative. On sait que l'enfant qui respecte ses parents, est aimé de Dieu, *scitur puerum qui parentes veretur, à Deo amari*. Verbe régime : *puerum à Deo amari*; incidente relative : *qui parentes veretur*.

La proposition infinitive se trouve quelquefois dans la proposition relative.

Il y a un homme que je crois être magnanime, *est vir quem credo esse magnanimum*.

Choisissez les livres que vous savez être les meilleurs, *elige libros quos scis esse optimos*.

GALLICISMES.

Cantus tui non sinunt me dormire.

354. *Laisser* devant un infinitif se tourne souvent par *permettre que*, *sinere*.

Ex. : vos chants ne me laissent pas dormir, *cantus tui non sinunt me dormire*.

FAIRE.

355. On a déjà vu (nos 246, 257) plusieurs manières de traduire *faire*.

356. *Faire* devant un infinitif se tourne souvent par *commander, forcer, vouloir*.

Dieu m'a fait naître d'un laboureur (Dieu a voulu que je naquisse...), *Deus me ex agricolâ nasci voluit*.

Vous me faites mourir (vous me forcez de mourir), *mori me cogis*.

Il le fit prendre (il ordonna qu'il fût pris), *jussit eum capi*.

Jussi sumus discedere.

357. Le sujet des passifs *jubeor*, *vetor*, est la personne à laquelle s'adresse l'ordre, la défense.

Ex. : On nous a fait sortir de la ville, on nous a ordonné, nous avons reçu l'ordre de sortir de la ville, *jussi sumus ab urbe discedere*.

Il est défendu, on défend à l'enfant de perdre le temps irréparable, *puer vetatur perdere irreparabile tempus*.

_____

(1) Cette locution dont parle Lhomond : *dicitur quòd Petus imitetur Paulum*, est une tournure plutôt grecque que latine

358. S'ils sont suivis de *esse* ou d'un assimilé au verbe *sum,* on met au nominatif l'attribut qui suit l'infinitif.

Ex. : On nous fait devenir laborieux et vigilants, *jubemur fieri, impigri et vigiles.*

359. *Se faire donner quelque chose par force,* se tourne par *extorquer,* aliquid extorquere;

Faire espérer, par amener quelqu'un à l'espoir, in spem adducere.

Quand *faire connaître* a pour sujet un nom de personne, il se tourne par découvrir, *aperire.*

Ex. : Faites-moi connaître vos desseins, *aperi mihi consilia.*

Quand *faire connaître* a pour sujet un nom de chose inanimée, on tourne *connaître par.*

Ex. : Votre lettre m'a fait connaître (j'ai connu par votre lettre), *ex litteris tuis cognovi.*

Faire concevoir une bonne opinion, se tourne par *exciter une bonne opinion,* bonam spem concitare.

360. Si *faire le* signifie *faire semblant d'être, contrefaire le,* il se rend par *simulare* avec un nom à l'accusatif, ou avec une proposition infinitive.

Ex. : Il fait le fou, *simulat vesaniam,* ou *simulat se insanire* ou *se furere.*

361. *Faire le,* ou *agir en, se conduire en,* signifiant *jouer le personnage,* se rendent par *agere* (jouer un rôle), avec l'accusatif.

Ex. : Il fait l'homme de bien, *virum bonum agit.* — Il se conduit en habile général, *peritum ducem agit.*

362. *Se laisser faire* signifie *ne pas résister,* et peut se traduire par *non resistere.*

Ex. : Vous le comblez d'éloges, et il se laisse faire, *eum laudibus oneras, nec resistit,* ou *non resistentem.*

363. *Faire croire* se rend par un idiotisme latin, *facere fidem.*

Ex. : Il a fait croire à son génie, *sui ingenii fidem fecit.*

Après cette locution on peut mettre une proposition infinitive.

Ex. : Nous vous ferons croire que nous conseillons des choses utiles, *tibi fidem faciemus nos utilia suadere.*

364. *Faire rire,* concitare risum. — *Faire pleurer,* lacrimas ciere *Faire admirer,* admirationem movere.

365. *Se faire écouter,* facere sibi audientiam. — *Se faire chérir,* conciliare sibi caritatem. — *Se faire estimer de ses concitoyens,* civium suorum existimationem sibi parare.

366. Ces locutions, *je ne sais qu'y faire, je n'y puis que faire, que faire à cela?* expriment l'idée de *remédier,* de *remède;* c'est donc par les mots *remedium* ou *mederi* qu'il faut les traduire.

Ex. : Que faire à cela? *quid est remedii?* — Je n'y puis que faire, *nihil remedii habeo,* ou *quo pacto huic rei medear nescio.*

Fac interire.

367. L'impératif *fac* signifie *supposez que*, *admettons que*, se construit avec une proposition infinitive.

Ex. : *Fac animos interire*, supposez que l'âme meure.

Herculem conveniri facit.

368. *Facere* a aussi le sens de *montrer*, *représenter*, et se construit alors, soit avec une proposition infinitive, soit avec un participe.

Ex. : *Homerus Herculem conveniri facit ab Ulysse*, Homère fait aborder Hercule par Ulysse.

In eo libro se exeuntem è senatu et cum Pansâ colloquentem facit, dans ce livre il se représente sortant du sénat et s'entretenant avec Pansa.

La locution *le fait aborder* ressemble à l'idiotisme latin *facit eum conveniri*.

Missum facere.

369. *Missum facere* signifie *faire partir*, *congédier*, *laisser passer*, *ne pas tenir compte*.

Ex. : *Eum statim missum feci*, je l'ai laissé partir sur-le-champ. — *Ea missa faciam*, je laisserai passer cela, *ou* je n'en parlerai pas.

INFINITIF PRÉSENT.

Credo illum legere.

370. L'infinitif se met au présent si son action est présente pour celle du premier verbe.

(Si les deux actions se font ensemble.)

Ex. : Je crois qu'il lit (je crois lui lire), *credo illum legere*.

L'homme que je crois être malade, *homo quem credo ægrotare*.

Il est certain que Jean est plus jeune que son frère, *constat Joannem fratre juniorem esse*. Il ne remarque pas qu'on se moque de lui (lui être moqué), *non animadvertit se derideri*. Pierre croyait, crut, avait cru que Jésus aimait Jean (que Jean était aimé de Jésus), *Petrus credebat, credidit, crediderat Joannem à Jesu amari*. Diogène ordonna qu'on le jetât à la voirie (qui? lui Diogène, *le* est réfléchi, il faut *se*), *Diogenes jussit se projici insumatum*. Le renard dit qu'il n'était point coupable de faute (qui, *il*? le renard), *vulpes negavit se esse culpæ proximam*.

Ils croyaient produire de l'effet *ou* attirer les regards, *conspici se ducebant*. — Ils voulaient faire de l'effet, *spectari se volebant*.

Son, *sa*, *ses*, *leur*, *leurs*, se rendent par *suus*, *a*, *um* quand l'objet possédé est dans la proposition infinitive, et que l'objet possesseur est dans la proposition principale.

Ex. : Les habitants de Colophon disent qu'Homère est leur compatriote, *Colophonii dicunt Homerum civem esse suum.* Le philosophe disait qu'il lui importait peu, *hic philosophus dicebat suâ parvi referre* Le maître croit que c'est à lui de parler, *magister credit suum esse loqui.*

Après *jubeo* on met toujours le présent de l'infinitif.

Ex. : Il le fit prendre (il ordonna qu'il fût pris), *jussit eum capi.*
On le condamna à mort (il fut condamné à mourir), *jussus est mori.*

GALLICISME.

Je ne croyais pas, je n'ai pas cru, je n'avais pas cru que vous fussiez malade (que vous étiez malade), *non credebam, non credidi, non credideram te ægrotare.* (Les deux actions se font ensemble.)

INFINITIF PASSÉ.

Credo illum legisse.

371. L'infinitif se met au passé si son action est passée pour le premier verbe.

(Si son action est plus ancienne que celle du premier verbe.)

Ex. : je crois qu'il a lu (je crois lui avoir lu), *credo illum legisse.*

L'homme que je crois être mort, *vir quem credo esse mortuum.*
Je crois ce général plus hardi qu'habile, *credo hunc ducem esse audaciorem quam peritiorem.*
Je crois, j'ai cru, j'avais cru, je croirai que Jésus aimait Jean (que Jean était aimé de Jésus), *credo, credidi, credideram, credam Joannem à Jesu amatum esse.*

GALLICISMES.

372. Je crois qu'il aura déjà dîné (qu'il a déjà dîné), *credo illum jàm prandisse.* Je ne savais pas que vous fussiez arrivé (que vous étiez arrivé), *nescibam te advenisse.*

Je ne crois pas, je ne croirai pas que vous fussiez vaincu, *non credo, non credam te victum esse.* (L'action du deuxième verbe est passée pour celle du premier.)

Memini me legere.

Memini veut le présent de l'infinitif, à moins qu'il ne s'agisse d'un fait trop éloigné pour qu'on l'ait vu.

Ex. : Je me souviens d'avoir lu, *memini me legere.*
Je me souviens que Phèdre fut esclave, *memini Phedrum fuisse servum.*

Memini ancienne forme de parfait, est censé exprimer un acte du même temps que le second verbe.

INFINITIF FUTUR.

Credo illum lecturum esse.

373. L'infinitif se met au futur, si son action est à venir pour le premier verbe.

Ex. : Je crois qu'il lira, *credo illum lecturum esse.*

Celui que je crois devoir parler, *hic quem credo locuturum esse.*

On peut encore se servir de *fore ut, futurum esse ut,* avec le subjonctif : *credo fore ut legat (*je crois devoir arriver qu'il lise).

Je crois qu'Alexandre vaincra Darius (que Darius sera vaincu par Alexandre), *credo Darium ab Alexandro vincendum esse.*

GALLICISMES.

Il croit que le consul vient demain (viendra demain), *credit consulem cras venturum esse.*

Je promets, j'espère de venir demain (que je viendrai demain), *promitto, spero me cras venturum esse.*

Ils lui promirent de lui donner de l'argent, *promiserunt ei pecuniam se daturos.*

C'est toujours le futur de l'infinitif pour le conditionnel présent, le présent et l'imparfait du subjonctif quand ils marquent l'avenir.

Si je croyais que vous vinssiez bientôt, je vous attendrais (tournez-que vous viendrez...) *si putarem te brevi venturum esse, te exspectarem,*

Je ne crois pas qu'il vienne demain, *non puto eum cras venturum esse.*

Ex. : Je ne croyais pas que la ville serait prise, *non credebam urbem captam iri.*

Il me faisait espérer qu'il viendrait, *in spem me adducebat se venturum esse.*

Je me doutais bien (je soupçonnais) que les choses iraient mal *suspicabar res malè cessuras.*

374. 1º Après *s'attendre,* en latin *existimare, persuasum habere,* on retranche le *que,* et l'on met toujours le verbe suivant au futur de l'infinitif.

Ex. : Je m'attendais (je pensais) que vous m'écririez, *te ad me scripturum esse existimabam.*

2º Quand *s'attendre* signifie *prévoir,* il s'exprime par *prævidere,* et l'on retranche le *que.*

Ex. : Je m'étais bien attendu (j'avais prévu) qu'il en serait ainsi, *ità futurum sanè prævideram.*

FUTUR PASSÉ DE L'INFINITIF.

375. Il s'emploie pour le conditionnel passé ou le plus-que-parfait du subjonctif.

1º Le deuxième verbe se met au futur passé de l'infinitif, si son action est passée pour le premier verbe, et à venir pour un troisième ; (pour celui d'une proposition conjonctive).

Ex. : Je crois qu'il aurait lu, si vous l'eussiez ordonné, *credo illum lecturum fuisse, si jussisses.*

Je crois que le serviteur se serait mis à l'ouvrage, si vous l'eussiez voulu, *credo servum hanc operam aggressurum fuisse, si voluisses,* ou bien : *credo futurum fuisse ut servus hanc operam aggrederetur, si voluisses.*

Credo fore ut res confecta fuerit, antequàm adveneris.

376. 2° Si l'action du deuxième verbe est à venir pour le premier verbe, mais passée pour un troisième, (pour celui d'une proposition conjonctive),

Mettez *fore ut* avec le parfait du subjonctif après un présent ou un futur, et avec le plus-que-parfait du subjonctif après l'un des trois passés.

Ex. : Je crois que l'affaire sera terminée avant que vous arriviez, *credo fore ut res confecta fuerit, antequàm adveneris.*

VERBES SANS INFINITIF FUTUR.

377. A défaut d'infinitif futur, on tourne comme il suit.

1° Pour le premier futur, on met *fore ut* ou *futurum esse ut* avec le subjonctif présent après un présent ou un futur, et avec l'imparfait du subjonctif après l'un des trois passés.

Ex. : Je crois qu'il se repentira, *credo fore ut illum pœniteat.*

2° Pour le futur passé, on met *futurum fuisse ut* avec l'imparfait du subjonctif.

Ex. : Je crois, je croyais qu'il se serait repenti, *credo, credebam futurum fuisse ut illum pœniteret.*

MOTS INVARIABLES.

378. Les mots invariables ne changent point leur terminaison.

Ce sont : l'adverbe, la préposition, la conjonction et l'interjection.

DE L'ADVERBE.

379. L'adverbe (*ad verbum*, ajouté au mot), modifie la signification d'un adjectif, d'un verbe, ou d'un adverbe.

Ex. : Assez d'autres, *affatim aliorum.*

Il parle élégamment, *apprimè dicit.*

Les qualités de l'âme sont *bien* préférables à celles du corps, *animi dotes corporis dotibus* longè *præstant.*

Il y avait autrefois Démocrite et Héraclite; le premier riait toujours, le second pleurait *sans cesse*, olim *erant Democrites et Heraclites; prior semper ridebat, posterior indesinenter flebat.*

C'est la santé de mon père qui me tourmente *le plus* (la santé de mon père me tourmente le plus), *valetudo patris me potissimùm sollicitat.*

ADVERBES DE LIEU

380. **Question ubi ?** | **Question quo ?**
où l'on est. | où l'on va.

Ubi? où ?

Quò? où ?

En quel lieu du monde ? *Ubinam terrarum ?*

En quel lieu du monde fuirai-je ? *Quò gentium fugiam ?*

A quel degré de folie est-il venu ? *Quò amentiæ processit ?*

Hic, ici (où je suis).

Hùc, ici (où je suis).

Istic, là (où tu es).

Istùc, là (où tu es).

Illic, là (où il est).

Illùc, là (où il est).

Ibi, là, y (en ce lieu).

Eò, là, y (en ce lieu).

Ibidem là même.

Eodem, là même.

Alibi ailleurs.

Aliò, ailleurs.

Les uns s'en allèrent d'un côté les autres d'un autre. (Différentes personnes s'en allèrent de différents côtés), *alii aliò dilapsi sunt.*

Alicubi, uspiam, quelque part.

Aliquò, quopiàm, quelque part.

Nusquam, nulle part.

Nusquàm, nulle part.

En aucun lieu du monde, *nusquàm gentium.*

Utrobique, des deux côtés.

Utròque, des deux côtés.

Ubique, partout.

Ubicunque, ubivis, partout où, en quelque lieu que ce soit.

Quocunque, quòlibet, quòvis, partout, en quelque lieu que ce soit.

Intùs, dedans.

Intrò, dedans.

Foris, dehors.

Foràs, dehors.

GOUVERNANT LE GÉNITIF.

Question unde ? d'ou l'on vient ?	**Question quà ?** par où l'on passe ?
Undè? d'où ?	*Quà?* par où ?
De quel lieu du monde? *undè terrarum ?*	Par quel lieu du monde? *quà gentium?*
Hinc, d'ici (où je suis).	*Hàc,* par ici (où je suis).
Istinc, de là (où tu es).	*Istàc,* par là (où tu es).
Illinc, de là (où il est).	*Illàc,* par là (où il est).
Indè, de là, en, de ce lieu.	*Hàc,* par là, y, par ce lieu.
Indidem, du même lieu.	*Eàdem,* par le même lieu.
Aliundè, d'ailleurs.	*Alià,* par un autre lieu.
Alicundè, de quelque part.	*Aliquà,* par quelque endroit.
Utrinque, des deux côtés.	
Undique, de tous côtés, de toutes parts.	
Undecunque, de quelque endroit que ce soit.	*Quàcunque, quàvis,* par quelque endroit que ce soit.

14

381. *Ubicunque, quocunque, undecunque, quàcunque,* se mettent avec l'indicatif ou le subjonctif.

Ex. : Par quelqu'endroit du monde qu'il vienne, *quàcumque gentium venit* ou *veniat.*

POUR MARQUER LE TEMPS.

382. *Quando?* quand?

Hodie, aujourd'hui.

Ma mère n'est pas la même aujourd'hui que je l'ai vue autrefois, *non eadem est* hodie *mater mea, quam vidi* olim (sous-entendu *eam fuisse*).

Heri, hier.

Cras, demain.

Tel rit aujourd'hui qui pleurera demain, *quidam* hodie *rident qui* cras *flebunt.*

Pridiè (priori die), la veille,
Postridiè (posteriori die), le lendemain, } avec gén. ou ac.

Le jour de devant les calendes, *pridie calendarum* ou *(ante) calendas.*

Le jour d'après les *ides, postridie iduum* ou *idus (*s. *post).*

Perendiè, après-demain.

Il part après demain (il partira), *perendiè proficiscetur.*

Modo, tout-à-l'heure.

383. *Venir de..., ne faire que de...* devant un infinitif, se tournent par *tout-à-l'heure,* et s'expriment par *modò.*

Ex. : Il vient de partir (*tournez,* il est parti tout-à-l'heure), *modò profectus est.*

Nunc, maintenant.

Mox, jamjam, bientôt.

Il va partir (il partira bientôt), *mox profecturus est.*

Perpetuò, indesinenter, sans cesse.

Ne faire que...

384. *Ne faire que* se tourne par *toujours,* et s'exprime par *semper, perpetuò.*

Ex. : Il ne fait que badiner (il badine toujours), *perpetuò nugatur.*

385. Quand *ne faire que,* et *se contenter de* expriment l'idée de *pas autre chose,* ils se rendent par *nihil aliud quàm,* ou *nihil præter quàm,* ou *quid aliud quàm.* Après *aliud* on sous-entend *egit,* il n'a fait rien autre chose que....

Ex.: Il ne fit que faire signe, il se contenta de faire signe, *nihil aliud præter quàm innuit.*

Ne faire que se tourne quelquefois par *seulement, tantùm, tantummodo.*

Ex.: Je n'ai fait que goûter un peu de miel, et me voilà condamné à mourir, *tantùm gustavi paululùm mellis, et ecce morior.*

386. Quand *ne faire que* signifie *de plus en plus, de jour en jour*, on le rend par *in dies.*

Ex. : Le mal n'a fait que croître, *malum in dies crevit.*

Nunquàm, *jamais.*

Tunc, *alors*, avec le génitif.

Ex.: Dans ce temps, *tunc temporis.*

Statim, *aussitôt.*

Mane, *le matin.*

Vespere, *le soir.*

Interdiù, *le jour.*

Noctu, *la nuit.*

Diù, *longtemps.*

Quandiù? *combien de temps?*

Hactenus, *jusqu'à présent.*

POUR MARQUER LA MANIÈRE.

387 Facetè, *plaisamment.*

Verè, *vraiment.*

L'adjectif, modifiant un autre adjectif ou un participe, se change ordinairement en adverbe.

Ex. : Les mots plaisants (les mots dits plaisamment), *facetè dicta.* Les vrais sages (les hommes vraiment sages), *verè sapientes*

Vix, *à peine.*

Vix credas.

388. *Vous ne sauriez croire* se tourne par *à peine vous croiriez*, vix credas, ou *vix credideris.*

Vix credidit.

389. *Avoir peine à, avoir de la peine à* se tourne par *difficilement.*

Ex. : Il a eu de la peine à croire (il a cru difficilement), *vix* ou *ægrè*, ou *difficulter credidit.*

Facilè, *facilement.*

Facilè credidit.

390. *N'avoir pas de la peine à*, se tourne par *facilement.*

Ex. : Il n'a pas eu de la peine à croire (il a cru facilement), *facilè credidit.*

391. *Ergò*, mis pour *causâ*, veut le génitif, à cause de lui, *illius ergò.*

A regret, à contre cœur, malgré. On verra ces locutions tournées par la conjonction *quoique.*

COMPARATIF ET SUPERLATIF DE L'ADVERBE.

392. Ils se forment de la même manière, et ont les même régimes que ceux des adjectifs.

POSITIF	COMPARATIF	SUPERLATIF
Doctè, *savamment;*	Doctiùs, *plus sa-vamment;*	Doctissimè, *très-savamment.*
Citò, *vite;*	Citiùs, *plus vite;*	Citissimè, *très-vite.*
Facilè, *facilement;*	Faciliùs *plus faci-lement;*	Facillimè, *très-fa-cilement.*
Benè, *bien;*	Meliùs, *mieux;*	Optimè, *très-bien.*
Malè, *mal;* .	Pejùs, *pire;*	Pessimè, *très-mal.*
Sæpè, *souvent;*	Sæpiùs, *plus sou-vent;*	Sæpissimè, *très-souvent.*
Nuper, *récemment;*	. . . .	Nuperrimè, *tout récemment.*
. . . .	Potiùs, *plutôt;*	Potisissimè *et* po-tissimùm, *sur-tout.*

393 *Obviam*, au-devant; *prope*, proche, près; *pro-pius*, plus près; *proxime*, très-près, veulent leur com-plément au datif.

Ex. : Aller au-devant de quelqu'un, *ire obviam alicui.* Très-près du camp, *proxime castris.*

REM. : *Prope, propius* et *proxime*, veulent aussi l'ac-cusatif sans préposition.

Ex. : Plus près de la mer, *propius mare.*

Prope s'emploie souvent aussi avec *a* et l'ablatif.

Ex. : Près de la Sicile, *Prope a Sicilia*

RÉGIMES DES COMPARATIFS ET SUPERLATIFS.

394. Jean courut plus vite que Pierre, *Joannes cucurrit Petro citius*, ou *quàm Petrus.*

Il est arrivé plutôt qu'à l'ordinaire, *advenit maturiùs solitò*, qu'on ne s'y attendait, *expectatione*, ou *quàm expectabant*.

Il a combattu plus vaillamment que prudemment, *pugnavit fortius quàm prudentius*.

Nous combattrons plutôt que de devenir esclaves (plutôt que nous ne deviendrons esclaves), *pugnabimus potius quàm serviemus*.

Combattez plutôt que de devenir esclave (plutôt que vous ne deveniez esclave), *depugna potiùs quàm servias*.

Il faut combattre plutôt que de devenir esclaves, *depugnandum potiùs quàm serviendum*.

Mourez plutôt que d'offenser Dieu, *morere potiùs quàm in Deum peccès*.

Il travaille le mieux de tous, *optimè omnium laborat*.

POUR MARQUER LE NOMBRE.

395. Semel *une fois*, bis *deux fois*, etc. (Voir aux adjectifs numéraux.)

Toties, *autant de fois*.

Quoties, *combien de fois, que de fois*.

Quotiescunque, *toutes les fois que*.

POUR INTERROGER.

396. Cur, quare, quamobrem, quid ilà? *pourquoi?*
Que tardez-vous? *quid moraris?*

Cur non, quin? *pourquoi non?*
Que ne parlez-vous? *quin loqueris?*

Quorsùm? *à quoi bon cela?*

Quomodo? *comment?*

397. An; nùm; ne (après un mot); anne; *est-ce que?*
On les emploie quand on interroge sans négation.
Ex. : Avez-vous vu Pierre? Oui. *Vidisti ne Petrum? Vidi.*
La réponse se fait par le verbe de la demande.
L'exclamation *faut-il être....! faut-il que...!* se rend par une proposition infinitive avec *ne* après le premier mot *(sous-ent. oportet).*
Faut-il que je sois si malheureux? *mene ità miserum esse?*
Fallait-il qu'il y eût pour moi un jour si funeste! *Hunccine solem tàm dirum surrexe mihi!* (*surrexe* pour *surrexisse*). Horace.

398 Nùm s'emploie ordinairement quand on attend une réponse négative.
Ex. : Est-ce que vous avez vu Pierre? Non. *Nùm vidisti Pétrum? non vidi.*
Lisez-vous? non. *Nùm legis? non lego.*
Quelquefois on sous-entend l'adverbe, et le mouvement de la phrase suffit.

Ex. : Etes-vous fatigué d'avoir travaillé? *fatigatus es quod laborasti?*

399. Annon, nonne? *Est-ce-que... ne pas? Ne... je pas...? Ne... tu pas...?*

On les emploie quand on attend une réponse affirmative, c'est-à-dire qu'on interroge par deux négations.

Ex. : N'avez-vous pas vu Pierre? Oui. *Annon*, ou *nonne vidisti Petrum? vidi.*

400. Utrùm, ne (après un mot)... an? *Ou... ou?*

Quand deux interrogations sont opposées l'une à l'autre, on met devant la première *utrùm*, ou *ne* après un mot, et *an* devant la seconde.

Utrùm signifie laquelle des deux choses? *an* signifie *ou bien?* Ex. : Parlerai-je, ou me tairai-je? *utrùm eloquar an sileam?*

Lequel des deux est le plus éloquent, de Démosthène ou de Cicéron? *uter est eloquentior, Demosthenes ne an Cicero?*

Lisez-vous, ou non? *legis ne an non?*

Souvent on retranche *utrùm* ou *ne. Eloquar an sileam?*

Etes-vous pour nous, ou pour nos adversaires? *noster es an adversariorum?*

Lisez-vous Homère ou Virgile? *Homerum an Virgilium legis?*

Quelquefois l'interrogation tient lieu de la conjonction *lorsque*. Avait-il soupé *(lorsqu'il avait soupé), il s'en allait.*

POUR AFFIRMER.

401. Etiam, ità, *ainsi, oui.*

Næ, certè, sanè, profecto, quidem (après un mot), *assurément.*

Equidem, *sans doute, certes* (il se met en général pour *ego quidem*).

Hercles, herculè, *par Hercule, je le jure.*

POUR NIER.

402. Non, haud, *non, ne pas, ne point.*

Il n'est pas tel que vous pensez (celui lequel vous pensez être), *non is est quem putas* (s.-ent., *cum esse*).

403. Ne... quidem, *ne pas même.*

On met un mot entre *ne* et *quidem.*

Ex. : Je ne l'ai pas même lu, *eum ne legi quidem.*

Nihil, *rien.*

Minimè, *point du tout.*

Nequaquàm, neutiquam, *nullement.*

Deux négations se détruisent et valent une affirmation.
Ex. : Il a dit quelque chose, *non nihil dixit.*

POUR MARQUER LE DOUTE.

404. Fors, forsan, forsitan, fortassè, *peut-être, proba-blement.*

Fortè, *par hasard.*

Il peut se faire 'que... tourné par *peut-être.* Il peut se faire qu'il soit arrivé (il est peut-être arrivé), *forsan advenit.*

POUR MARQUER LA RESSEMBLANCE.

405. Instar, *comme,* avec le génitif.

Comme une montagne, *montis instar.*

Il agit en bon citoyen (comme un bon citoyen), *agit instar optimi civis.*

Quemadmodum, *de même que.*

Ut, uti, sicut, sicuti, velut, veluti, *comme, de même que.*

Comme un poète, *ut vates.* Comme on dit, *ut aiunt.*

Ils se mettent entre deux mots qui s'accordent. Ex. : Considérons la mort comme la fin de nos maux, *mortem ut finem miseriarum spectemus.*

On peut aussi retrancher l'*ut.*

Ex. : Va donc, pourquoi restes-tu là comme une borne, *i, quid stas, lapis.*

Platon eut Socrate pour maître, *Plato usus est Socrate magistro.*

406. *Pour* ou *eu égard à* signifiant *comme.*

Il était expérimenté pour ces temps là (eu égard à ces temps là, comme en ces temps là), *erat ut illis temporibus expertus.*

Il avait assez de littérature pour un romain (beaucoup de lettres étaient en lui comme homme romain), *erant multæ ut in homine romano litteræ.*

Utcunque, quoquomodo, *de quelque manière que ce soit* avec l'indicatif ou le subjonctif.

407. Sic, ità, *ainsi.*

C'est ainsi que parla Moyse (ainsi parla Moyse), *sic locutus est Moyses.*

Est-ce ainsi que vous défendez vos amis? *siccine amicos tuos defendis?*

Ut aurum ignis probat, ità miseria fortes viros.

Comme, de même que, dans le premier membre d'une comparaison, s'exprime par *ut* ou *quemadmodum* avec l'indicatif, et *de même* dans le second membre, s'exprime par *sic* ou *ità.*

Ex. : Comme le feu éprouve l'or, de même l'adversité éprouve l'homme courageux, *ut* ou *quemadmodum ignis aurum probat, sic* ou *ità miseria fortes viros.*

Item, *de même.*

Il n'en est pas de même de Virgile que d'Homère, *non item de Virgilio ac de Homero.*

Quasi, tanquam, perindè ac, *comme si, de même que si.*

POUR MARQUER L'UNION.

408. Simul, unà, *ensemble.*

Pariter, *pareillement.*

Conjunctim, *conjointement.*

Universim, *généralement.*

POUR MARQUER LA DIVISION.

409. Alioqui, alioquin, *d'ailleurs.*

Aliter, secùs, *autrement.*

Et réciproquement.

Et réciproquement tient la place de *l'un.... l'autre* déjà exprimé, et dont la répétition serait nécessaire pour compléter le sens. En latin, il suffit de *alter.... alter,* ou *uterque.... uterque,* pour exprimer cette réciprocité de l'action.

Ex. : L'un aide l'autre, *et réciproquement, alter alterum adjuvat,* ou *uterque utrumque adjuvat.*

Alii aliter vivunt.

Cette idée de *réciprocité* attachée aux mots *alter.... alter* se trouve aussi dans *alius.... alius, alii.... alii,* quand il s'agit de plus de deux, et cette expression forme un *idiotisme* déjà signalé (voir n° 154), qui ne peut se traduire en français qu'en répétant deux fois chacun des deux termes.

Ex. : *Alii aliter vivunt,* les *uns* vivent d'*une* manière, les *autres* d'une *autre.*

Aliud alio tempore loquitur, il parle d'une façon dans certaines circonstances, et d'une autre façon dans d'autres, *ou* il parle de telle ou telle façon dans telles ou telles circonstances, *ou* il change de langage selon les circonstances, *ou encore* il parle selon les circonstances.

Privatim, seorsum, *à part, séparément.*

Priùs, *d'abord, en premier lieu.*

Posteriùs, *en second lieu.*

Solummodo, *seulement.*

Ne... que se tourne par *seulement.*

Ex. : La récompense n'est due qu'à celui qui travaille (seulement au travailleur), *merces solummodò laboranti debetur.*

POUR MONTRER.

410. Eu, ecce, *voici, voilà,* avec le nominatif ou l'accusatif.

Voici le loup : *en*, ou *ecce lupus* (s.-ent. *adest*), ou *lupum* (s.-ent. *aspice*).

POUR EXHORTER.

411. Eia, euge, *courage!*

Age, agedum (*au singulier*), agite, agitedum (*au pluriel*), *allons! eh bien! ferme! courage!*

POUR MARQUER LE DÉSIR.

412. Utinàm, *plaise à Dieu! Dieu veuille que..! Plût à Dieu! Heureux si...! Fasse le ciel...! Puissé-je...! Puissent-ils...!* avec le subjonctif. Plût à Dieu qu'ils l'eussent fait! *Utinam fecissent!* Que n'ai-je été informé de votre dessein! (plût à Dieu que j'eusse été..), *utinam factus essem tui consilii certior!*

ADVERBES DE QUANTITÉ.

413. Devant un nom de choses qui ne se comptent pas, ils veulent le génitif.

Beaucoup, *multùm.*

Vous avez beaucoup de loisir (beaucoup de loisir est à vous), *multùm otii tibi est.* Beaucoup d'eau, *multùm aquæ.*

Plus, *plus.*

Plus de science, *plus scientiæ.*

Le plus, *plurimùm.*

Le plus possible, *quàm plurimùm.*

Il a puisé le plus de vin qu'il a pu, *hausit quàm plurimùm vini;* on peut ajouter *potuit, quàm plurimùm potuit vini;* mais *quàm* est l'équivalent de *quàm potuit.*

Peu, *parùm*.
>Peu de vin, *parùm vini*.
>Un peu, *paululùm*.

Moins, *minùs*.

Plus, minus scientiæ quàm judicii.

414. De quelque manière que s'expriment *plus moins*, le *que* suivant s'exprime toujours par *quàm*.
>Ex. : Plus de science que de jugement, *plus scientiæ quàm judicii*, moins de science que de jugement, *minùs scientiæ quàm judicii*.

Le moins, *minimùm*.
>Le moins possible, *quàm minimùm*.
>Il a puisé le moins de vin qu'il a pu, *quàm minimùm vini hausit* ou *quàm minimùm potuit vini*.

Tant, autant, *tantùm*.
>Tant de vin, *tantùm vini*.
>*Autant* à la fin d'une phrase, *tantùmdem*.
>Vous avez beaucoup de loisir, je n'en ai pas autant, *multùm otii tibi est, non mihi tantùmdem*.

Que *ou* combien, *quantùm*.

415. Autant de... que de..., *tantùm, quantùm*.
>Autant répété, *quantùm, tantùm*.
>Autant d'eau que de vin, ou autant de vin, autant d'eau, *tantùm aquæ, quantùm vini*, ou *quantùm vini, tantùm aquæ*.
>Si peu, *tantulùm*.
>Un peu, quelque peu, *tantillùm, aliquantulùm*.
>Un peu d'eau, *tantillùm aquæ*.
>Que peu, combien peu, *quantulùm*.
>Aussi peu de... que de..., *tantulùm, quantulùm*.
>Aussi peu d'eau que de vin, *tantulùm aquæ, quantulùm vini*.

Assez, *satis*.

Trop, *nimis, nimiùm*.
>Trop d'eau, *nimium aquæ*.
>En certains cas *trop* doit se rendre par *plus*, et *trop peu* par *minus*.

Nota. Comme le plus grand nombre de ces adverbes sont des adjectifs s'accordant avec *negotium* sous-entendu, ils ne peuvent être employés qu'au nominatif et à l'accusatif. Pour les autres cas on emploie des tournures de ce genre.
>Ex. : De combien d'eau il fut couvert (de quelle quantité d'eau), *quantâ aquæ copiâ*, ou *vi opertus est*.

416. Devant les choses qui peuvent se dire grandes, l'adverbe se change en adjectif.

Beaucoup, *magnus, a, um.*

Beaucoup de modestie, *magna modestia* (mot à mot une grande modestie).

Plus, *major, us.*

. Plus de modestie, *major modestia* (mot à mot une plus grande modestie).

Plus de courage que de prudence, *major fortitudo quàm prudentia* (mot à mot un courage plus grand que la prudence), ou *plus fortitudinis quàm prudentiæ.*

Le plus, *maximus, a, um,* ou *plurimus, a, um.*

Le plus possible, *quàm plurimus, a, um.*

Il a employé le plus de diligence qu'il a pu, *adhibuit quàm plurimam diligentiam,* ou *quàm plurimum diligentiæ.*

Peu, *parvus, a, um.*

Moins, *minor, us.*

Moins de courage que de prudence, *minor fortitudo quàm prudentia,* ou *minus fortitudinis quàm prudentiæ.*

Moins de science que de jugement, *minor scientia quàm judicium* (mot à mot une science moins grande que le jugement).

Le moins, *minimus, a, um.*

Le moins possible, *quàm minimus, a, um.*

Il a employé le moins de diligence qu'il a pu, *adhibuit quàm minimam potuit diligentiam,* ou *quàm minimum potuit diligentiæ.*

Tant, autant, *tantus, a, um.*

Tant de modestie, *tanta modestia.*

Que *ou* combien, *quantus, a, um* (quel grand).

Quel malheur nous menace, *quanta nobis instat calamitas.*

Autant de... que de..., tantus... quantus.

417. Autant répété, plus répété, *quantus. tantus.*

Autant de modestie que de science, ou autant de science, autant de modestie, *tanta modestia, quanta doctrina,* ou *quanta doctrina, tanta modestia.*

Plus on a de science plus on doit avoir de modestie (plus la science de quelqu'un est grande plus sa modestie doit l'être), *quanta est alicujus doctrina, tanta esse debet ejus modestia.*

Quelque grand que soit, *quantuscunque, a-unque, umcunque,* ordinairement avec l'indicatif à moins qu'une autre règle n'exige le subjonctif.

Quelque soit sa mémoire, il oublie cependant bien des choses, *quantacunque est ejus memoria, multa tamen obliviscitur.*

Si peu, *tantulus, a, um* (si petit).

Que peu *ou* combien peu, *quantulus, a, um.*

Si peu que..., si petit que..., *tantulus, quantulus.*

> Cette classe n'est pas si petite que la nôtre, *non tantula est ea scola quantula est nostra.*

Quelque peu de, quelque petit que, *quantuluscunque, acunque, umcunque.*

> Quelque petite que soit cette maison, on l'admire cependant, *quantulacunque est ea domus, movet tamen mirationem.*

> Quelque peu de science qu'il ait, il nous plaira tout de même, *quantulacunque sit ejus scientia, nobis tamen placebit.*

Assez, *satis magnus, a, um.*

Trop, *nimius, a, um,* ou *nimis magnus, a, um,* ou *major.*

Trop peu, *minor, us* (trop petit).

Le comparatif d'un adjectif peut exprimer l'idée de trop, parce qu'on sous-entend l'ablatif neutre *justo.* Trop grand, *major* (æquo), plus grand qu'il ne faut, que de raison. Trop parleur, *loquacior.*

418. Devant les choses qui se comptent.

Beaucoup, *multi, æ, a.*

> Beaucoup de livres, *multi libri* (des livres nombreux.)

Plus, *plures, a.*

> Plus de villes que de bourgs, *plures urbes quàm vici.*

Plus de devant un nombre se rend par *plures quàm,* ou *plus amplius,* avec ou sans *quàm* ou avec l'ablatif.

> Ex. : Il a plus de vingt francs, *habet plures quàm viginti francos,* ou *plus quàm viginti francos,* ou *plus viginti francos,* ou *viginti francis.*

> L'histoire compte plus de douze millions de martyrs, *historia exhibet plures,* ou *amplius quàm duodecies mille millia martyrum,* ou *amplius duodecies mille millia martyrum,* ou *amplius duodecies mille millibus martyrum.*

> Plus d'un, *non nemo,* ou *non nullus.*

> Plus d'un savant y perdit son latin (tenta vainement la chose), *non nemo inter doctos rem frustrà aggressus est.*

Le plus, *plurimi, æ, a.*

> Le plus possible, *quàm plurimi, æ, a.*

> Il a rassemblé le plus d'hommes qu'il a pu, *quàm plurimos potuit viros coegit.*

Peu, *pauci, æ, a.*

> Peu d'hommes, *pauci homines.*

GALLICISME.

> Un roi comme il y en a peu (unique dans un grand nombre), *rex unus ex multis.*

Si peu, *tam pauci*.

Si peu d'hommes, *tàm pauci homines*.

Que peu, combien peu, *quàm pauci*.

Aussi peu de... que de..., *tàm pauci... quàm*.

Il y avait aussi peu de Romains que de Gaulois, *aderant tàm pauci Romani quàm Galli*.

Quand on veut renchérir sur le petit nombre, *combien peu* se rend par *quotusquisque, quotaquæque, quotumquodque*. Combien y en a-t-il qui savent le Chinois? (combien peu...), *quotusquisque linguæ sinarum peritus est?*

Moins, *pauciores, ra*.

Moins de villes que de bourgs, *pauciores urbes quàm vici*.

419. *Moins de...* devant un nombre se rend par *pauciores quàm* ou *minus* avec ou sans *quàm* ou l'ablatif.

Ex. : Ils ont moins de cinquante bourgs, *habent pauciores vicos quàm quinquaginta*, ou *habent minus quàm quinquaginta vicos*, ou *minus quinquaginta vicos*, ou *quinquaginta vicis*.

Le moins, très-peu, *paucissimi, æ, a*.

Le moins possible, *quàm paucissimi, æ, a*.

Il a donné le moins d'argent qu'il a pu, *quàm paucissimos potuit nummos dedit*.

Tant, autant, *tot* (devant un nom exprimé).

Tant de fruits, *tot fructus*.

Autant à la fin d'une phrase, *totidem*.

Vous avez beaucoup de livres, je n'en ai pas autant, *sunt tibi libri bene multi, non sunt mihi totidem*.

Que, combien, *quot* (devant un nom exprimé).

Combien avez-vous de livres? *quot libros habes?*

Combien signifiant *combien de personnes* se rend toujours par *quàm multi, æ, a*.

Ex. : Combien sommes-nous ici? *quàm multi hic adsumus?*

Autant de... que de..., tot... quot.

Autant répété, quot... tot.

420. Autant de fruits que de fleurs, ou autant de fleurs autant de fruits, *tot fructus quot flores*, ou *quot flores tot fructus*.

GALLICISME.

Quelquefois *autant de que* ne se rend pas.

Ex. : Autant de vanité que tout cela ; *c'est-à-dire*, tout cela est vanité, *ea omnia vanitas*.

Tous tant que..., *quotquot*, avec l'indicatif ou le subjonctif.

Tous tant que nous sommes ici, *quotquot hic adsumus*.

Quelque nombreux que, *quotcumque* ou *quantumvis multus, a, um.*

Assez, *satis multus, a, um.*

Quelques services que vous rendiez à un ingrat, vous ne lui en rendrez jamais assez, *quotcumque* ou *quantumvis multa officia apud ingratum contuleris, nunquam satis multa ei contuleris* ou simplement *satis ei contuleris.*

Trop, *nimis multus, a, um.*

Trop se rend encore par *plures* (sous-entendu *justo*).
Trop peu, *pauciores, a,* ou *nimis pauci, æ, a.*

421. Devant un adjectif ou un adverbe.

Beaucoup, *multùm valdè, benè,* ou un superlatif.

Très-modeste, *multùm modestus* ou *modestissimus.*

Plus, *magis* ou un comparatif.

Plus pieux que savant, *magis pius quàm doctus.*
Plus heureux que prudent, *felicior quàm prudentior.*

Le plus, *maximè* ou un superlatif.

Il est le plus habile que je connaisse (de tous ceux que je connaisse), *est omnium quos novi maximè peritus,* ou *peritissimus.*

REM. En français le qui ou le que tombe sur le superlatif, et c'est pour cela qu'il est suivi du subjonctif. En latin cette construction n'est pas usitée. En tournant la phrase on fait tomber *qui, quæ, quòd,* sur le génitif pluriel, et non sur le superlatif. Alors il n'y a pas lieu à un subjonctif, à moins qu'il ne soit motivé par une autre règle.

Voir, aux conjonctions, *qui* après une proposition infinitive ou interrogative.

Je sais que vous êtes le plus savant que l'on connaisse, *scio te esse omnium quos noverint doctissimum.*

Le plus possible, *quàm maximè,* ou *quàm* devant un superlatif.

Soyez le plus indulgent que vous pourrez, *esto quàm facillimus.*

Il est venu le plutôt qu'il a pu, *advenit quàm celerrimè.*

Peu, *parùm.*

Un peu, *paulum, leviter.*

Moins, *minus.*

Moins riche que savant, *minus dives quàm doctus.*
Moins promptement qu'adroitement, *minus citò quàm solerter.*

Le moins, *minimùm, minimè.*

Il est le moins habile que je connaisse, *est omnium quos novi minimè peritus.*

Le moins possible, *quàm minimum* ou *quàm minimè*.
Soyez le moins dur possible, *esto quàm minimè asper*.

Tant, autant, aussi, tellement, *tàm, tantùm, adeo.*

Tant est rare une amitié fidèle, *adeò rara est fidelis amicitia*.
Si peu d'huile, *tàm parum olei*.

Cette locution *tant il est vrai que* ne sert comme *adeò* qu'à résumer ce qu'on vient de dire, inutile donc de la traduire littéralement en latin.

Ainsi : *tant il est vrai qu'une amitié fidèle est rare,* se traduit comme on vient de le faire.

Tant, autant, à la fin d'une phrase, *item*.

Jean est très agile, Pierre ne l'est pas autant, *Joannes maximè celer est, non item Petrus*.

Que, combien, *quàm, quantùm, ut.*

Il est venu aussitôt que Paul, *tàm maturè advenit quàm Paulus.*

Ils ont un général aussi hardi qu'habile, *habent ducem tàm audacem quàm peritum.*

422. Il est aussi prudent que qui que ce soit (qu'homme du monde, que celui qui l'est le plus), *tàm prudens est quàm qui maximè* (sous-entendu *prudens est*).

Rien de si beau que de se vaincre, *nihil tàm pulchrum quàm seipsum vincere*.

Autant que, *quantumvis*.

Quelque habile que l'on soit, on ne le sera pourtant jamais trop, *quantumvis peritus aliquis videatur, nunquàm tamen peritior erit.*

Assez, *satis.*

Trop, *nimis,* **ou un comparatif.**

Trop peu de vin, *nimis parum vini*.
Trop peu de vitesse, *nimis parva celeritas,* ou *minor celeritas*.
Vous paraissez trop vain, *nimis jactans* ou *jactantior videris*.
La vieillesse est un peu causeuse, *senectus est loquacior*.

423. Quand le même adverbe latin ne peut pas convenir à deux mots, on donne à chacun celui qui lui convient.

Ex. : Beaucoup de livres et de parure, *multi libri, et magnus decor.*

424. Devant un verbe ordinaire.

Ce sont à peu près les mêmes adverbes que les derniers.

Beaucoup, *multùm, valdè, plurimùm, magnopere.*

Il étudie beaucoup, *multum studet*.

Plus, *magis, plus, amplius.*

> Il réfléchit plus qu'il ne lit, *magis meditatur quàm legit.*
> Devant *odisse*-haïr, et *fugere* fuir, *plus* se rend par *pejus.*
> Ex. : Il le haïssait plus, *eum pejus oderat.*

Le plus, *maximè.*

> Il travaille le plus de tous, *maximè omnium laborat.*
> Le plus possible, *quàm maximè.*
> Il travaille le plus qu'il peut, *quàm maximè laborat,* ou *quàm maximè potest laborat.*

Peu, *parùm.*

> Si peu, *tàm parum* ; il est si peu aimé, *tàm parum amatur.*
> Un peu, *leviter, paululum.*

Moins, *minus.*

> On retient moins qu'on ne lit, *minus retinetur quàm legitur.*

Le moins, *minimè.*

> Il travaille le moins de tous, *minimè omnium laborat.*
> Le moins possible, *quàm minimè.*

Tant, autant, si, aussi, *tàm, tantùm.*

> *Autant* à la fin d'une phrase, *tantumdem.*
> Il aime beaucoup Homère, mais pas autant Pindare, *Homerum multum amat, Pindarum non tantumdem.*

Que *ou* combien, *quàm, quantum.*

> Autant que je puis prévoir, *quantum prospicere possum.*

325. *Autant... que...,* tantùm, quantùm.

> *Autant* répété, quantùm..., tantùm.
> Il étudie tant qu'il peut, *tàm studet quàm potest.*
> La grossièreté déplaît autant que la politesse plaît, ou autant la politesse plaît, autant la grossièreté déplaît, *tàm offendit rusticitas quàm delectat urbanitas,* ou *quàm delectat urbanitas tàm offendit rusticitas.*

Autant...que peu, tàm multùm...quàm parùm.

> Je l'admire autant que je l'imite peu, *illum tàm multum miror, quàm parum imitor.*

326. *Quàm ubi maximè,* qu'en aucun lieu du monde.

> La vieillesse était aussi honorée à Lacédémone qu'en aucun lieu du monde (que là ou elle était le plus honorée), *senectus tantum honorabatur Lacedæmone quantum ubi maximè* (s. ent. *honorabatur*).
> *Quàm cùm maximè,* que jamais.
> L'homme de bien est autant aimé aujourd'hui que jamais (que lorsqu'il l'a été le plus), *vir bonus tàm hodiè amatur quàm cùm maximè* (s. ent. *amatus est.*

Assez, *satis*.

Trop, *nimis, nimio plus, plus æquo, plus justo.*
> Trop peu, *minus, nimis parum.*
> Il lit trop peu, *minus legit* (s. ent. *justo*).

427. Devant un verbe de prix ou d'estime.

Beaucoup, *magni*.
> Il est beaucoup estimé et aimé, *magni æstimatur et valdè amatur*.

Plus, *pluris*.
> L'Evangile est plus estimé que la doctrine des meilleurs philosophes, *pluris æstimatur Evangelium quam doctrina optimorum philosophorum*.

Le plus, *maximi, plurimi*.
> C'est la vertu qu'il estime le plus, *virtutem plurimi omnium rerum facit*.
> Le plus possible, *quam maximi, quam plurimi*.
> Il estime cette maison le plus qu'il peut, *hanc domum quam maximi facit*.

Peu, *parvi*.
> Si peu, *tam parvi*.
> Il l'estime si peu, *tam parvi illum æstimat*.

Moins, *minoris*.
> Il estime moins les honneurs que la vertu, *minoris honores facit quam virtutem*.

Le moins, *minimi*.
> La science qu'il estime le moins, *scientia quam minimi omnium facit*.
> Le moins possible, *quam minimi*.
> Il estime cette maison le moins possible, *hanc domum quam minimi potest facit*.

Tant, autant, *tanti*.
> Tant il est estimé! *tanti fit!*
> Autant à la fin d'une phrase, *tantidem*.
> Charlemagne est beaucoup estimé, François 1er ne l'est pas autant, *magni fit Carolus magnus, non tantidem Franciscus primus*.

Que, combien, *quanti*.
> Combien il est estimé et désiré, *quanti fit, et quantum desideratur*.

428. **Autant... que...., tanti... quanti.**
Autant répété, quanti... tanti.

Il est vendu autant qu'il vaut, *ou* autant il vaut, autant il est vendu, *tanti venditur quanti valet*, ou *quanti valet tanti venditur*.

Si l'un des deux verbes n'est pas de prix ou d'estime, on lui donne l'adverbe qui lui convient.

Ex. : Platon admirait autant Socrate qu'il l'estimait, *Plato tantum mirabatur quanti faciebat Socratem*.

Quelque... que, *quanticunque*.

Quelque estimable que soit la science, *quanticunque facienda sit doctrina*.

Qu'homme du monde, *quàm qui maximi*.

Il est aussi estimé qu'homme du monde (que celui qui l'est le plus), *tanti fit quanti qui plurimi* (s.-ent. *fit*).

Que jamais, *quanti cum plurimi*. Qu'en aucun lieu du monde (que là où il l'est le plus), *quanti ubi plurimi*.

Assez, *satis magni*.

Trop, *nimio pluris*.

Il l'estime trop, *illum nimiò pluris facit*.

Trop peu, *nimiò minoris*.

Il est trop peu estimé, *nimiò minoris œstimatur*.

Ces adverbes sont de véritables génitifs, avec lesquels on peut sous-entendre *pretii*, alors c'est la règle du génitif exprimant une qualité, *vir eximii ingenii*, homme d'esprit.

On peut sous-entendre aussi *pro negotio pretii*.

429. Devant *refert*, *interest*, ce sont les mêmes adverbes que pour les verbes ordinaires ; mais on emploie au moins aussi souvent ceux qui suivent :

Beaucoup, *magni*.

Peu, *parvi*.

Tant, *tanti*, *tàm magni*.

Autant... que peu, *tam magni... quam parvi*.

Il vous importe autant qu'il m'importe peu, *tuâ tam magni refert quam parvi meâ*.

Que, combien, *quanti*.

Assez, *satis magni*.

Il vous importe assez, *vestra satis*, ou *satis magni refert*.

On dit : *nihil refert*, il n'importe pas du tout.

430. Devant *vendere*, vendre, *emere*, acheter, *veneo*, *venire*, être vendu, *constare*, *stare*, coûter, on dit :

Beaucoup,	*magno*.
Plus,	*pluris*.
Le plus,	*plurimò*.
Peu,	*parvo*.
Moins,	*minoris*.
Le moins,	*minimò*.
Tant,	*tanti*.
Que, combien,	*quanti*.
Assez,	*satis magno*.
Trop,	*nimio*.

Combien vous a coûté cette maison ? Trop cher, *quanti tibi constitit ea domus ? Nimio*. Peu de chose, *parvo*.

431. Devant un comparatif, un verbe d'excellence comme *excello*, *præsto*, *supero*, *malo*, et devant les propositions *ante*, avant, *post*, après, et les conjonctions *postquam*, *antequam*.

Beaucoup, *multo*, *longè*.

> Il l'emporte de beaucoup, *longè præstat*.
> Longtemps avant, *longè* ou *multo antè*.

Un peu, *paulo*.

> Il aime un peu mieux étudier que jouer, *paulò mavult studere quam ludere*.
> Peu après, *paulo post*.

Tant, autant, d'autant plus, *tanto*.

> Il l'emporte d'autant plus, *tantò superat*. Tant mieux, *tantò melius*, tant pis, *tantò pejus*.
> Tant la sagesse l'emporte sur les richesses, *tantò sapientia præstat divitiis*.

Que ou combien, *quanto*.

> Combien de temps auparavant, *quantò antè*.
> Autant il l'emporte, autant il est estimé et aimé, *quantò præstat, tanti fit, et tantum amatur*.
> Un peu, *aliquantò*.
> Ces adverbes en *o* sont de véritables ablatifs d'adjectifs neutres employés substantivement. Ils suivent la règle du nom de mesure devant un comparatif.
> Plus grand d'un doigt, *uno digito major*; plus grand de beaucoup, *multò major*.

D'autant que, à proportion que.

432. *D'autant*, devant *plus*, *moins*, se rend par *eo* ou *tanto*; *plus*, *moins*, se rendent selon les mots auxquels ils sont joints. *Que* se rend par *quo* ou *quanto*, s'il est suivi d'un comparatif; sinon par *quod*.

A proportion que, se tourne par *d'autant plus que*.

Eo... quo, ou tanto... quanto.

Il est d'autant plus modeste qu'il est plus savant, *ou* il est plus modeste à proportion qu'il est plus savant, *eo* ou *tanto modestior est, quo* ou *quanto doctior*.

> Je vous ai d'autant plus d'obligation que votre humanité envers moi a été plus grande que la mienne à votre égard, *tibi eò plùs debeo, quò tua in me humanitas fuerit excelsior quàm in te mea*.
> Il estime d'autant plus l'Evangile, qu'il l'étudie davantage, *eò pluris evangelium facit, quò magis illi studet*.

Eo... quod.

L'incendie a été d'autant plus terrible qu'il était poussé par le vent, *incendium eo terribilius fuit, quod vento movebatur.*

Plus répété, quo, eo.

433. C'est la même chose que *d'autant plus, d'autant moins;* seulement la phrase est renversée.

Ex. : Plus il est savant plus il est modeste, *quò doctior, eò modestior est,* ou *eò modestior, quò doctior est.*

Plus on, plus une personne, quo quis, ut quisque.

434. *Plus on, plus une personne,* se tournent par *plus quelqu'un, quò quis* avec un comparatif, *plus une chose* se tourne par *plus quelque chose,* quo quid *(pour* quo aliquis, aliquid ; *après* quo *on retranche* ali*).*

Ex. : Plus on est vicieux, plus on est malheureux, *quò quis vitiosior, eò miserior est.*

Plus on aime, et plus on a d'amis, *quò quis amantior est, eò plures amicos habet.*

Tout le monde convient que plus une chose est difficile, plus il faut y apporter du soin, *omnes fatentur quo quid difficilius est, eo majorem ad id adhibendam esse curam.*

435. *Ut ità* établissent aussi une comparaison ou une proportion, ainsi le premier *plus on* peut s'exprimer par *ut quisque,* avec un superlatif, et le second par *ità* avec un superlatif encore.

Ex. : Plus on est savant plus on est modeste (*tournez* selon que quelqu'un est très-savant, ainsi il est très-modeste ; *ou* chaque homme le plus savant est le plus modeste ; *ou* autant est grande la science de quelqu'un, autant est grande sa modestie), *ut quisque doctissimus, ità modestissimus est,* ou *quisque doctissimus, modestissimus est,* ou *quanta alicujus doctrina, tanta est modestia.*

Après *sic* ou *ità, ut qui* devant un superlatif, a le même sens que *quàm qui.*

Ex. : Il est autant estimé que le plus modeste, *ità fit ut qui modestissimus est.*

Moins répété.

436. Moins on travaille, moins on veut travailler, *quo quis minùs operatur, eo minùs vult operari.*

Plus... moins.

437. Plus on est ambitieux, moins on est estimé, *quo quis ambitiosior est, eo minoris fit.*

Moins... plus.

438. Moins on est ambitieux, plus on est estimé, *quo quis minùs ambitiosus est, eo pluris fit.*

PRÉPOSITION.

439. La préposition (*præpositus*, placé devant) exprime un rapport entre deux mots.

Les prépositions précédées d'une *, sont encore employées comme adverbe.

440. Trente prépositions veulent l'accusatif.

Ad, *à, auprès, chez, pour, jusqu'à*.
> La préposition française *à*, se rend de différentes manières, suivant ce qu'elle signifie.
>
> 1° Par le datif (n° 5), et l'ablatif (n° 346).
>
> 2° Par une préposition ; je m'en vais à mon père, *vado ad patrem*.
>
> 3° Devant un infinitif, elle se rend par *ad* avec le gérondif en *dum*. Je vous exhorte à lire, *te hortor ad legendum*.
>
> 4° Elle se tourne par les conjonctions *si, afin que*, et par le relatif *qui, que*.

* Adversùm, adversùs, *contre, vis à vis*.

* Antè, *devant, avant*. Avant l'aurore, *ante auroram*.
> *Avant* devant un infinitif se tourne par la conjonction *avant que*, antequàm, priusquàm.

Apud, *auprès, dans, chez*.

* Circa, *auprès, environ*.

* Circiter, *environ, à peu près*.

* Circum, *autour*.

Cis, * citrà, *deçà, en deçà*.

* Contra, *contre, vis à vis, à l'opposite*.

Erga, *envers, à l'égard de, pour*.

* Extra, *hors, outre, excepté*.

* Infra, *sous, au-dessous*.

Inter, *entre, parmi*.

* Intra, *dans, au dedans, dans l'espace de*.
> Dieu fit le ciel et la terre en six jours, *Deus creavit cœlum et terram intra sex dies*.

* Juxta, *auprès, proche*.

Ob, *à cause de, pour, devant.*

Penes, *en la puissance de.*

Per, *par, par le moyen de, durant, au travers de, pendant*
Ex. : Celui par qui j'ai obtenu ma grâce, *is per quem veniam impetravi.*

* Ponè, *après, derrière, par derrière.*

* Post, *après, depuis.*
Ex. : Après dîner, *post prandium.*

441. 1° Quand *après* marque la seconde place, le second rang, on l'exprime par *secundùm* avec l'accusatif, ou par *a* ou *ab* avec l'ablatif.
Ex. : Après Cicéron, il est, sans contredit, le premier des orateurs ; *secundùm Ciceronem,* ou bien *a Cicerone est oratorum facilè princeps.*

2° *Après,* signifiant *immédiatement après,* se rend par *sub* avec l'accusatif.
Ex. : Après cette lettre, on lut la vôtre, *sub eas litteras, recitatæ sunt tuæ.*

3° *Après* suivi d'un infinitif se tourne par les conjonctions *lorsque, après que,* quùm, postquàm.

* Præter, *excepté, hormi, outre.*

* Prope, *proche, près de, auprès.*

Propter, *pour, à cause de.*
Je l'aime pour sa modestie, *illum propter modestiam amo.*

Secundum, *selon, suivant, auprès de, le long de, après.*

* Secus, *auprès, le long de.*

* Suprà, *sur, au-dessus de.*

Trans, *au delà, par delà.*
La voie de la mer au delà du Jourdain, *via maris trans Jordanem.*

442. Avec un verbe composé de *trans* on peut mettre l'accusatif sans préposition. Ex. : Il a passé par la ville, *transiit urbem.*

* Ultrà, *au delà, par delà.*

Usque, *jusqu'à.*
Usque dans le fond est un adverbe ; il est le plus souvent accompagné d'une préposition gouvernant l'accusatif ou l'ablatif. Ex. : Jusqu'à la ville, *usque ad urbem.* Depuis Pachynum, *ab usque Pachyno.*

* Versùs *(après un mot), vers, du côté de.* Vers l'orient, *orientem versùs.*

> *Versùs* s'emploie aussi comme adverbe avec *ad* et *in.*

443. Certains verbes composés de *circùm, præter* et *trans,* etc. comme *traduo, trajicio,* peuvent se mettre avec deux accusatifs dont l'un est complément du verbe, l'autre de la préposition.

> Ex. : Dieu fit passer à pieds secs le Jourdain aux Israélites, *Deus Israelitas siccis pedibus Jordanem trajecit.*

12 PRÉPOSITIONS AVEC L'ABLATIF.

444. A, ab, *de, par, depuis, après, en faveur de, d'auprès.*

Absque, sine, *sans.*

> On ne peut être heureux sans la vertu (personne ne peut être...), *nemo sine virtute potest esse beatus.*

Sans, devant un verbe.

445. *Sans,* devant un infinitif se rend de plusieurs manières.

> 1º Par un nom dérivé du verbe : Sans pleurer, *sine lacrymis* ; sans craindre, *sine metu.*

> 2º Par un adjectif : Passer la nuit sans dormir, *noctem insomnem ducere.* — Sans le savoir, *inscius.* Il est parti sans avoir diné, *impransus profectus est.*

> 3º Par un participe : Il quitta le consul sans l'avoir apaisé, *proconsulem implacatum reliquit* ; sans y être préparé, *imparatus.*

> 4º Par un adverbe : Sans faire semblant de rien, *dissimulanter ;* sans y penser, *temerè ;* sans être sur ses gardes, sans prendre de précaution, *incautè,* ou *incautus.* Il a été pris sans le vouloir, sans y penser (imprudemment), *captus est imprudenter* ou *imprudens.*
> Sans s'appliquer, *negligenter,* ou *negligens.*

> 5º Par un ablatif absolu, comme on verra.

> 6º Par les conjonctions *nec, quin, priusquam,* etc.

* Clàm, *à l'insu de.*

* Coràm, *devant, en présence de.*

Cùm, *avec, pour.*

> *Res est mihi cum,* avoir affaire à quelqu'un, être aux prises avec quelqu'un. Ex. : Qu'ont-il affaire à Tuberon ? *quid rei illis cum Tuberone est ?* (mot à mot : quelle chose est à eux avec Tuberon ?)

> *Facere cum aliquo* signifie, *être pour, en faveur de, du côté de quelqu'un,* et répond exactement, à notre locution française *faire pour.*

Ex. : La vérité est de son côté, *veritas cum illo facit.*

Bene, optime, ou *præctare agitur cum eo,* répond au français *il est bien heureux, il est bien partagé;* et *male, pessime agitur cum eo* répond à *il est malheureux, il est à plaindre.*

Ex. : Il ne sont pas à plaindre, *non male cum iis actum est.*

Rem. *Cum* se met après les pronoms *ego, tu, sui, nos, vos* et *qui, quæ, quod : mecum,* avec moi, *tecum,* avec vous, *secum,* avec lui même, *quocum,* avec lequel.

Ex. : J'ai été bien heureux, *bene mecum actum est;* nous sommes bien heureux, si nous pouvons, *præclare nobiscum agitur, si possumus;* ce que vous dites est pour moi, *quæ dicis mecum faciunt.*

De, *au sujet de, touchant.*

C'en est fait de nous, *actum est de nobis.*

Il fit concevoir une bonne opinion de lui, *bonam sui,* ou *de se spem concitavit.*

E *ou* ex, *de, par, d'entre.*

Cette préposition se met, en général, devant les choses inanimées, dont on s'éloigne.

J. C. a racheté l'homme de la servitude du péché, *Christus redemit hominem e servitute peccati.*

Puiser de l'eau à une fontaine, *haurire aquam ex fonte.*

* Palàm, *en présence de, devant, au prix de, au-dessus de, à cause de.*

Præ, *en comparaison de.*

Les gardes moururent presque de frayeur, *præ timore custodes facti sunt velut mortui.*

Pro, *pour, au lieu de, selon, devant, en proportion de.*

446. C'est moins le mot *pour* lui même, que le sens indiqué par lui, qu'il faut s'attacher à rendre en latin.

1° *Pour* signifiant *pour l'amour de* se rend par *causâ* ou *gratia* avec le génitif.

Ex. : Je ferai volontiers cela pour lui, *id libenter illius causâ faciam.* — Pour vous, *tuâ causâ;* au lieu de *mei, tui,* on dit : *meâ tuâ* avec *causâ.*

2° *Pour* se tourne aussi par *à cause de, ob propter* avec l'accusatif.

Ex. : Je l'aime pour sa modestie, *illum propter modestiam amo.*

3° *Pour* signifiant *à l'avantage, au désavantage de, dans l'intérêt de, au profit de, en faveur de, en vue de,* se rend en latin par le datif. Ex. : Je craignais pour votre frère, *tuo fratri metuebam.* Demander grâce pour quelqu'un, *veniam alicui petere.* J'ai demandé à l'empereur une place de tribun pour Marcus, *Marco tribunatum ab imperatore petivi.* Travaillez pour la vertu et non pour la gloire, *virtuti labora non laudi.*

4° *Pour* dans ce sens se rend encore par diverses propositions·
Ex. : Cela est tout pour l'accusé, *hoc totum est ab accusato·*
Combattre pour Annibal (avec Annibal), *stare cum Annibale.*

5° On peut aussi, dans certains cas, traduire *pour* par le
génitif. Ex. : Le sénat tout entier était pour Annibal, *senatus
totus Annibalis erat.*

6° *Pour* marquant l'intention, le motif, se rend par *in* avec
l'accusatif.

Ex. : Employez tous les soins pour votre santé, *omnem curam
in valetudinem tuam confer. In valetudinem* est réellement le
complément indirect de *confer.*

7° *Pour* signifiant *envers* se rend par *in* ou *ergà* avec l'accusatif. Ex. : Votre zèle pour moi, *tuum in me* ou *ergà me studium.*

8° Quand *pour* signifie *au lieu de*, il s'exprime par *pro* avec
l'ablatif, ou par *loco* avec le génitif.

Ex. : Pour une épée, il prit un bâton, *pro gladio* ou *loco
gladii fustem sumpsit.*

9° *Pour*, signifiant *eu égard à....*, se rend en latin par *ut*, et
quelquefois par *pro*, qui gouverne l'ablatif.

Ex. : Il avait beaucoup de littérature pour un Romain (*c'est-
à-dire* eu égard à un Romain), *in illo erant multæ, ut in homine
romano, litteræ.*

Il était habile pour ce temps-là, *erat, ut illis temporibus
eruditus.*

Il est assez savant pour son âge, *pro ætate satis est eruditus.*

10° On a vu *pour* devant un nom, tourné par *de, amor libertatis. Pour* devant un infinitif, rendu par *ad* avec le gérondif en
dum, ou par le participe futur. On verra *pour* devant un infinitif tourné par *afin que*, et le pronom relatif *qui, que ; — Pour*
suivi d'une négation, tourné par *de peur que ; pour* tourné par
mais dans ces locutions *pour moi, pour vous ; — Pour* devant
le parfait de l'infinitif tourné par *quoique* et *si; pour peu que*
tourné par *si même très-peu.*

447. Tenùs (le plus souvent après son régime),
jusqu'à,
veut à l'ablatif un complément singulier, et au génitif un complément pluriel. Ex. : Jusqu'à la garde, *capulo tenùs; —*
jusqu'aux oreilles, *aurium tenùs.*

448. Quatre prépositions avec l'accusatif quand il y
a mouvement, au moins apparent, et l'ablatif quand il
y a repos.

In, *dans, en, sur, pour, envers.*

IN AVEC L'ACCUSATIF.

Faire sa paix avec quelqu'un (rentrer en paix avec quelqu'un),
in pacem redire cum aliquo.

IN AVEC L'ABLATIF.

Avoir en médiocre considération, tenir peu de compte, *habere in levi.*

Il faut éviter la colère en punissant, *prohibenda est ira in puniendo.*

Avoir espoir, *ou* placer son espoir en quelqu'un, *habere spem in aliquo.* Avoir à la bouche ou sur les lèvres, *habere in ore.*

Il a eu tête, il s'est mis en tête, il a l'intention de demander le consulat, *habet in animo consulatum petere.*

Sub, *sous, au-dessous.*

* Subter, *sous, au-dessous.*

* Super, *sur, au-dessus.*

Il s'est élevé au-dessus des cieux, *ascendit super cœlos.*

Exemples de prépositions prises adverbialement : Trois ans après, *tribus post annis;* — être accablé de tous côtés, *super subterque premi.*

QUESTIONS DE LIEU.

449. Il y en a quatre :

1° Ubi, *où l'on est.*

2° Quo, *où l'on va.*

3° Undè, *d'où l'on vient.*

4° Quà, *par où l'on passe.*

Question ubi.

OU L'ON EST.

Apud, chez; acc. In, dans; abl.

450. Devant la personne chez qui l'on est, on se sert de *apud.*

Ex. : Je soupais chez mon père, *cœnabam apud patrem.*

Devant un nom d'auteur, *dans* se rend par *apud.* Ex. : Ce mot se trouve dans Phèdre, *vox illa invenitur apud Phedrum.*

451. *In* avec l'ablatif s'emploie pour le lieu, et le milieu où l'on est.

Ex. : Il est en France, à la ville, *est in Galliâ, in urbe.*

La ville où il est, dans laquelle il est, *urbs in quâ est.* Les trois hommes vivants au milieu de la fournaise, *tres viri incolumes in mediâ ornace.* Un corbeau au sommet d'un arbre, *corvus in summâ arbore.* Il fait tout en cachette, *cuncta agit in occulto.* La vertu tient le juste milieu, *in medio stat virtus.*

La modération dans le rire, *sobrietas in ridendo*.

Rem. Quand un adjectif est joint à un nom, on supprime quelquefois la préposition.

Ex. : Au premier livre, *libro primo*. Les affaires étaient en meilleur état, *meliore loco res erant*.

On dit même sans adjectif, *terrâ marique*, sur terre et sur mer.

Est Avenione.

452. On sous-entend la préposition devant un nom propre de ville. Ex. : Il est à Avignon, *est Avenione* ; — à Athène, *Athenis*.

Les noms propres singuliers de ville des déclinaisons première et deuxième, se mettent au génitif, ainsi que *domus* et *humus*.

Il est à Lyon, à Rome, *versatur Lugduni, Romæ*. Chez lui il est couché par terre, *domi jacet humi*. En temps de guerre, *militiæ*, ou *belli* (sous-ent. *tempore*). En temps de paix, *domi* : *militiæ* et *belli*, ne s'emploient dans ce sens, que quand ils sont rapprochés de *domi* : *domi belliquc*, en paix et en guerre, en ville et à l'armée. On dit *esse ruri*, ou *rure*, être à la campagne.

RÈGLE S'APPLIQUANT A TOUTE QUESTION DE LIEU.

Constiterunt Corinthi in loco nobili.

453. Quand après un nom propre de ville, se trouve un nom commun, *ville, endroit*, on met d'abord le nom propre au cas exigé par la règle, mais on exprime la préposition devant le nom commun.

Ex. : Ils s'arrêtèrent à Corinthe, lieu célèbre, *constiterunt Corinthi, in loco nobili* ; — à Lyon, ville de France, *Lugduni, in urbe Gallorum*. Athènes, ville de l'Attique, *Athenis, in urbe Atticorum*.

Ils habitent Syracuse, séjour agréable, *habitant Syracusis, in loco amœno*.

Le nom propre, placé après le nom commun, est tout simplement attribut. Il est dans la ville de Rome, *est in urbe Româ*.

Habitat in domo Cæsaris.

454. *Domus, rus*, suivis d'un adjectif ou d'un génitif, et les noms propres de villes accompagnés d'un adjectif, prennent la préposition.

Ex. : Il demeure dans la maison de l'empereur, *habitat in domo imperatoris*; dans une campagne agréable, *in rure amœno*.

Rome où il est, *Roma in quâ est*.

On trouve cependant *domi* avec les adjectifs possessifs.

Ex. : Chez nous, *domi nostræ* ; — chez toi, *domi tuæ*.

Inter epulas.

455. A la question *ubi* se rattachent toutes les prépositions marquant la situation ou le mouvement, *aux environs, le long de, sur, sous*.

Au milieu du repas, *inter epulas*. — En jouant, *inter luden-dum*. Habiter sous terre, *habitare sub terrâ*. — Près des jardins du général, *prope ducis hortos*.

Quelquefois on fait disparaître la question de lieu.

Ex. : Il a tout ravagé sur son passage, *suum populatus est iter*.

Question quo.
OU L'ON VA.

456. Ad, *auprès de*, acc. — In, *dans, à*, acc.

Quand on va chez une personne, près d'un objet, à un exercice, on met *ad* avec l'accusatif.

Ex. : Je vais chez mon père, *eo ad patrem*. Je me rendais chez vous, *me ad te conferebam*.

Le sermon où je vais, *sacra concio ad quam me confero*. Lever les yeux vers le ciel, *tollere oculos ad cœlum*. Ce chemin conduit à la vertu, *illa via ducit ad virtutem*. Ils vinrent au même ruisseau, *venerunt ad eumdem rivum*. Je viens jouer, *venio lusum*, ou *ad ludendum*.

Quelquefois on fait disparaître le verbe *venir*. Ex. : Tu es venu te mêler à nos combats (tu t'es mêlé à nos combats), *te hæc in bella dedisti*. Que tout ce qui respire, s'en vienne comparaître aux pieds de ma grandeur, *omne animal ad pedes majestatis compareat meæ*.

Eo in Galliam.

457. Devant le lieu où l'on va on met *in* avec l'accusatif.

Ex. : Je vais en France, *eo in Galliam* ; — on va à la ville, *itur in urbem*.

On se sert aussi de *peto*, je gagne. Je vais au collège (je gagne le collège), *peto collegium*. Le collège où je vais. *collegium quod peto*. Lyon où je vais, *Lugdunum in quod vado* ou *Lugdunum quod peto*.

458. Pas de préposition devant *rus, domum*, et les noms propres de villes. Allez à la campagne, *i rus*. — Chez vous, *domum*. On arrive à Paris, à Lyon, à Avignon, à Syracuse, *ventum est Lutetiam, Lugdunum, Avenionem, Syracusas*.

Mais il faut dire : *itur Romam, in urbem Italiæ, itur in urbem Romam*. — *In rus amœnum*, on va à Rome, ville d'Italie ; on va dans la ville de Rome ; dans une campagne agréable. *Venit in domum Cæsaris*, il vint dans la maison de César. (n° 453.)

A la question *quo* se rattachent toutes les expressions marquant mouvement, tendance, inclination.

Ex. : Il se leva pour répondre, *surrexit ad respondendum*, ou *ut responderet*.

Question undè.

D'OÙ L'ON VIENT.

A, *d'auprès de*, ablatif. — E, *de*, ablatif.

Venio à patre.

459. On se sert d'*à* ou *ab* devant la personne, etc., l'exercice desquels on s'éloigne.

Ex. : Je viens de chez mon père, *venio à patre*. De la chasse, de me promener, *à venatione, ab ambulando*.

De visiter mes terres, *ab agris invisendis*. J'ai reçu une lettre de mon père, *accepi litteras à patre meo*.

Egressus est ex Galliâ.

460. *Ex* se met devant le lieu d'où l'on vient.

Ex. : Il est sorti de France, *egressus est ex Galliâ*.

De la ville, *ex urbe ;* de sa chambre, *è cubiculo.* Il est tombé de haut, *cecidit è sublimi*.

461. Au lieu de *è* on se sert de *à* quand on veut indiquer qu'on s'éloigne d'un lieu. Ex. : Il s'éloigne du camp, *à castris proficiscitur ; è castris* signifierait il sort du camp.

En SIGNIFIANT *de là*.

Vous avez entendu parler de Damas, j'en reviens, *audivisti de Damasco, ex eâ redeo*.

462. Pas de préposition devant *rure, domo*, et les noms propres de villes.

Ex. : Il revient de la campagne, *redit rure ;* — de chez lui, *domo*, ou *à se ;* — de Lyon, *Lugduno ;* — d'Avignon, *Avenione*.

Mais il faut dire : *venit è domo ducis*, il vient de la maison du général. *Lugduno, ex urbe Gallorum*, de Lyon, ville de France. *Venit ex urbe Româ*, il vient de la ville de Rome. *Roma, ex quâ redit, rus ex quo redit*, la campagne d'où il vient. *Domus ex quâ egressus est*, la maison d'où il est sorti. (n° 453.)

Question quo.

PAR OU L'ON PASSE.

Iter fecit per Lugdunum.

463. *Par* se dit *per* devant tous les noms.

Ex. : Il a passé par Lyon, *iter fecit per Lugdunum*, ou *transiit Lugdunum*.

PAR CHEZ.

Par chez, se tournent, *par la maison de.*

J'ai passé par chez mon oncle, *iter feci per domum avunculi mei.*

On peut mettre l'ablatif sans préposition, quand c'est une porte ou un chemin.

Ex. : Je passais par la voie sacrée, *Ibam viâ sacrâ.* Il est entré par la porte dorée, *portâ aureâ ingressus est.*

DISTANCE, MESURE.

Urbs abest mille metra, ou mille metris.

464. Le nom qui marque la distance ou la mesure, se met à l'accusatif ou à l'ablatif. Ex. : La ville est éloignée de trois kilomètres (trois mille mètres), *urbs abest* ou *distat tria mille metra* ou *tribus mille metris.*

Un voile long de quatre mètres, *velum longum quatuor metra,* ou *quatuor metris.*

Cecidit ad decimum hinc passum.

465. Le lieu précis ou une chose est arrivée se met à l'accusatif avec *ad,* ou à l'ablatif.

Ex. : Il est tombé à dix pas d'ici, *cecidit ad decimum hinc passum,* ou *abhinc decimo passu.*

Rem. 1° Pour exprimer la distance, on se sert élégamment de *spatio* avec le génitif.

Ex. : A la distance de trois milles, *trium millium spatio.*

Avec *lapis* c'est toujours l'accusatif avec *ad,* et le nombre ordinal : *ad tertium lapidem.*

Rem. 2° Le nom de mesure se met quelquefois au génitif.

Ex. : Un géant de trois mètres, *gigas trium metrorum.*

Duobus digitis major me non es.

466. Le nom de mesure précédé d'un comparatif, se met toujours à l'ablatif.

Ex. : Vous n'êtes pas plus grand que moi de deux doigts, *duobus digitis major me non es.*

QUESTIONS DE TEMPS.

467. *Quando?* quand une chose se fait? s'est faite ou se fera?

In quod tempus? pour quel temps, pour combien de temps elle se fera?

Intra quod tempus? en quel espace de temps elle s'est faite?

Quamdudum? Depuis quand elle se fait?

Quandiu? pendant combien de temps elle se fait?

1° Quando.

468. Le nom de temps se met à l'ablatif sans préposition avec le nombre ordinal, parce qu'ici on exprime l'ordre.

Ex. : Il viendra le mois prochain, *veniet mense proximo.*

Un dimanche, *die dominicâ.* A trois heures, à la troisième heure, *horâ tertiâ.*

Le jour qu'il viendra et l'heure à laquelle il mourra, *dies quo veniet et hora quâ morietur.*

Au milieu du jour Diogène cherchait avec une lanterne un homme sur la place, *Diogenes lampadem tenens sole medio quærebat in foro hominem.*

Dans une date, on exprime toujours *annus, dies* et *mensis* qui se met au génitif.

Le dix mars mil huit cent soixante-cinq, *decima die mensis martii, anno millesimo octingentesimo sexagesimo quinto.*

Avec les tournures comme, *tous les deux jours, tous les quatre jours*, on ajoute *quisque.* Il se repose tous les sept jours (chaque septième jour), *septimo quoque die quiescit.*

2° In quod tempus.

469, La question pour quel temps, pour combien de temps, veut l'accusatif avec *in.*

Ex. : Il l'invita pour le dimanche, *in diem dominicam illum invitavit.*

3° Intra quod tempus.

470. La question *en quel espace de temps* veut l'accusatif avec *intra* ou l'ablatif sans préposition.

Ex. : Dieu a créé le monde en six jours, *Deus creavit mundum, intrà sex dies,* ou *sex diebus.*

Dans suivi d'un nom de temps, s'exprime par *post* avec l'accusatif, quand il peut se tourner par *après*.

Ex. : Je partirai dans trois jours (après trois jours), *post tres dies proficiscar*.

4° Quamdudum ou à quo tempore.

471. La question *depuis quand* veut l'accusatif avec un nombre cardinal ou ordinal.

Ex. : Il y a trois ans qu'il règne, ou il règne depuis trois ans, *regnat tertium annum* ou *regnat tres annos*, plus rarement, *tribus annis*.

Jésus âgé de douze ans vint au temple, *Jesus duodecim annos natus*, ou *duodecimum annum agens, venit in templum*.

Si le temps est tout à fait écoulé, on met *abhinc* avec l'accusatif ou l'ablatif, et le nombre cardinal.

Il y a trois ans qu'il est mort, *abhinc tres annos* ou *tribus abhinc annis mortuus est;* ou encore *tres anni effluxere, ex quo mortuus est. (Ex quo tempore...)*

Le plus souvent la locution *il y a* avec un nom de temps se traduit par l'adverbe *abhinc* qui ne se dit que du passé et se place toujours en tête de la phrase.

On se sert aussi de *antè* avec *hic, hæc, hoc; ante hos tres annos mortuus est*.

> Depuis l'enfance se dit aussi *à pueritia, à puero, à pueris*.
> Depuis la mort du roi, *à morte regis*.

5° Quandiu.

472. La question *combien de temps* veut le nombre cardinal avec l'accusatif, sous-entendu *per*, ou avec l'ablatif, mais plus rarement.

Ex. : Il a régné trois ans, *regnavit tres annos* ou *tribus annis*.

DIVERS COMPLÉMENTS CIRCONSTANTIELS.

473. Le nom de la matière dont une chose est faite, se met à l'ablatif avec *è* ou *ex*, ou se change en adjectif.

Ex. : Un vase d'or, *vas ex auro*, ou *aureum*. Une statue d'argent, *signum ex argento* ou *argenteum*.

Ex omnibus vitiis nullum est majus superbiâ.

De au commencement d'une phrase se rend par le
génitif, ou par *inter* avec l'accusatif, ou par *e* ou *ex* avec
l'ablatif.

Ex. : De tous les vices il n'en est pas de plus grand
que l'orgueil, *omnium vitiorum*, ou *inter omnia vitia*, ou
ex omnibus vitiis, nullum est majus superbiâ.

On a vu *de* devant un infinitif, rendu par le gérondif en *di*; on le
verra tourné par les conjonctions *de peur que, si, de ce que.*

Fame interiit.

474. Pour la manière, l'instrument, la cause, la
partie, la valeur, le prix, la condition, on met l'ablatif
sans préposition.

Ex. : Il est mort de faim, *fame interiit*. Il l'emporte
en science, en grandeur, *vincit scientiâ, magnitudine.*

Qui que ce soit des deux qui se dédira, il paiera l'amende
(il sera puni d'une amende), *utercunque demutaverit, pecuniâ
mulctabitur.*

Multo labore doctus evasit.

475. *A force de* devant un infinitif se tourne : *par beaucoup de,*
et l'on se sert d'un nom dérivé du verbe avec *multus, a, um,*
à l'ablatif.

Ex. : A force de travailler il est devenu habile (par beaucoup
de travail...), *multo labore peritus evasit.*

Malleis terra gemebat.

476. La maladie dont il est mort, *morbus quo interiit.* Vous ferez
volontiers cela pour lui, pour moi, *id libenter facies illius gratia,*
ou *causâ, meâ causâ.* Je tiens le loup par les oreilles, *teneo
lupum auribus.* Cette maison a coûté trente napoléons, *illa
domus constitit triginta napoleonibus.* La victoire a coûté
beaucoup de sang, *victoria multo sanguine stetit.* Vous viendrez
à cette condition, *eâ conditione venies.*

Faire trembler, gémir, se tourne comme il suit : Les coups
de marteaux faisaient gémir la terre (la terre gémissait sous les
coups de marteaux) *malleis terra gemebat.*

ABLATIF ABSOLU.

Cicerone consule, detecta fuit conjuratio.

477. Un mot qui ne se rapporte à rien, et son attribut
se mettent à l'ablatif.

16

On sous-entend *à, in, sub, præ*, car cet ablatif exprime une circonstance de manière, de condition, d'instrument, de cause, de temps, etc. (1)

Ex. : **Cicéron étant consul, la conjuration fut découverte,** *Cicerone consule, detecta fuit conjuratio.*

C'est vous qu'il chantait le jour, vous qu'il chantait la nuit (il vous chantait le jour arrivant, il vous chantait le jour disparaissant), *te veniente die, te decedente, canebat.* Les dieux non plus ne sauvèrent point Cupeucé du choc d'Enée (Enée arrivant, les dieux ne soutinrent point Cupeuce), *nec di texere Cupencum, Æneâ veniente.* Le roi le fit prendre (César ordonnant il fut pris), *rege jubente, captus est,* ou *rex jussit eum capi.* Quand il fait beau, prends ton manteau (le temps étant même resplendissant...) *radiante quoque tempore, sume pallium.*

EN DÉPIT, SANS.

478. Faire des vers en dépit de Minerve, *invitâ Minerva versus facere.* En dépit de la nature, *adversante,* ou *repugnante naturâ.* Sans se plaindre (d'un esprit égal), *æquo animo.* Sans blesser l'honneur (l'honneur étant sauvé), *salvo honore.* Sans conscience (la bonne foi étant éloignée), *remota fide.* Sans tarder, *nulla interposita mora.* Sans rire (le rire étant mis de côté), *remoto joco.* L'élève s'est esquivé sans avoir fini son devoir (son devoir n'étant pas fini), *infecto penso alumnus evasit.* Vous comprenez cela sans que je vous le dise (moi me taisant), *id etiam me tacente intelligis.* Malgré le bruit (le bruit n'empêchant pas), *non obstante turba.*

On tourne aussi par les conjonctions *lorsque, puisque, quoique* et *ne pas,* etc.

CONJONCTION.

479. La conjonction (*cùm,* avec ; *jungere,* joindre) joint ensemble les parties du discours.

La principale conjonction française est *que ;* elle se rend en latin de différentes manières, selon qu'elle est entre deux termes de comparaison, ou qu'elle suit un verbe d'indication, ou qu'elle se tourne par *afin que, de peur que, jusqu'à ce que, lorsque, si,* etc.

---

(1) Certains grammairiens disent que ce n'est là qu'une proposition accessoire, avec un sujet à l'ablatif, sans qu'il soit besoin de rien sous-entendre ; cette explication est moins naturelle.

Pour l'emploi de l'indicatif ou du subjonctif latin, après telle ou telle conjonction, on doit se rappeler que l'indicatif présente un fait comme certain et positif ; le subjonctif au contraire comme possible, hypothétique, et toujours subordonné à un autre fait.

POUR JOINDRE.

480. Et, ac, atque, quoque, etiam, *ou que après un mot, et, aussi*.

L'envie hait la vertu, et le bien des autres, *invidia virtutem, et bonum alienum odit.*

Ac et *atque* se mettent après les adjectifs et les adverbes de ressemblance et de dissemblance. Ex. : Tout autre que le peuple romain eût perdu courage, *quivis alius ac populus romanus despondisset animum.* Il est autrement admirable que Cicéron, *longè aliter est mirabilis ac Cicero.* Il dit autrement qu'il ne pense, *dicit aliter ac sentit.* Il est autre qu'il a été, *alius est atque fuit.*

Au lieu de *ac, atque,* on répète quelquefois *alius, aliter, alius est, alius fuit, aliter loquitur, aliter sentit.*

Prætereà, *outre cela.*

Cùm, quùm... tùm, *ou* tùm... tùm, *non-seulement, mais encore.*

La paix est aussi salutaire qu'agréable (non-seulement la paix est agréable, mais elle est encore salutaire), *pax quùm jucunda, tùm salutaris est.* Tant les poètes que les philosophes nous instruisent, *tùm vates, tùm philosophi nos docent,* ou *quùm vates, tùm philosophi nos docent.*

POUR SÉPARER.

481. Aut ; vel ; *ou* ve (*après un mot*), *ou.*

Sive, *soit que.*

Nec, neque, *ni, et ne pas.*

Sans tourné par *et ne pas.*

Il est sorti sans saluer (et il n'a pas salué), *exivit, nec salutavit,* ou bien *exivit nemine salutato.* Il a quitté sa mère sans la saluer, *matrem liquit, nec salutavit,* ou *matrem liquit insalutatam.*

POUR CONCLURE.

482. Ergò, igitur, *donc.*

Ideò, idcircò, itaque, continuò, *pour cela, comme conséquence, c'est pourquoi, c'est pour cela que, c'est-à-dire pour cela que.*

DISTRIBUTION OU OPPOSITION.

483. Sed, sed enim, at, atqui, porrò, autem *et* verò *après un mot* ; *mais, or.*

> Mais c'est vous, Seigneur, qui êtes un bouclier autour de moi, *tu autem, Domine, clypeus circà me.*
> *Pour moi, pour vous, quant à moi, quant à vous,* se tournent par *mais* que l'on rend ici par *vero.*
> Pour moi, je suis Anglais, *ego vero sum Anglus.* Quant à vous, il vous importe, *tua vero interest.*

484. Non modò, non solùm, non tantùm, *non-seulement* dans un premier membre de phrase.

Sed etiam, verùm etiam, *mais encore,* dans le second.

> Ex. : Non-seulement, on ne porte pas envie aux jeunes gens, mais encore on les favorise, *adolescentibus non modo non invidetur, verum etiam favetur.* (N° 212 et 232.)

485. Sed ne... quidem, *mais... ne pas même. Ne* doit être séparé de *quidem.*

Nedùm, *loin de, bien loin de,* avec le subjonctif.

> Ex. : Loin de l'aimer il le regarde à peine, *vix illum aspicit, nedum illum amat,* ou *non modo non illum amat, sed ne aspicit quidem.*
> *Encore moins* au deuxième membre se rend par *non modo.*
> Ex. : Il ne le regarde pas, encore moins l'aime-t-il, *ne aspicit quidem illum, non modo amat.*

486. Etsi, tametsi, quanquàm, *quoique,* avec l'indicatif.

> Ex. : Quoique j'ai parlé à un impie, est-ce à dire pour cela que je sois un impie? *quanquàm impium allocutus sum, an idcirco sum impius?*

Etiamsi, licet, quamvis, *quoique,* avec le subjonctif.

Malgré, avoir beau.

487. *Malgré* devant un nom et *avoir beau* devant un infinitif, peuvent toujours se tourner par *quoique,* avec un verbe à un mode personnel, ou bien par *en vain, frustrà, nequicquam.*

Ex. : Malgré vos cris, *ou* vous avez beau crier, quoique vous criiez, *ou* vous criez en vain, *frustrà vociferaris,* ou *quamvis vociferere.*

Il le tua malgré ses cris redoublés (quoiqu'il criât beaucoup), *illum quamvis clamitaret, interfecit.*

Rem. On pourrait aussi mettre le participe avec ou sans *quamvis : illum clamitantem interfecit,* ou *licet, quanquàm, quamvis clamitantem.*

488. *Malgré, à regret, à contre-cœur,* avec un nom de personne, peuvent se tourner par *quoique* avec un verbe qui marque la répugnance ; mais on se sert plus souvent de *invitus, a, um,* que l'on fait accorder avec le nom.

Ex. : Il a fait cela malgré lui, à contre-cœur (ne voulant pas), *id invitus fecit,* Je l'ai renvoyé malgré lui, *illum invitum dimisi.* Il l'a renvoyé malgré lui et malgré elle, *invitus invitam dimisit.* J'ai fait cela malgré lui, *id illo invito feci,* ou *id, illo repugnante,* ou *adversante, feci,* ou *id feci, quamvis repugnaret.*

Tout...que ; — quelque...que ; — si...que.

489. Les locutions *tout... que, quelque... que, si... que,* avec un adjectif séparant les deux termes, sont les équivalents de *quoique,* et se traduisent par *quamvis* ou *quantùmvis,* avec le subjonctif.

Ex. : *Toutes* faibles *que* sont les passions, ou *quelque* faibles *que* soient les passions, ou *si* faibles *que* soient les passions, elles deviennent excessives, *quamvis* ou *quantùmvis exigui sint affectùs, in majus excedunt.*

Dussé-je ; — dût-on.

490. Les locutions *dussé-je, dussiez-vous, dussent-ils, dût-on,* etc., devant un infinitif, sont les équivalents de *quand même,* et se rendent par *etiamsi.*

Ex. : Je suivrai les gens de bien, dussent-ils se perdre, *bonos viros sequar, etiamsi ruent.*

Ne laisser pas de..

491. Tamen, *cependant.*

Ne laisser pas de... se tourne par *cependant.*

Ex. : Quoique votre frère s'y oppose, ne laissez pas de continuer votre route (cependant continuez votre route), *quamvis tuus frater obstet, iter tamen perage,* ou *nihilominus perage.*

492. Imò, imò vero, quin, quin etiam, quin potiùs, *bien plus, qui plus est, mais, mais au contraire.*

Ex. : Allons, écoute un peu, *quin audi.*

493. Quin, quominus, *que ne* avec le subjonctif.

Ex. : Ce n'est pas que je ne pense, *non quin existimem.*

Te tairas-tu ? veux-tu te taire ? *quin taces ?* Qui doute que la vertu soit aimable ? *quis dubitat quin virtus sit amabilis ?* Qui s'oppose à votre départ ? qui vous empêche de partir ? (que vous ne partiez), *quis impedit quin proficiscaris ?* Je ne partirai pas qu'il ne me l'ordonne, *non proficiscar quin jubeat.*

Empêcher de se tourne quelquefois par un ablatif absolu. Ex. : Les cris de leur conscience les empêche de dormir (la conscience criant, ils ne peuvent dormir), *obstrepente conscientiâ dormire non possunt.*

Ne pouvoir s'empêcher de, non posse quin.

Il ne put s'empêcher de pleurer, *non potuit quin fleret*, ou *non flere*, ou *retineri non potuit quin fleret*.

Sans tourné par que ne.

Sans devant un infinitif, et *sans que* devant le subjonctif, se rendent par *quin* avec le subjonctif.

Ex. : Il ne se passe presque pas d'année, sans que les armées de sauterelles ne fasse du ravage en orient, *annus ferè nullus est quin locustarum exercitus regionem ullam orientis depopulentur*.

Par me stat quin id fiat, ou ne id fiat.

494. *Il ne tient qu'à moi, il dépend de moi, il ne dépend que de moi*, se tournent par *il y a obstacle par moi*, per me stat quin ou quominus. Au lieu de *quominus*, on se sert quelquefois de *ne*.

Ex. : Il n'a tenu qu'à lui que cela ne se fît, *per illum unum stetit quin*, ou *ne id fieret*.

A quoi cela tient-il que cela ne se fasse? *quid obstat quominùs id fiat*.

Après une proposition négative, on se sert surtout de *quominus*.

Il ne tient qu'à lui que cela ne se fasse, *per illum unum stat quominùs id fiat*.

495. Peu s'en faut, manquer, faillir, il ne tient à rien que, *nihil abest, haud multùm*, ou *non procul abest, paulùm abest, non longè abest quin*, avec le subjonctif; *penè, propemodum*, ou *tantùm non* avec l'indicatif.

Ex. : Peu s'en est fallu qu'il ne mourût, ou il a failli, manqué mourir, *paulùm abfuit quin moreretur*, ou *penè, propemodum mortuus est* ou *tantùm non mortuus est*.

Mais on ne dit pas *parùm abest*, parce qu'il signifie *trop peu*, et ne s'oppose pas ordinairement à *multùm*, mais à *nimiùm* et à *satis*.

POUR RENDRE RAISON.

496. Nàm; nàm; namque; enim (après un mot), etenim, *car*.

Quia, quod, propterea quod, quoniàm, *parceque, puisque*, se mettent avec l'indicatif quand il s'agit d'un fait réel, et avec le subjonctif quand on exprime les paroles ou la pensée d'un autre. (PÀSQUET 455.)

C'est pour avoir, se tourne : *parce qu'il a...*

Ex. : C'est pour avoir méprisé les autres, qu'il est lui même méprisé (parce qu'il a méprisé les autres...), *quia ceteros ipse contempsit, idcircò ipse contemnitur*.

497. *Quod* se met avec l'indicatif ou le subjonctif après *se réjouir, se repentir, être fâché, avoir honte, s'étonner, être surpris, remercier, savoir bon gré,* etc.

Ex.: Zachée fut au comble de la joie, d'avoir vu Jésus-Christ, *Zachæus summá perfusus est lætitiá, quod Christum vidit* ou *viderit.*

498. *Avoir raison de, faire bien de,* bene *ou* ratione facere quod ; *avoir tort de, faire mal de,* malè facere quod. Ex. : Il a bien fait de s'expatrier, *quòd de patriá exiit, ratione fecit.*

Rem. 1º Après *dolere,* être affligé ; *gaudere,* se réjouir ; *mirari,* s'étonner ; *laudare,* louer ; *queri,* se plaindre, on met souvent une proposition infinitive.

Ex. : Il se réjouit de vous avoir été utile, *gaudet se tibi profuisse.*

Rem. 2º *Quòd* après les verbes qui signifient *accuser, condamner,* veut toujours le subjonctif.

Ex. : Il est condamné pour avoir été ingrat, *condemnatur quòd ingratus fuerit.*

Devant *quòd* on sous-entend *hoc, id, illud, eò, in eo,* etc., etc.

Eò quòd répond au gérondif en *do.* Ex. : En travaillant il devien[t] savant, *eò quòd laborat,* ou simplement *quòd laborat,* ou *laborando fit doctus.*

499. *Non quòd, sed quòd,* devant un verbe ; *ce n'est pas que, mais c'est que, non que, non pas que, mais c'est que...*

Ex. : Ce n'est pas que j'approuve, mais c'est que j'excuse, *non quòd approbem, sed quòd excusem ;* on voit aussi l'indicatif après *sed quòd.*

Non quò, sed quò, devant les comparatifs.

Ex. : Ce n'est pas que l'un me soit plus cher que l'autre, *non quò sit alter altero carior.*

Non quò est aussi employé pour *non quòd.* Ex. : Ce n'est pas que j'accepte volontiers un reproche, *non quò libenter malè audiam.* Cicéron

Non quò, sed quòd : Ce n'est pas qu'il soit plus savant, mais c'est qu'il est bon, *non quò sit doctior, sed quod bonus sit.*

Non quin, sed quod, ce n'est pas, que ne..., mais c'est que. Ce n'est pas que je n'entreprenne ce voyage avec plaisir, mais c'est que je ne puis absenter, *non quin libenter hoc iter suscepturus sim, sed quod abesse nequeo.*

500. Quand *de* devant un infinitif peut se tourner par *moi qui, vous qui,* il veut dire *parce que ;* mais au lieu de la conjonction *quod,* on se sert du relatif *qui,* avec le subjonctif, *qui* est alors pour *quod* et un pronom. Ex. : Je suis heureux de vous avoir trouvé, *felix sum qui te invenerim. Qui* est ici pour *quod ego,* lorsque *qui* renferme la conjonction *quod,* il est toujours suivi du subjonctif.

501. Cùm, quùm, *puisque, comme*, avec le subjonctif.

Ex : Puisque la chose en est ainsi, *cùm res ità se habeat*. puisqu'il doit arriver (puisqu'il est devant arriver), *quùm venturus sit*.

POUR MARQUER LE TEMPS.

502. Cùm, quùm, *lorsque, quand, pendant que, après que, comme, quoique*, avec le subjonctif devant l'imparfait.

La conjonction française *comme* signifie donc tantôt *puisque* tantôt *lorsque*.

Ex. : Comme on le conduisait au supplice (lorsqu'il était conduit...), *cùm ad supplicium duceretur*.

REM. En français *que* se met souvent à la place de *quand, comme, puisque* et *quoique*, pour éviter une répétition ; alors on met simplement *et*, ou l'on répète *cùm*.

Ex. : Quand l'esprit est libre d'inquiétude et que le corps est sain, le travail est facile, *cùm mens curis vacat, et corpus valet* (ou *cùm corpus valet*), labor est facilis.

On trouve *cùm* même avec l'imparfait de l'indicatif, surtout quand il est précédé de *tùm*. Ex. : Lorsque la Sicile florissait, *tùm cùm Sicilia florebat*.

Cùm abibas, advenit.

Comme signifiant *pendant que, dans le temps que*, se rend par *quùm*, ou *tùm quùm*, plutôt avec l'indicatif qu'avec le subjonctif.

Comme vous vous en alliez (pendant que vous vous en alliez), il arriva, *cùm abibas, advenit*.

Si pour lorsque.

S'il avait soupé (quand il avait soupé), il s'en allait, *cùm cœnaverat, abibat*.

Cùm se trouve avec le plus-que-parfait du subjonctif. Ex. : Comme un rat avait rencontré un éléphant, *mus elephanto cùm fuisset obvius*. (PHÈDRE.)

503. *Hier que, aujourd'hui que*, etc., se rendent par *heri cùm, hodiè cùm*.

Ex. : Hier que je lisais, j'ai rencontré un sanglier, aujourd'hui que j'ai mon fusil, je rencontre un poète, *heri cùm legerem, inveni aprum, hodiè cùm venor, incido in poetam*.

La dernière fois que je vous vis, *proxime cùm te vidi*. Un jour que j'étais avec vous, *quâdam die cùm tecum essem*. Alors que Rome florissait, *tùm cùm Roma floreret*.

Il y a longtemps que..., *diù est cum*. Il y a longtemps que je vous attends, *diù est cum te exspecto*.

Préposition au lieu de devant un infinitif.

504. On a vu *au lieu de* suivi d'un nom, *pro gladio* ou *loco gladii;* comment doit-il se rendre devant un infinitif?

Au lieu de suivi d'un infinitif...quum.

505. 1° On le tourne par *lorsque je devrais, tu devrais, il devrait...,* quand il y a obligation de faire la chose.

Ex. : Au lieu de lire, il joue (*tournez* lorsqu'il devrait lire), *quum legere deberet, ludit.*

2° On le tourne par *lorsque je pourrais, tu pourrais, il pourrait...,* quand il n'y a qu'une simple permission de faire la chose.

Ex. : Au lieu de jouer, il lit (*tournez,* lorsqu'il pourrait jouer), *quum posset ludere, legit.*

Au lieu de...non autem.

506. *Au lieu de* précédé d'un verbe à l'impératif, s'exprime par *non autem;* et le second verbe se met aussi à l'impératif en latin.

Ex. : Lisez, au lieu de badiner (*tournez,* lisez, et ne badinez pas), *lege, non autem nugare.*

Au lieu que (au contraire)...vero, autem.

507. *Au lieu que* se tourne par *au contraire,* et s'exprime par *vero, autem,* que l'on met après un mot.

Ex. : Il lit, au lieu que vous badinez (*tournez,* vous, au contraire, vous badinez), *legit ille, tu vero nugaris.*

Au lieu de, bien loin de...nedum.

508. Quand *au lieu de,* suivi d'un infinitif, peut se tourner par *bien loin de,* on l'exprime ainsi qu'il suit.

RÈGLE. *Bien loin de,* suivi d'un infinitif, s'exprime par *nedum* avec le subjonctif, et le membre de la phrase où il se trouve devient le second.

Ex. : Bien loin de m'aimer, il me regarde à peine (*tournez,* il me regarde à peine, bien loin qu'il m'aime), *vix me aspicit, nedum amet.*

PARTICIPES ABSENTS EN LATIN.

509. Quand un participe français n'a pas de correspondant en latin, on tourne par les conjonctions *comme, lorsque, après que.*

Ex. : Étant favorisé de Dieu, il vient à bout de son dessein (comme Dieu le favorisait), *cùm Deus ei faveret, concilium perfecit suum.*

Ayant été poursuivi par les voleurs, il s'échappa (quand les voleurs l'eurent poursuivi), *cùm latrones eum persecuti essent, evasit.*

510. Ubi, *dès que, aussitôt que,* }
        Quando, *quand,*   }   avec l'indicatif.
        Postquàm, *après que,*   }

Ex. : Après avoir lu, *ou* ayant lu, j'écris, *postquàm legi, scribo.*

Après avoir lu, j'écrivais (quand j'avais lu) *postquàm legeram, scribebam.*

Après avoir lu, j'écrivis (quand j'eus lu j'écrivis), *postquàm legi, scripsi.* Après avoir lu j'écrirai (quand j'aurai lu) *postquàm legero, scribam.*

On a vu *quand on, lorsqu'on* tourné par *celui qui.* (N° 307.)

511. Antequàm, priusquàm, *avant que* avec le sub-jonctif.

> Ex. : Avant d'écrire, je lis (avant que j'écrive), *antequàm scribam, lego.* Avant d'écrire, je lisais. je lus, j'avais lu (avant que j'écrivisse), *priusquàm scriberem, legebam, legi, legeram.*
>
> *Avant que, après que,* peuvent aussi se rendre par un ablatif absolu. Il est parti après avoir terminé l'affaire (l'affaire étant terminée), *re confectâ, profectus est.* Avant d'avoir terminé l'affaire .(l'affaire n'étant pas terminée), *re infectâ.*
>
> *Lorsque* entre deux futurs pouvant se tourner par *avant que* se rend par *antequàm, priusquàm.*
>
> Ex. : Il sera venu lorsque je partirai (il viendra avant que je ne parte), *prius veniet quàm proficiscar.*

512. Ut, *dès que, aussitôt que,* avec l'indicatif.
> Ex. : Dès qu'il parut, *ut visus est.*

A peine que, *statim ut... cùm ; vix, cùm.* A peine fut-il échauffé par le vin, qu'il perdit la raison, *statim ut vino incaluit cùm mente déficit.* A peine fut-il arrivé, qu'il tomba malade, *vix advinit, cùm in morbum incidit.*

VOLONTÉ, DÉSIR, COMMANDEMENT.

513. Ils s'expriment ordinairement par l'impératif ou le subjonctif.
Ex. : Laquais, chassez les mouches, *puer, abige muscas.* Qu'il s'en aille le traître, *abeat proditor.* On peut ici sous-entendre *precor ut ;* car on se sert aussi d'un verbe de commandement avec *ut* et le subjonctif.

514. Ut, *afin que*, *pour que*, *quoique*, *supposé que*, avec le subjonctif.

> Ex. : Il chantait pour s'égayer (afin qu'il s'égayât), *canebat ut animum demulceret.*
>
> A dire vrai, pour dire vrai (pour que je dise vrai), *ut verum dicam.*

Otiare quo meliùs labores.

515. Devant un comparatif, *ut* se remplace par *quo*, *quo* est pour *ut eo*, *afin que par là*, et répond à *d'autant*, devant un comparatif.

Ex. : Reposez-vous pour mieux travailler (afin que vous travailliez d'autant mieux), *otiare quo meliùs labores* (*ut eo meliùs labores*).

GALLICISMES.

516. Avoir le bonheur de..., *contingere alicui*, *ut*.

Avoir le malheur de..., *accidere alicui ut*. (*Mot à mot*, arriver à quelqu'un que...)

Contingere, atteindre à, entraîne l'idée d'un événement heureux ; *accidere*, au contraire, dérivant de *cadere*, tomber, exprime comme en français, un accident, un événement malheureux.

Ex. : Alexandre eut le bonheur d'être vainqueur (il arriva à Alexandre qu'il fut vainqueur), *Alexandro contigit ut vinceret.*

Darius eut le malheur d'être vaincu, *Dario accidit ut vinceretur.*

517. Il reste à raconter que... (mot à mot *il reste que*), *reliquum est, ut.* Ex. : Il reste à raconter qu'il fût mis à mort par Bessus, *reliquum est ut interfectus fuerit à Besso.*

518. *Ne manquer pas de*, signifiant un commandement, se rend par *meminisse ut.*

Ex. : Ne manquez pas de l'avertir (souvenez-vous de l'avertir), *memento ut illum moneas.*

Quand il n'exprime pas un commandement, mais qu'il signifie *certainement*, il se rend par *profecto*. Ex. : Il ne manquera pas de venir, il viendra certainement, *profecto veniet.*

519. *Avoir la présomption, la prétention, se permettre, prendre la liberté, prendre sur soi*, peuvent se traduire par *sumere sibi, ut* avec le subjonctif.

Il n'a pas la prétention de commander, *non sibi sumit ut imperet.*
Il a pris sur lui de parler, *sumpsit hoc sibi, ut loqueretur.*

520. *Avoir à cœur*, ou *prendre à tâche de*, se rendent par *curæ est* avec le nom de la personne au datif; *de se* rend par *ut* avec le subjonctif, ou par le participe en *dus, da, dum,* avec la préposition *de.*

Ex. : Il a à cœur de vous élever, *illi curæ est, ut te extollat,* ou *de te extollendo.*

Dic properet.

521. Après un désir, un conseil, une volonté, on supprime quelquefois *ut.*

Ex. : Dites-lui qu'il se hâte, *dic properet.* Je veux me repentir, *volo me pœniteat.* J'aimerai mieux que vous sentissiez l'ail, *maluissem allium oboluisses.*

Quantùm abest ut consilium perfeceris.

522. Il s'en faut de beaucoup, *multum abest ut;* tant s'en faut que, être si éloigné de... qu'au contraire, *tantum abest ut... ut,* ou *adeo non... ut,* ou *nedum.*

Combien s'en faut-il que..., *quantum abest, ut.*

Ex : Combien s'en faut-il que vous soyez venu à bout de votre projet? *quantum abest ut consilium perfeceris?* Tant s'en faut qu'il vous haïsse, qu'au contraire, il vous aime, *ou* il est si éloigné de vous haïr, qu'au contraire il vous aime, *ou* bien loin de vous haïr, il vous aime, *adeo te non odit, ut contrà te amet,* ou *tantum abest ut te oderit, ut contrà te amet,* ou *te amat, nedum oderit.*

In eo erat ut oppido potiretur.

523. *Etre sur le point de, au moment de,* se rend par *in eo esse, ut,* avec le subjonctif, ou bien on tourne par le participe futur, avec *mox* ou *jamjàm.*

Ex. : Il était sur le point de prendre la ville (il en était là qu'il prenait la ville), *in eo erat ut oppido potiretur,* ou *mox oppido potiturus erat.*

Deus est tàm bonus est amet homines.

524. De sorte que.., si... que... tant que... tellement que... *adeo... ut..., ità ut..., sic... ut..., tàm... ut..., tot... ut.*

Ex. : Dieu est si bon qu'il aime les hommes, *Deus est tàm bonus ut amet homines.*

Il est si diligent, qu'il ne manquera pas de venir (qu'il viendra certainement), *tàm diligens est, ut profecto venturus sit.* Il a reçu tant de coups, qu'il est mort, *tot plagas accepit ut mortuus sit (tot* pour les choses qui se comptent.)

Il est si estimé que tout le monde se fie à lui, *tanti fit ut omnes ei confidant. (Tanti* à cause du verbe d'estime.)

Assez pour..., *tantum ut...,* assez peu pour..., *tàm parum, ut.*

Avez-vous assez de loisir pour aller à la chasse (avez-vous tant de loisir que vous alliez à la chasse), *est ne tibi tantum otii, ut venatum eas. (Tantum,* à cause du nom qui ne se compte pas.)

Il a assez peu d'ambition pour mépriser les honneurs (si peu d'ambition est à lui, qu'il méprise les honneurs), *inest ei tàm parum ambitiones ut honores despiciat.*

Quelquefois devant *ut* on sous-entend *ità, sic, tàm, tanti. Deus est bonus ut amet homines. Plagas accepit ut mortuus sit.*

Le chien mordit son maître sans le connaître, en sorte que le chien mourut de chagrin, *canis inscius herum momordit, ut canis mœrore interierit.*

525 Tant... pour... que pour..., *tàm ut.., quàm ut.*

Ex. : Il vous écrit non pas tant pour vous réprimander que pour vous avertir, *ad te scribit non tam ut te reprehendat, quàm ut te moneat.*

Plus habet ingenii quàm ut nugetur.

526 Trop.., pour, *plus, major, plures, pluris,* etc., *quàm ut.*
Trop peu... pour, *minus, minor, pauciores, minoris, quàm ut.*

Ex. : Il a trop de jugement pour s'amuser à des bagatelles (il a plus de jugement que pour qu'il s'amuse), *plus habet ingenii quàm ut nugetur.*

Il a trop peu de génie pour régner, *minus habet ingenii quàm ut regnet.* Il avait trop peu de livres pour étudier, *pauciores habebat libros quàm ut studeret.* Il est trop peu estimé pour être choisi, *minoris fit quàm ut eligatur.*

Nihil mihi longius est quàm ut diem videam.

527 Il me tarde.... être impatient de..., être dans l'impatience de, rien ne me tarde plus que de..., rien n'est plus long..., rien n'est plus long à venir que, *nihil mihi longius videtur, nihil mihi longius est quàm ut...,* ou *quàm* avec l'infinitif.

Être dans l'impatience de, peut se tourner aussi par désirer très-vivement, *vehementissimè cupere,* ou d'autres verbes équivalents.

Avoir fort à cœur, n'avoir rien tant à cœur, n'avoir rien de plus pressé, répondent aux locutions latines *nihil antiquius habeo, nihil antiquius duco, nihil mihi est antiquius; nihil mihi potius est quàm.*

Ex. : Il me tarde de voir le jour, *nihil mihi longius est quàm ut diem videam,* ou *quàm diem videre.*

Ezéchias guéri n'eut rien de si pressé que d'aller prier Dieu au temple, *Ezechias sanatus nihil antiquius* ou *potius duxit quàm ut templum ingrederetur Deum oraturus,* ou *quàm templum ingredi Deum oraturus.*

528 *Mériter de* ou *que* se rend par *dignus esse, ut* ou *merere ut.*

Vous méritez qu'il s'en souvienne, *dignus es ut hujus rei memor sit*. Il répondit qu'il méritait, *respondit se meruisse ut*. (Cicéron.)

Misit nuntium qui eum moneret.

Le relatif *qui, quæ, quod*, peut remplacer *ut ille, ut illius*, quand *ille, illius*, remplacent un terme de la proposition principale.

Il lui envoya un messager pour l'avertir, *misit nuntium qui eum moneret* (*qui* pour *ut ille nuntius*).

Il n'est pas fou pour se croire roi, *non est tam stultus qui se regem esse putet* (*qui* pour *ut ille*).

Il mérite de commander, *dignus est qui imperet*.

Paul mérite que vous ayez pitié de lui, *Paulus dignus est cujus te misereat* (*cujus* pour *ut illius*).

Il mérite qu'on le favorise, *dignus est cui faveatur* (*cui* pour *ut illi*). Je n'avais rien à vous écrire (que je vous écrivisse), *nihil habebam quod ad te scriberem* (*quod* pour *ut illud*), ou *nihil habebam tibi scribendum*.

Il a vu trop de blessures pour ne pas se repentir de la guerre, *plura vidit vulnera, quàm quem non pœniteat belli* (*quem* pour *ut illum*). Il mérite qu'on lui rende service, *dignus est de quo bene mereatur* (*de quo* pour *ut de illo*).

Tibi suadeo ut legas librum quem habeas.

529 Après une proposition infinitive ou un subjonctif, le verbe d'une proposition relative se met au subjonctif, et même il s'y met ordinairement avec une conjonction qui veut l'indicatif.

Ex. : Vous savez qu'il y a plus de douze millions de martyrs, qui par leur mort ont confessé la vérité, *scis fuisse plus duodecies mille millia hominum qui morte veritatem confessi sint*.

Ex. : Je vous conseille de lire le livre que vous avez, *tibi suadeo ut legas librum quem habeas*.

Vous me recommandez de vivre en bonne santé, aussi longtemps que je le pourrai, *me admones ut me integrum servem, quoad, possim*.

Ea vis est probitatis ut illam vel in hoste diligamus.

530. *Tel que* devant un verbe, *is ut, is qui* et le subjonctif.

Ex. : La force de la vertu est telle que nous l'aimons même dans un ennemi, *ea vis est probitatis ut illam vel in hoste diligamus*.

Non is est qui decipiat.

531. *Etre ou n'être pas capable de, être ou n'être pas homme à, femme à, n'être pas d'humeur à, n'être pas fait pour, n'être pas gens à*, se tournent par *n'être pas celui qui, celle qui* et s'expriment par *is qui, ea quæ*, avec le subjonctif. C'est pour *non talis est ut*, voilà la raison du subjonctif.

Ex. : Il n'est pas homme à tromper, *non is est qui decipiat*. On emploie aussi *is sum qui* sans négation, *is est qui non decipiat* (il est homme à ne pas tromper).

Votre mère n'est pas femme à mal élever ses enfants, *ea est mater tua quæ filios suos non malè instituat*.

532. *Etre capable de* ayant un sujet inanimé se rend par *posse*.

Tous les trésors du monde ne seraient pas capables de contenter notre cœur, *thesauri quilibet cor nostrum satiare non possent*.

Videas homines qui honores appetant.

533. Il y a, il est, il se rencontre des gens qui, *sunt qui*, *sunt quæ*, il ne manque pas des gens qui... *non desunt qui* avec le subjonctif.

On voit, on trouve des hommes qui, *videas, reperias, videre est, reperire est homines qui,* avec le subjonctif.

Videas, reperias signifient *vous verriez, vous trouveriez, vous pourriez voir,* trouver *videre est, reperere est,* il est possible de voir, de trouver, *qui* a pour antécédent *homines eos,* des hommes tels que.

Ex. : On voit des hommes qui cherchent les honneurs, *videas homines qui honores appetant*.

CRAINTE, DÉFENSE.

534. Ne, *de peur que, ne pas*, avec le subjonctif.

Ex. : N'épargnez pas votre peine, *operæ ne parcas tuæ.* N'insultez pas les malheureux, *ne insultes miseris.* Qu'il ne sorte pas de Lyon, *Lugduno ne exeat.* Il n'y a pas de danger qu'il vienne, *ne veniat periculum non est.* Il a été pourvu à ce qu'il ne me poursuive pas, *provisum est ne me persequatur.*

535. *A ne pas, pour ne pas, n'allez pas,* suivis d'un infinitif, se tournent par *ne pas, de peur que ne.*

Ex. : N'allez pas vous imaginer (ne vous imaginez pas), *ne existimes,* ou *noli existimare.*

Noli, nolite, impératif de *nolo,* sont des formes de défense adoucies, et exprimant une invitation, une prière, c'est l'équivalent de *n'allez pas* avec un infinitif.

A ne pas mentir, *ne mentiar ;* vous êtes un enfant, pour ne pas dire un badin, *tu puer, ne dicam nugator es.*

N'en déplaise à.

N'en déplaise à, se tourne par *je le dirai,* ou *le ferai avec la permission de.*

Ex. : N'en déplaise à Justin, *hoc, Justini venid, dixerim.*

Cura ut valeas, ne incidas.

536. Après les verbes d'exhortation, de commandement, de souhait comme *pousser, conseiller, persuader,* *avoir soin, faire en sorte, souhaiter, se garder bien, commander, défendre, prier, de* ou *que* se rend par *ut* avec le subjonctif, et s'il est suivi d'une négation par *ne* ou *ut ne* avec le subjonctif.

Ex. : Ayez soin de vous bien porter, *cura ut valeas,* de ne pas tomber malade, *ne in morbum incidas.*

Je lui permets de sortir, *per me licet ut discedat.* Il dépend du médecin qu'il guérisse, *per medicum stat ut sanetur.* Je me garderai bien de vous blâmer (je ne commettrai pas une faute pour que je vous blâme), *non commitam ut te vituperem.* Gardez-vous bien de faire quelque mal, *cave ne quid mali agas.*

Quelquefois le sens de la phrase permet de retrancher *ne.*

Ex.: Prenez garde de ne pas tomber malade, *cave in morbum incidas.*

Faire (faire en sorte), facere ut, dare operam ut.

537. Quand le verbe *faire* signifie *faire en sorte*, on l'exprime par *facere ut* ou *dare operam ut,* avec le subjonctif.

Ex. : Faites-moi savoir (*tournez,* faites en sorte que je sache), *fac ut sciam* ou *da operam ut sciam.*

Quand *faire* signifie *engager, pousser à,* on le rend par *impellere.*

Ex. : Cela m'a fait croire, *id me impulit ut crederem.*

Après *dire, avertir, persuader, écrire, de* exprime en général l'idée de *conseiller,* alors c'est *ut* qu'il faut, ou *ne* s'il y a une négation ; mais *que* exprime l'idée d'informer et alors c'est une proposition infinitive qu'il faut.

Ex. : Dites-lui que je suis arrivé, *dic illi, mone illum me advenisse,* c'est une information.

Dites-lui de prendre garde à lui (qu'il prenne garde à lui), c'est un conseil, *dic illi, mone illum ut sibi caveat.*

Dissuadez-le de partir (qu'il ne parte pas), *illi dissuade ne proficiscatur.*

Venez le plus tôt possible, *cura ut quàm primùm venias.*

Me monendum curavit.

538. Après *curare,* avoir soin ; *imperare, mandare,* commander, etc., on met élégamment le participe en *dus, da, dum,* si le verbe a un complément avec lequel il puisse s'accorder.

Ex. : Il a eu soin de me faire avertir, *me monendum curavit.* Euristhée ordonna à Hercule de tuer l'hydre de Lerne, *Euristeus hydram Lerneam Herculi imperavit occidendam.*

Timet ne præceptor veniat.

539. Craindre que, *ou de, timere ne;* trembler de crainte de, *contremiscere ne.*

Ex. : Il craint que le maître ne vienne, *timet ne præceptor veniat.*

Il tremblait de crainte d'être surpris, *contremiscebat ne deprehenderetur.*

540. Craindre que... ne pas, *timere ut*, ou *ne non.* Il craint que le maître ne vienne pas, *timet ut* ou *ne non praeceptor veniat.*

Ne après *craindre*, demi négation, exprime en français et en latin, le désir que la chose n'arrive pas. La négation complète *ne pas* en français, *ut* ou *ne non* en latin, exprime le désir qu'elle arrive.

Fateri non dubitat.

Craindre dans le sens *de faire difficulté*, se rend par *dubitare* avec l'infinitif; et dans le sens de *ne pas oser* par *non audere.*
Ex. : Il ne craint pas d'avouer, *fateri non dubitat.* Je crains de dire (je n'ose dire), *non audeo dicere.*

CONCORDANCE DES TEMPS.
Tibi suadeo ut legas.

541. 1° Si le premier verbe est au présent ou au futur, mettez le second au présent du subjonctif.
Ex. : Je vous conseille, je vous conseillerai de lire et de ne pas sortir, *tibi suadeo, tibi suadebo ut legas, nec exeas.*
2° Si le verbe est à l'un des trois passés, mettez le second à l'imparfait du subjonctif.
Ex. : Je vous conseillais, je vous ai conseillé, je vous avais conseillé de lire, et de ne pas sortir, *tibi suadebam, suasi, suaseram ut legeres, nec exires.*

Vellem ne venisset.

3° Quand l'action du second verbe est avant celle du premier, au lieu de l'imparfait du subjonctif, on met le plus-que-parfait.
Ex. : Je voudrais qu'il ne fût pas venu, *vellem ne venisset.*

Meâ refert illum legere, ou ut legat.

542. Les expressions *il faut, il est juste, il arrive, il importe, il est nécessaire, il est besoin*, etc., et les verbes *volo, nolo, cupio, sino, patior, permitto, veto, prohibeo*, se construisent avec la proposition infinitive, ou avec *ut* ou *ne* et le subjonctif.
Ex. : Il m'importe qu'il lise ou qu'il écrive, *meâ refert illum legere aut scribere*, ou *ut legat et scribat.* Il est nécessaire que je m'en aille, *necesse est ut ego vadam*, ou *me abire.* Il lui a défendu de sortir, *vetuit ne exiret*, ou *illum exire.* Je permets qu'il ne travaille pas, *sino ne laboret*, ou *illum non laborare.*

CONJONCTIONS CONDITIONNELLES.

543. Dùm, donec, quoad, quamdiù, *pendant que, tant que*, avec l'indicatif.

Tandis que ces choses se passaient en Asie,
dùm hæc in Asiâ gerebantur.

Cependant Phèdre a mis l'imparfait du subjonctif. Pendant qu'un
chien portait de la viande, *dùm canis ferret carnem.*

Tant que vous serez heureux vous compterez beaucoup d'amis, *donec
eris felix, multos numerabis amicos.*

Dùm répond au participe présent, et exprime deux actions simul-
tanées ; *dùm* peut donc rendre le participe présent.

Ex. : En enseignant on s'instruit, *dùm docent discunt ;* on peut
dire aussi, *docentes* ou *docendo discunt.*

Differatis ultionem, donec defervescat ira.

544. *Dùm, donec,* entre deux verbes, ou signifiant *en attendant
que,* veulent le subjonctif.

Ex. : Différez votre vengeance jusqu'à ce que votre colère se calme,
differatis ultionem, donec defervescat ira.

J'attends ma transformation (jusqu'à ce que ma transformation
arrive), *exspecto donec veniat immutatio mea.*

Rem. 1° *Attendre* n'est pas *s'attendre.*

S'attendre, *existimare, persuasum habere,* ou *confidere,* veut pour
régime une proposition infinitive au futur.

Ex. : Je m'attendais qu'il guérirait, *existimabam illum sanatum iri.*

Rem. 2° *S'attendre* signifiant *prévoir,* se rend par *prœvidere,* avec
la proposition infinitive au futur.

Ex. : Je m'étais bien attendu qu'il y aurait une guerre, *prœvideram
sanè futurum esse bellum,* je m'étais bien attendu à cela, *ità futurum
sanè prœvideram.*

545 Modò, dùm dummodò, *pourvu que, en suppo-
sant que,* avec le subjonctif.

Ex. : Pourvu que j'arrive, *dùm adveniam.*

Modò ne, *pourvu que... ne,* avec le subjonctif.

Ex. : Pourvu qu'on ne me prenne pas, *modo
ne comprehendar.*

546 Si, si modò, sin, *sinon ;* quòd si, *que si,* avec le
subjonctif devant l'imparfait et le plus-que-parfait.

Que si la chose en est là, *quod si res ita est.*

Si vous le faisiez, si vous l'eussiez fait à cause
de moi, *id si faceres, si fecisses causá meá.*

Si l'on cousait ensemble toutes les heures que l'on passe
avec ce qui plaît, l'on ferait à peine d'un grand nombre d'an-
nées, une vie de quelques mois. (La Bruyère.) *Si in unum
compingerentur omnes horœ quas terit quod delectat, vix è
multis annis fieret aliquot mensium vita.*

Que à la place de si.

En français, *que* se met souvent à la place de *si* pour éviter une répétition.

Ex. : Si vous eussiez voulu et que vous eussiez pu, *si voluisses et potuisses.*

A et de devant un infinitif tourné par si

Il me ferait plaisir de venir, (s'il venait), *pergratum mihi faceret, si veniret.*

CONDITIONNEL RENDU PAR LE PRÉSENT DU SUBJONCTIF.

547 Avec *si* on peut mettre le présent du subjonctif, pour l'imparfait quand la condition exprime une chose incertaine.

Ex. : A l'entendre parler, vous l'admireriez, (si vous l'entendiez parler), *quem si loquentem audias, mireris.* Si l'on allait vous interroger, *si quis te interroget.*

548. *Pour* devant le parfait de l'infinitif suivi de ces mots *ce n'est pas à dire pour cela que,* se tourne par *si,* ou par *quoique.*

Ex. : Pour avoir salué des méchants, ce n'est pas à dire pour cela que je sois méchant, *quamvis improbos salutaverim, non continuò sum improbus;* ou *non continuò, si improbos salutavi, sum improbus.*

Si res ità se habeat.

549. *Si* signifiant *puisque,* veut toujours le subjonctif.

Ex. : Si la chose en est ainsi (puisque la chose se passe ainsi), *si res ità se habeat.*

550. *Si* signifiant *quand,* veut toujours l'indicatif.

Ex. : Si je l'appelais, il s'en allait, *quem si arcessebam, abibat.*

Hunc librum si leges lætabor.

551. Quand avec *si* il y a un second verbe au futur, on met bien le premier verbe au même futur.

Ex. : Si vous lisez ce livre j'en serai charmé, *hunc librum si leges, lætabor.*

Pergratum mihi fecerit, si venerit.

552. Le futur passé s'emploie souvent au lieu du futur simple.

Ex. : Il me fera plaisir de venir (s'il vient), *pergratum mihi fecerit, si venerit.*

S'il vient à savoir cela, *id si rescierit.*

Si l'occasion se présente, *si se dederit occasio.*

553. *Si* suivi de *ne pas* se traduit par *si non, si minùs*, et ces mots, *au moins, du moins*, se rendent par *saltem, at certé, at minimum.*

Si vous ne craignez pas les hommes, au moins craignez Dieu, *si non homines, at certé Deum time.*

554. *Si paulùm, si vel paulùm, si vel tantillùm, si vel minimùm, si... un peu, pour peu que.*

Ex. : Pour peu qu'il veuille travailler, il deviendra savant, *si vel minimùm laborare voluerit, doctus evadet.*

555. Quod si, *que si.*

Que si la chose en est là, *quòd si res ità est.*

Sin, sin autem, *mais si;* sin minùs, sin aliter, si quominùs, *si cela n'était pas.*

S'il en était autrement, je vous l'aurais dit, *si quominùs dixissem vobis.*

556 Quasi, ceu verò, tanquàm si, perindè ac si, non secùs ac si, *comme si*, avec le subjonctif.

Ex. : Comme si la foudre épargnait les cèdres du Liban, *quasi fulmen parceret cedris Libani.*

557 Nisi, *si... ne... pas, si ce n'est, à moins que*, avec le subjonctif.

Ex. : Qui peut être le disciple de Jésus-Christ, à moins qu'il ne pardonne à ses ennemis, *quis potest esse discipulus Christi, nisi inimicis ignoscat ?*

Salluste pourtant a dit : *nisi forté me animus fallit*, à moins que mon idée ne me trompe, à moins que je ne me fasse illusion.

Sans tourné par que ne.

558 Lorsque *sans* devant un infinitif peut se tourner par *que ne*, il se rend par *nisi* ou *quin*, ou *priusquàm* avec le subjonctif.

Ex. : Je ne partirai pas sans vous avoir dit adieu, *non proficiscar, quin*, ou *nisi* ou *priusquàm tibi valedixerum.*

On ne peut devenir semblable à Jésus-Christ sans méditer sur sa vie, *nemo potest fieri similis Christi, nisi vitam ejus meditetur.*

Nisi et si non.

559 *Nisi*, s'emploie après une proposition négative, et toutes les fois qu'on pourrait remplacer en français *si... ne*, ou *si... ne... pas* par *à moins que, si ce n'est*, tandis que *si non* s'emploie dans tous les cas où l'on ne peut tourner par *à moins que.*

Quasi, tanquàm et nisi se mettent devant un nom ou un adjectif avec le même cas après qu'avant.

Ex. : Il l'aime comme son fils, *illum tanquàm filium amat*.

560 Ne... que *ou* rien autre chose, si ce n'est... *nihil nisi*, ou *præter* avec l'accusatif.

Ex. : Il n'a pris que sa robe (rien autre chose que sa robe), *nihil* ou *nihil aliud nisi togam* ou *præter togam sumpsit*.

Cet homme n'aime que lui, *hic homo nihil amat nisi se*.

DOUTE ET INTERROGATION.

Le doute se rapporte à l'interrogation, car douter d'une chose, c'est se demander si elle a lieu.

561 Cur, *pourquoi*, quomodò *comment* ;

An ; *nùm* ; *ne* (après un mot), *si* dubitatif, et les pronoms interrogatifs ou absolus, les adverbes de lieu, de temps, de quantité et d'autres particules marquant un doute, une interrogation, etc., placés entre deux verbes, veulent le second au subjonctif.

Ex. : Interrogé pourquoi il se fâchait, *interrogatus cur irasceretur*. Je ne sais lequel des deux a été le plus éloquent, *nescio uter fuerit eloquentior*.

Vous avez vu lequel des deux a été le plus utile à l'autre, *vidisti uter utri utilior fuerit*, (*utilior*, parce qu'on ne parle que de deux). Demandez lequel des deux a dressé des embûches à l'autre, *interroga uter utri insidias fecerit*. Vous ne savez qui il est, *nescis quis sit*. Je m'étonnais de ce qui était arrivé, *mirabar quid accidisset*. Dites-moi l'heure qu'il est, *dic mihi quota hora sit*. Il importe beaucoup quels sont vos amis, *multùm refert quibus amicis utaris*. Il n'est point de peuple si sauvage qui ne sache qui faut avoir un Dieu, lors même qu'il ignore quel Dieu il faut avoir, *gens nulla est tàm fera quæ non sciat Deum esse habendum, etiamsi ignoret qualem habere deceat*. Je voudrais savoir où vous êtes, où vous allez, d'où vous venez, par où vous passez, *scire vellem ubi sis, quo eas, unde venias, quà transeas*. Voyez comme la campagne est belle au retour du printemps, *vide quàm campi amœni sint vere novo*, de combien de fleurs elle est parée, *quot floribus ornentur*. Je doute s'il est venu, *dubito num venerit*.

Non dubito quis dubitat quin fuerit Alexander.

562 Quand *douter* est accompagné d'une négation ou d'une interrogation, *que* et *si* se rendent par *quin* avec le subjonctif.

Ex. : Je ne doute pas, qui doute qu'Alexandre ait existé, *non dubito, quis dubitat quin fuerit Alexander ?*

Dubium est ceperintne Syracusas.

563 Après *je doute, il est douteux, incertain, si* ou *que* suivis d'un seul membre de phrase, se rendent par *an, num, numquid,* ou *ne* (après un mot), avec le subjonctif.

Ex. : Il est douteux qu'on ait pris Syracuse, *dubium est num ceperint Syracusas,* ou *ceperintne Syracusas.*

Nescio utrum dormiat, an audiat.

564 Quand le doute est suivi de deux membres opposés, on met *num, utrum,* ou *ne* (après un mot) dans le premier membre de phrase, et *an* dans le second.

Ex: : Je ne sais s'il dort ou s'il écoute, *nescio utrum dormiat an audiat.*

Il ne m'importe pas, peu m'importe d'être jardinier ou laboureur, *nihil meâ refert, quid meâ refert hortulanusne sim an arator.*

Bon gré, mal gré.

565 *Bon gré, mal gré* signifient *que je le veuille,* ou *que je ne le veuille pas* et se traduisent par *velim, nolim* (sous-entendu *parùm refert utrùm... an...*). — Ces verbes s'accordent avec le sujet sous-entendu. *Velimus, nolimus,* s'il s'agit de *nous,* — *velint, nolint,* si l'on parle de plusieurs autres.

Nescio quis...

566 *Nescio quis,* comme en français, *je ne sais quel, je ne sais qui,* peut être considéré comme un adjectif composé, et ne pas établir une proposition subordonnée.

Ex. : *Helenam nescio quis Theseus abstulit,* je ne sais quel Thésée enleva Hélène.

Si *nescio quis* était considéré comme deux termes distincts, il faudrait mettre au subjonctif le verbe de la proposition subordonnée : *nescio quis Theseus abstulerit,* je ne sais pas quel Thésée enleva.

Nescio an...

567 1° *Haud scio an, nescio an,* je ne sais si, s'emploient aussi à peu près comme des expressions composées, et répondent, pour le sens, à l'adverbe *peut-être ;* mais elles sont toujours suivies du subjonctif.

Ex. : *Quæ fuit unquam in ullo homine tanta constantia ? Constantiam dico ? nescio an melius patientiam possim dicere,* vit-on jamais dans un homme une constance, je dis une constance, *peut-être* devrais-je dire une patience aussi admirable ?

2° De ce sens presque adverbial attaché à *haud scio an*, est résulté l'usage de mettre après cette locution les mots négatifs *nullus, nemo nihil, nunquam*, au lieu de *ullus, quisquam, unquam*, qu'exigerait le sens si on laissait au verbe *haud scio* sa signification rigoureuse.

Ex. : *Num ea senectus miserabilis fuit ? Haud scio an nulla beatior esse posset*, cette vieillesse était donc malheureuse ? Il n'y en eut *peut-être* jamais de plus heureuse. — *Haud scio an ulla beatior esse possit* signifierait : *je ne sais* s'il peut y en avoir de plus heureuse.

Quæ tua sit prudentia non ignorans.

868 *Ayant, autant de...* avec un nom, *étant aussi* avec un adjectif se tourne en latin par *connaissant quelle est*, ou bien par *eu égard à*, ou *puisque.*

Ex. : Ayant autant de prudence que vous en avez, *ou* étant aussi prudent que vous l'êtes, ou eu égard à votre prudence, à raison de votre prudence, ou eu égard à la prudence qui est la vôtre, *ou* puisque telle est votre prudence, ou connaissant votre prudence, *quæ tua sit prudentia non ignorans*, ou *cum ea sit tua prudentia* ou *pro tua prudentia*, ou *quæ tua est prudentia* (s.-ent. *pro eâ prudentiâ*) ou bien *quâ prudentiâ es* (s.-ent. *pro eâ.*

Ex. : Avec le mérite que vous avez, vous en viendrez facilement à bout, *quæ tua virtus, expugnabis* (HORACE.)

869 *Qui que* interrogatifs devant le futur de l'indicatif ou le conditionnel veulent le verbe latin au présent du subjonctif. (S.-ent. *petam.*)

Ex. Que ferez-vous ? *Quid facias ?* Qui n'admirerait cette action ? *Quis illud factum miretur ?*

En latin en bien des cas, le subjonctif présent est l'équivalent du futur et du conditionnel, surtout avec *nolo, malo, audeo* et *possum*, quand la condition n'est pas exprimée. Ex. : Ils le payeraient bien cher, *hoc magno mercentur*. Qui n'aimerait de tels enfants ? *Quis hujus modi puerulos non amet ?* Qui ne haïrait de telles gens ? *Quis istius modi homines non oderit ?*

Le conditionnel présent se rend quelquefois en latin par le parfait du subjonctif.

D'autres fois au lieu du subjonctif, on emploie l'indicatif.

Ex. : *Respublica poterat esse perpetua, si patriis viveretur institutis et moribus*, la république pourrait durer toujours, si l'on vivait avec les institutions et les mœurs de nos ancêtres.

Pons iter pœne hostibus dedit, ni fuisset Horatius Cocles, un pont aurait livré passage à l'ennemi sans Horatius Coclès (mot à mot, si Coclès n'avait été là.)

Avec les verbes *debeo, possum, oportet, æquum est* et d'autres analogues, on peut se servir de l'indicatif dans le sens du conditionnel, même lorsqu'il n'y a pas, comme dans les exemples précédents, un verbe au subjonctif dans une proposition corrélative.

Ex. : Volumnie aurait dû avoir pour vous plus de déférence, *Volumnia debuit in te officiosior esse.*

Parùm curat utrùm audiatur necne.

570 Se mettre peu en peine que... ou non, *parum curare utrum.. necne.* Ex. : Il se met peu en peine d'être écouté ou non, *parum curat utrum audiatur necne.*

Bellum causa fuit cur non venerit.

571 Après *être cause*, *sujet* ou *raison*, *que* ou *de* se rendent par *cur* ou *quod* avec le subjonctif.

Ex. : La guerre a été cause qu'il n'est pas venu, *bellum causa fuit cur non venerit.*

572 N'avoir pas lieu de, *non est cur*, avec le subjonctif; ou *non est locus* avec le gérondif en *di*.

Ex. : Il n'a pas lieu de rire, *non est cur rideat,* ou *non est illi ridendi locus.*

CONCORDANCE DES TEMPS.

573 A quel temps du subjonctif faut-il mettre le verbe de l'interrogation indirecte ?

Pour le second verbe on fait correspondre les temps du subjonctif latin aux temps de l'indicatif français.

Ex. : Je ne sais ce qu'il fait, *nescio quid agat.*
—   ce qu'il faisait, *nescio quid ageret.*
—   ce qu'il a fait, *nescio quid egerit.*
—   ce qu'il avait fait, *nescio quid egisset.*

Pour le futur on se contente quelquefois de mettre le verbe au subjonctif avec un adverbe qui marque l'avenir.

Ex. : Je ne sais s'il se rétablira, *nescio an unquam convalescat;* ou bien on se sert du futur périphrastique

INDICATIF

PRÉS.	*Lecturus sum,*	je dois lire.
IMPARF.	*Lecturus eram,*	je devais lire.
PARFAIT.	*Lecturus fui,*	je dus....
PL.-QUE-PARF.	*Lecturus fueram,*	j'avais dû....
FUTUR.	*Lecturus ero,*	je devrai...
FUT. PAS.	*Lecturus fuero,*	j'aurai dû...

SUBJONCTIF.

PRÉS.	*Lecturus sim,*	que je doive lire.
IMPARF. et COND.	*Lecturus essem,*	que je dusse...
PARFAIT.	*Lecturus fuerim,*	que j'aie dû...
P.-Q.-P. et COND. PAS.	*Lecturus fuissem,*	que j'eusses dû...

Je ne sais s'il viendra (s'il est devant venir), *nescio an venturus sit* ou *an unquam veniat.* S'il sera venu, *an venturus fuerit,* Je ne savais si le roi viendrait, *haud sciebam an rex venturus esset,* s'il serait venu, *an venturus fuisset.*

874 A défaut de participe futur on met :

1° Au présent *futurum sit ut,* avec le présent du subjonctif.
2° A l'imparfait *futurum esset ut,*)
3° Au parfait *futurum fuerit ut,*) avec l'imparfait du subjonctif.
4° Au p.-q.-p. *futurum fuisset ut,*)

Ex. : Je doute qu'il se repente, *dubito nùm futurum sit ut pœniteat.*

Les temps du subjonctif marquant l'avenir, se rendent comme les futurs et les conditionnels.

Je ne savais pas s'il se repentirait, *nesciebam an futurum esset, ut illum pœniteret.*

Je ne sais s'il aura eu honte, *nescio an futurum fuerit ut illum puderet.*

Je ne savais pas s'il aurait eu honte, *nesciebam an futurum fuisset, ut illum puderet.*

On peut se servir d'une périphrase : je ne sais s'il a eu honte de sa faute, (je ne sais si sa faute a été à honte à lui), *nescio an sua ei culpa pudori futura fuerit.*

On peut rapprocher ces périphrases de *futurum esse ut, futurum fuisse ut,* proposition infinitive.

875 Il faut bien distinguer une proposition *interrogative* ou *dubitative,* d'une incidente ni interrogative, ni dubitative. Cette dernière se met à l'indicatif.

Ex. : Il a fait ce que je lui ai commandé (*la chose* que je lui ai commandée), *fecit quod ei mandaveram* (*id quod mandaveram*). *Que* est ici simplement conjonctif ou relatif.

Il me faut une preuve certaine, je doute de celle en question, *argumentum certum desidero, dubito de quo fabula est.*

876. *Douter* n'est pas *se douter, prævidere, suspicari,* qui veulent la proposition infinitive.

Ex. : Je me doutais bien (je soupçonnais), que la chose irait mal, *suspicabar rem malè cessuram.*

De savoir, pour savoir.

877. On a vu (n° 332) que *savoir*, devant un infinitif, ne se traduit pas en latin dans certains cas. — *De savoir, pour savoir*, ne se traduisent pas non plus devant un mot interrogatif unissant deux propositions.

Ex. : C'est une question immense *de savoir* en quel homme a éclaté le plus de courage, *fortitudo in quo maxima exstiterit, immensæ quæstionis est*.

Rémus et Romulus firent des sacrifices *pour savoir* lequel des deux fonderait et gouvernerait la nouvelle ville, *Remus et Romulus, uter urbem novam auspicaretur et regeret, adhibuere piacula*.

Les expressions *de savoir, pour savoir* ne servent que de liaison dans les phrases françaises ; elles n'en modifient pas le sens.

878. Après *qui, quæ, quod, ubi, quò, undè, quantò, cum, si, nisi. ne, nùm, sive*, on retranche *ali* dans les mots qui commencent ainsi,

Ex. : Si l'on vous interroge (si quelqu'un...), *si quis te interroget* (et non pas *si aliquis*). Si quelquefois il arrive, *si quandò veniat*. Plus une chose est difficile, plus il faut y apporter du soin, *quò quid difficiliùs est eo major ad id cura adhibenda est*.

879. *Ce qui, ce que*, suivis de *c'est que*, se rendent par *illud*, et *que* s'exprime de différentes manières ; ou par une proposition infinitive, ou par une conjonction après un verbe de désir, de commandement, de doute, etc.

Ex. : Ce que j'espère, c'est que je serai heureux, *illud spero me futurum esse beatum*.

Ce que je crains c'est qu'il ne soit mort, *illud vereor ne mortuus sit*. Ce dont je doute, c'est que..., *illud dubito nùm*. Ce qui m'étonne c'est que, *illud miror quòd*.

Mater te orat ut filiolo ignoscas suo.

880. Quand après une proposition principale et une complétive, *son, sa, ses*, se rapportent au sujet de l'une d'entre elles, ils se rendent par *suus, a, um ;* autrement on se sert de *ejus, eorum*.

Ex. : La mère vous prie de pardonner à son fils, *mater te orat ut filiolo ignoscas suo*. J'écris à mon ami de me confier son affaire, *ad amicum scribo, ut mihi negotium committat suum*.

Je vous prierai de prendre ses intérêts, *te rogabo ut illius commodis inservias*.

881. Quand les deux verbes sont à la troisième personne, *suus, a, um*, se rapporte à l'un des termes de la proposition principale pour éviter l'amphibologie.

INTERJECTION.

582. Les interjections marquent les mouvements subits de l'âme. Elles se construisent avec différents cas, qu'on explique par une ellypse, par un mot sous-entendu.

VOC. et EXCLAM. O ! heu ! oh ! ohé ! *o ! oh ! hé ! hola !*

JOIE. *O !* evax ! *oh ! ah ! hé !*

ADMIRATION. Papæ ! hui ! *ó ! ha ! oh ! ho !*

INDIGNATION. Pro ! heu ! *ó ! oh ! ah !*

DOULEUR. O ! proh ! *ah ! hélas ! ha ! ha !*

> Ex. : O douleur ! *proh dolor !* (*Proh ! quantus est meus dolor*). O Dieux immortels ! *proh Deorum immortalium !* (s.-ent. *fidem obtestor*). *Proh Deos immortales !* (s.-ent. *obtestor*).
>
> O que vous êtes malheureux d'avoir couru de vous-même à votre malheur ! *O te infelicem, qui ultrò ad malum cucurreris !* (s.-ent. *dico*). *Qui* est ici pour *quòd tu*, et doit par conséquent être suivi du subjonctif.

MENACE. Heu ! hei ! væ ! *ha ! hélas ! malheur à !*

> Malheur aux vaincus ! *væ victis !* Malheur à moi ! *væ mihi !* (pour *quanta calamitas imminet victis, mihi !*)

NOM.

Le Nominatif (*nominativus*, de *nominare*, nommer), est sujet ou attribut.	*Deus est sanctus.* *Ego nominor leo.*
Le Vocatif (*vocativus*, de *vocare*, appeler) adresse la parole.	*Veni, Domine.*
Le génitif (*genitivus*, de naissance,) désigne en général le propriétaire d'une chose, il répond à la question de qui, de quoi faite avec un nom, il est complément : 1° d'un nom. 2° d'un adjectif. 3° d'un verbe. 4° d'un adverbe.	 *Rex Carthaginis.* *Peritus musices.* *Miserere pauperum.* *Montis instar. Ubi gentium.*
Le datif (*dativus* de *dare* donne à) marque le terme d'une attribution, à l'avantage du désavantage de ; il répond à la question à qui, à quoi. Il est complément : 1° d'un adjectif. 2° d'un verbe. 3° d'un adverbe. 4° d'une interjection.	 *Utilis patri.* *Liber est tibi. Studet sermoni.* *Obviam patri.* *Hei mihi !*
L'Accusatif (*accusativus*, de *accusare*, accuser indiquer), indique le régime direct du verbe, la chose sur laquelle tombe directement l'action du verbe, il répond à la question qui, quoi, faite avec le verbe. Il est complément : 1° d'un adjectif. 2° d'un verbe. 3° d'un adverbe. 4° d'une préposition. 5° d'une interjection.	 *Mirabundus virtutem.* *Amo Deum. Doceo pueros grammaticam* *Ecce lupum.* *Propensus ad lenitatem.* *O me miserum !*
L'Ablatif *ablativus* ou *casus auferendi* de *aufero abstuli* enlever de) exprime en général l'éloignement, la séparation, l'extraction. Il est complément. 1° d'un adjectif. 2° d'un verbe. 3° d'une préposition.	 *Dignus laude.* *Fruitur mercede.* *Tutus ab insidiis,*

l'emploi des cas.

RELATIF ou CONJONCTIF.	INTERROGATIF.	VERBE.
Deus qui est sanctus.	*Quis est sanctus? Deus.*	*Vivere est cogitare.*
Pater et mater qui sunt boni.	*Uter est doctior, tu ne, an frater*	
Carthago cujus rex est.	*Cujus urbis rex est? Carthaginis*	
Musica cujus peritus est.	*Cujus rei peritus est?*	*Peritus canendi.*
Pauperes quorum misereris.	*Quorum misereris? Pauperum,*	
Periculum cujus eum admonui.	*Cujus periculi eum admonui.*	
Pater cui utilis est.	*Cui utilis est? Patri suo.*	*Corpus assuetum laborando.*
Tu cui liber est. Musica cui studet	*Cui liber est? Cui rei studet.*	
Pauper cui das panem.	*Cui das panem? Pauperi.*	
Virtus quam mirabundus es.	*Quid mirabundus est? Virtutem*	*Amat studere.*
Deus quem amat. Pueri quos doceo grammaticam.	*Quem amat? Quid doces?*	*Pronus ad irascendum.*
Lenitas ad quam propensus est.	*Ad quid propensus? ad lenitatem*	*Credo Deum esse sanctum*
Laus qua dignus est.	*Qua laude dignus est?*	*Mirabile visu nefas dictu.*
Merces quâ fruitur.	*Qua frutur mercede?*	*Fit doctus laborando.*
Insidias à quibus tutus est.	*A quibus insidiis tutus est? latronum.*	*Justus in puniendo.*

Tableau des formes d'interrogation

DIRECTE,

Quand elle ne dépend pas d'un autre verbe.

SIMPLE,	DOUBLE,
Quand elle ne porte que sur une proposit.	*Quand deux idées sont opposées l'une à l'autre.*

SIMPLE,

Quand elle ne porte que sur une proposit.

ADJECTIFS

Quis, quisnam, ecquis, qualis, quantus, quotus, quot, quam multi, cujus ?

Ex. : *Quis* venit ?

Quota hora est ?

ADVERBES

Ne, nonne, num ubi, quo, unde, qua, cur, quare, quamobrem, quomodo, quam, quantum, quanti, quanto, qui ? etc.

Ex. : Vidisti *ne* regem ?

Quomodo vales.

DOUBLE,

Quand deux idées sont opposées l'une à l'autre.

ADJECTIFS

Uter, utra, utrum.

Ex. : *Uter* est doctior, tune a frater ? *Uter* utri insidi fecit ?

ADVERBES

Utrum, ne, an, annon, necne.

Ex. : *Utrum* eligitis pacem*ne* bellum ?

Doctus*ne* est *annon* ?

INDIRECTE,

Quand elle est jointe à un autre verbe dont elle est sujet ou complément.

ADJECTIFS

Quis, quisnam, etc.

Ex. : Dubium est *quis veniat.*

Quærunt *quota* hora *sit.*

ADVERBES

Num, ubi quo, etc.

Ex. : Dubium est *num videris* regem.

Vides *quantum* te *amem.*

Dubito *num* venturus *sit,*

ADJECTIFS

Uter, utra, utrum,

Ex. : Quæritur *uter sit* doctior ne frater.

Nescio *uter* utri insidias f cerit.

ADVERBES

Utrum, ne an, annon, necne.

Ex. : Dubito utrum eligatis p cem*ne an* bellum.

Incertum est doctus*ne* sit *anno*

DEUXIÈME PARTIE

SYNTAXE LOGIQUE

—•o°o•°o•—

585 La syntaxe logique (du grec λογικη fait de λογος, raison) dispose les mots et les phrases d'après les lois du langage.

Le mécanisme d'une langue consiste dans l'arrangement des mots et la tournure des phrases. Or, dans toute phrase, il faut nécessairement un sujet dont il est question, voilà le *nominatif*. On attribue quelque qualité à ce *sujet* voilà *l'adjectif* qui se rapporte au nominatif de la phrase, et qui s'accorde avec lui en genre et en nombre. On affirme ou l'on nie quelque chose de ce *sujet,* voilà le *verbe* qui s'accorde avec son nominatif en personne et en nombre.

Pour une proposition ou énoncé d'un jugement, il faut donc trois termes, le *sujet,* le *verbe* et l'*attribut.* Ex. : *Deus est sanctus;* le sujet *Deus* est l'objet dont on parle, l'attribut *sanctus* exprime la qualité du sujet *Deus,* le verbe *est* lie l'attribut au sujet. Il n'y a à proprement parler qu'un seul verbe, c'est le verbe substantif *sum.* je suis. Tout les autres verbes contiennent en eux-mêmes l'idée du verbe *sum* est celle de l'attribut. C'est pourquoi on les appelle *verbes attributifs.* C'est ce qui fait que la proposition peut être souvent renfermé en deux mots et même en un seul.

Ex. : Je suis Anglais, *sum Anglus* pour *ego sum Anglus.* Le temps fuit, *tempus fugit* pour *est fugiens.* Nous mourrons, *moriemur* pour *nos sumus morituri.*

Complément. C'est ce qui complète la signification d'un mot. Dans *liber Petri, Petri* complète la signification de *liber;* et dans *amo Deum* sans le complément *Deum,* le sens resterait en suspens.

PROPRIÉTÉ DES SUJETS, ATTRIBUTS, COMPLÉMENTS.

586 Tout sujet, tout attribut et tout complément sont :

1° *simples,* quand ils n'expriment qu'une seule idée : *Deus est sanctus, liber Petri, amo Deum;* ou *composées,* quand ils en expriment plusieurs par *que* conjonctif, ou par une conjonction de coordination, comme *et, vel, neque, sed, tamen, atqui, ergò.* Ex. : *Paulus et Sylas, fratribus* Asiæ et Romæ *salutem dant.*

2° *Incomplexes* quand l'idée est exprimée par un seul mot, *Deus est sanctus,* ou *complexes* quand ils indiquent une idée principale résultant de plusieurs mots. Ex. : *Templum Zorobabelis non tanti valebat quanti templum Salomonis.*

PROPRIÉTÉS DE LA PROPOSITION.

387 La proposition prend différents noms, suivant le rôle qu'elle joue dans le discours.

Elle est ABSOLUE quand elle exprime seule un sens complet, *Deus est sanctus.*

PRINCIPALE quand d'autres s'y rattachent comme *modificatives, complétives* ou *circonstancielles.*

Elle est *modificative* quand elle exprime une qualité du sujet, de l'attribut, ou du complément d'une autre proposition.

Ex. : *Deus qui potens est, creavit cœlum et terram, quorum miramur concentum.* (Dieu qui est puissant, a créé le ciel et la terre dont nous admirons l'harmonie.) La proposition principale est *Deus creavit cœlum et terram; qui potens est* exprimant une qualité du sujet *Deus,* et *quorum miramur concentum* exprimant une qualité de *cœlum et terram,* sont deux modificatives.

Complétive, lorsqu'elle est sujet ou complément direct d'une autre proposition. Ex. : Enfler son cœur c'est écarter la lumière de la grâce, *inflare cor impedit quin gratia illuminet. Inflare cor, quin gratia illuminet,* propositions complétives.

Circonstancielle, quand elle exprime une circonstance. Ex. : L'église de Milan que vous avez admirée, est en marbre, *ecclesia Mediolani quam miratus es, marmorea est. Quam miratus es* proposition *circonstancielle.*

Une proposition peut être tout à la fois complétive et circonstancielle. Ex. : *Dic illi ut sibi caveat: Ut sibi caveat* exprime le complément de *dic,* et la circonstance d'un danger.

Les propositions *circonstancielles* avec *ut, ne, quominùs, quin, dùm* ou *donec* suivis du subjonctif, sont regardées comme complétives.

Il faut voir maintenant en détail chaque partie de la proposition.

SUJET DU VERBE.

388 Le sujet du verbe peut être : 1° un nom ou un pronom, *Deus est sanctus. Ego sum Anglus* (n° 213 jusqu'à 218.)

Un interrogatif : *quis te vocavit ?* 2° un adjectif pris substantivement : *sapiens est beatus.* 3° un verbe à l'infinitif : (309, 313) *imperare sibi est maximum imperium.* 4° Une proposition infinitive : *adolescenti refert esse docilem* (n° 350). 5° Une proposition interrogative indirecte : *dubium est nùm sit Anglus.*

MODIFICATIF ET ATTRIBUT.

389. Le *modificatif* et *l'attribut* marquent la qualité ou la manière d'être. Ils peuvent se joindre à tout ce qui sert de sujet, d'attribut ou de complément. Il y a cependant une différence entre *modificatif* et *l'attribut*. Celui-ci s'entend généralement du troisième terme de la proposition.

590. Le modificatif et l'attribut peuvent être :

I. Un nom mis en apposition :

Ludovicus rex.

Ludovicus est rex.

Urbs Roma. Urbe Athenis.

Spectemus *mortem* ut *finem* miseriarum, (voir le n° 405).

Plato usus est *Socrate magistro*.

Ego Augustus Cæsar, rogo Cinnam.

Ludovicus IX erat *rex Galliæ*.

Tempus vitæ magister. *Initium* omnium malorum *cupiditas*.

II. Un génitif :

Liber *Petri*.

Tempus *legendi*.

Est *regis* tueri subditos.

Le génitif *regis* peut être considéré comme attribut, parce qu'il dépend de *munus* sous-entendu.

III. Un adjectif ou un participe ou un adverbe :

Deus sanctus.

Deus est *sanctus*.

Pater et mater *boni*.

Pater et mater sunt *boni*.

Virtus et vitium *contraria*.

Virtus et vitium sunt *contraria*.

Puer *interrogandus*.

Puer est *interrogandus*.

Satis doctus.

Vere sapientes.

Facete dicta.

Satis est dicere.

Magni æstimatur.

Dans l'adjectif, le participe et l'adverbe, il y a trois degrés de signification :

1° Le positif.

Arbor *alta*. *Docte* loquitur. Vir *amatus*.

2° Le comparatif qui est de trois sortes : de *supériorité*, d'*égalité* et d'*infériorité*.

18

TABLEAU

Dans lequel on a mis sous un seul coup d'œi

COMP

		Supériorité
ADJECTIFS.		
COMPARATIFS et **ADVERBES.**	AVEC UN ADJECTIF.	*Doctior* est *quam* Petrus. *Meliorem* habeo equum *quam* tuus est. *Felicior* est *quam prudentior.* *Magis* temerarius est *quam* prudens. Virtus est *pretiosior auro.* Amicitiam cole ; *qua* nihil *melius* habemus. *Doctior* est *opinione.* *Jactantior videris.*
	AVEC UN NOM.	*Plus* fortitudinis *quàm* prudentiæ. *Plures* urbes *quàm* vici.
	AVEC UN VERBE.	*Plus* amatur *quàm* frater. *Pluris* æstimatur *quàm* frater. *Doctior* est *quam* putas. Nihil *turpius* est *quam* mentiri, Pugnemus *potius quam* serviamus.
COMPARAISON suivie du **SUPERLATIF.**		
Avec les **CONJONCTIONS** *quàm, tùm.*		
SUIVIE DE *ut.*		*Major* sum *quam cui* possit fortuna nocere. *Plus veneni* hausit *quam ut* sanitati restituatur.

REM. : Il y a aussi des comparaisons avec *si, quod, quando, quoad,* etc

Ex. : *Ut* ou *quemadmodum* ignis aurum probat, *sic* ou *ita* miseria fort

es principales constructions comparatives.

AISON

Egalité.	Infériorité.
‍on *is* sum *qui* tu. ‍on sum *talis qualis* tu. ‍ui pater est, *is* est filius, ou *qualis,* etc. ‍on *idem* es *qui* fuisti olim. ‍l:us est *atque* erat olim. *Non alius* est *quam* erat olim.	

‍am prudens est *quam* fortis.
 	
  Et en mettant le second terme le premier :
‍uam fortis, *tam* prudens est.
 	
  Il en est de même avec :
‍uantum, quantus; quot, quanti, quanto, quo.
 	
‍antum modestiæ *quantum* doctrinæ.
‍anta modestia *quanta* doctrina.
‍ot fructus *quot* flores.
 	
‍antum te amo *quantum* me amas.
‍anti te facio *quanti* me facis.
‍o modestior est *quo* doctior.
	Minor est *quàm* Petrus.
	
	Minùs prudens *quàm* audax.
	
	Minus fortitudinis *quàm* prudentiæ.
	Pauciores urbes quam vici.
	
	Minus amatur quam frater.
	Minoris æstimatur quam frater.

‍am prudens est *quam* qui *maxime.* ‍anti fit *quanti* qui *plurimi.* Etc.	
‍hilosophi *quum* veteres *tum* recentiores.	
‍on sum *tam* insolens *ut* me regem esse putem. ‍stne tibi *tantum* otii, ut etiam fabulas legas. ‍nest in me *tam parum* ambitionis, *ut* honores despiciam.	*Minus* habet ingenii quam *ut* rem gerat.
‍ même *quemadmodum, quomodo, sic, ita.* ‍ros.	

3° Le superlatif : *Altissima* arborum. *Maximè* omnium laborat.

IV. Un modificatif et un attribut peuvent être une proposition avec l'adjectif conjonctif. Deus *qui est omnipotens*. Cyrus est *qui cepit Babylonem*.

V. Un attribut peut être un verbe à l'infinitif. Vivere est *cogitare*. Une proposition infinitive. Videris *esse contentus*.

COMPLÉMENT.

591. On appelle *complément* en général tout ce qui sert à compléter la signification d'un mot ou d'un ensemble de mots.

GÉNITIF.

592. Il est régime d'un nom. Liber *Petri*. (N° 38.)
Des adjectifs marqués aux n°ˢ 54, 55.
Et des verbes marqués aux n°ˢ 225, 226.
Il est régime indirect des verbes marqués aux n°ˢ 271, 272, 296.

COMPLÉMENT DIRECT.

593. C'est l'objet qui reçoit directement l'action du verbe. Ce complément peut être : 1° un nom ou un pronom, *amo Deum* (n° 236) ; 2° un adjectif pris substantivement, *servate œquum*, observez ce qui est juste ; 3° un verbe à l'infinitif : Il aime à étudier, *amat studere* (n° 324) ; 4° une proposition infinitive, *credo illum legere, volo esse beatus* (n° 352 jusqu'à 377) ; 5° une proposition interrogative, *nescis quis ego sim. Nescio utrùm audiat an dormiat.*

COMPLÉMENT INDIRECT.

594. Il reçoit indirectement l'action du verbe.

DATIF.

Il exprime une attribution à l'avantage ou au désavantage de quelqu'un. *Id mihi utile est. Do panem pauperi.*
L'accusatif et l'ablatif servent aussi de régime indirect. *Doceo pueros grammaticam* (n° 282). *Implere dolium vino* (n° 289).

595. L'ablatif sert de régime : 1° au verbe passif, *amor à patre, dolore conficior* (n°ˢ 267, 268) ; et à certains verbes neutres et déponents : *Abundat divitiis, fruor otio* (n°ˢ 262, 263, 264, 265).

COMPLÉMENTS CIRCONSTANTIELS.

596. Ils marquent les particularités qui accompagnent une action. En quel lieu, en quel temps, comment, pourquoi, affirme-t-on telle ou telle chose du sujet ? Voilà les adverbes et questions de lieu et de temps, le nom de manière, d'instrument, etc.

Enfin dans une phrase, il peut y avoir des incidents qui n'appartiennent point directement ni au sujet, ni au verbe, ni à son régime ; et alors c'est l'ablatif absolu.

QUESTION DE LIEU.

Ubi.

597. *Sum in Gallià. Erat apud me. In litteris proficit. Agere aliquid in occulto. Consumit tempus in legendâ historiâ. Inter epulas* (n°ˢ 450 à 455).

QUESTION quò.

598. *Eo ad Patrem. Me ad te conferebam. Eo in Galliam. Tendere ad altiora. Venis ad studendum. Omnem curam in valetudinem tuam confer. Ibo adjutum eos. Te hortor ad legendam historiam. Odium in malos. Suadeo tibi ut legas.* (N°ˢ 456 à 458, et 522 à 533.)

QUESTION undè.

599. *Redeo à Patre. Redeo ex Gallià.* (N°ˢ 459, 460, 462.)

A cette question, se rattachent les propositions avec *ne, quin, quominus. Timeo ne præceptor veniat. Per me non stat quin sis beatus.* (N°ˢ 493 à 495, et 536 à 539.

QUESTION quà.

600. Iter feci *per Galliam* (n° 463). *Is per quem* veniam impetravi.

MESURE ET DISTANCE.

Velum longum *très ulnas* ou *tribus ulnis.* (N°ˢ 464, 465, 466.)

QUESTIONS DE TEMPS.

601. *L'ablatif absolu* s'emploie dans un grand nombre des règles suivantes :

QUESTION quandò.

602. *Decimâ die* mensis hujus tollat unusquisque agnum. *Regnante Augusto. Partibus factis,* sic locutus est leo. *Ante lucem.* (N° 468).

A cette question se rattachent toutes les propositions circonstantielles avec *cùm, quandò, ubi, ut, ut primùm, postquàm, antequàm, priusquàm ; dùm,* tandis que. *Quùm* Athenæ *florerent. Antequàm proficiscar. Ubi avdenit.* (N°ˢ 502, 510, 511, 512, 543.)

In quod tempus.

603. Eum *in posterum diem* invitavit. Vivere in æternum.

A cette question se rattachent les propositions circonstantielles avec *dùm, donec,* jusqu'à ce que. *Exspecto dùm rex advenerit.* (N° 544.)

Quàm dudùm.

604. *Tertium annum regnat. Abhinc tribus annis mortuus est.*
(N° 471.) Proposition complétive avec *ex quo* : Duo anni effluxere *ex quo tempore mortuus est.*

Quandiù.

605. Regnavit *très annos,* ou *tribus annis.* (N° 472.)

CAUSE.

606. *Fame* interiit.
Proposition circonstantielle de cause avec *cur, qùòd, quoniam, cùm,* puisque, etc. (N° 496 et 501.) Homo belluis præstat *quòd ratione utitur.* Morbus causa fuit *cur non venerit.* (N° 571.)

INSTRUMENT ET MOYEN.

Ferire *gladio. Stricto gladio* eum interfecit. (N° 474, 475 et 476.)

PRIX ET VALEUR.

Quanti constitit hæc domus? *Sexcentis Napoleonibus.* Propositions complétives et circonstantielles de prix, de valeur, avec *ut.* Dignus est *ut imperet.* Dignus est *cujus te miserat.* (N° 528.)

MANIÈRE.

Consumit tempus *legendo.* Mirabile *visu.* (N° 342 et 346.) Vincis *formâ.* (N°ˢ 474 et 475.)

CONDITION.

Vadam *eâ conditione. Multo labore* doctus evasit. *Deo juvante,* res bene succedit. (N°ˢ 475, 476, 477.)
Viennent ici les propositions circonstantielles de *condition* avec *si, nisi, etiamsi, quamvis,* etc., *quin, ut, dummodo.* (N°ˢ 469, 486, 545 et 546.) Quicunque, quantuscunque. Si *volumus fieri docti,* laborandum est. *Nisi caveas,* in morbum incides. *Quamvis sit doctus,* multa tamen ignorat. Virtus vetat spectari fortunam, *dùm* præstetur *fides,* la vertu défend d'avoir en vue le succès, pourvu que le devoir s'accomplisse.

DE L'INVERSION LATINE

(LHOMOND)

La connaissance de ces règles qui sont si simples ne suffit pas seulement pour enseigner à rendre en latin une phrase française ; mais encore elle indique aux élèves les moyens naturels de produire en français une phrase latine. Ce qui embarrasse les enfants entre les mains desquels on met des auteurs latins, c'est de savoir faire ce qu'on appelle *construction de la phrase,* c'est-à-dire arranger les mots latins dans un ordre semblable à celui qu'emploie le génie de leur langue naturelle. Or, pour parvenir à ce but, il leur suffira de chercher d'abord le sujet, le verbe principal, son régime, les circonstances qui l'accompagnent, et de classer chaque mot de la phrase latine dans la colonne à laquelle il correspondrait, en formant un tableau tel que celui que l'on verra ci-après.

On observera ici que l'inversion des latins consiste principalement : 1° à placer le génitif ou régime du sujet avant ce même sujet ; 2° à mettre l'accusatif ou le régime du verbe avant le verbe même ; 3° à renvoyer à la fin le verbe principal de la phrase.

Ex. : *Omnium rerum principia sunt parva.* (CICERO, de Finibus, etc.). Les commencements de toutes choses sont petits. (Suivant la construction française il aurait fallu dire : *principia omnium rerum sunt parva.*)

Ne verborum memoriam aut nimis difficilem aut parum utilem arbitreris (CICERO ad Herennium). Pourvu que vous ne jugiez pas le souvenir de ces expressions ou trop difficile ou peu important. (En construisant à la française il aurait fallu dire : *ne arbitreris memoriam verborum aut,* etc.).

Essayons de présenter dans un tableau la manière de construire à la française toutes les phrases latines, et prenons pour exemples les deux phrases suivantes :

« Pallida mors æquo pulsat pede
Pauperum tabernas, regumque turres. »

(HORAT. Ode IV).

« Quanquàm mihi semper frequens conspectus vester multo jucundissimus, hic autem locus ad agendum amplissimus, ad dicendum ornatissimus est visus, Quirites ; tamen hoc aditu laudis, qui semper optimo cuique maximè patuit, non mea me voluntas, sed meæ vitæ rationes ab ineunte ætate susceptæ, prohibuerunt (CICERO, in Orat. pro lege Manilià). »

SUJET.	VERBE.	ALVER.	RÉGIME DIRECT.		RÉGIME indir.	PRÉPOSIT. et rapports	
Mors.... pallida..	pulsat.					pede..	æquo.
			tabernas.	pauperum.			
			(et) turres.	regum.			
vester conspectus. frequens	est visus.	semper.	multo jucundissi- [mus.		mihi..		
hic locus.	est visus.		amplissimus...	ad agendum			
			ornatissimus...	ad dicendum			
non mea.. voluntas.. sed.... vitæ, etc.			me...			hoc aditu.	laudis, etc.
rationes susceptæ.	prohibuerunt						

En commençant par le premier mot *pallida*, je vois que c'est un adjectif, et je le place dans la colonne de la dépendance de son substantif *mors*. *Æquo* est l'adjectif de *pede*, et je le place dans la colonne de la dépendance de ce dernier. *Pede* étant à l'ablatif ne peut être que le régime d'une préposition sous-entendue ; je le place donc dans la colonne des prépositions. *Pulsat* sera dans la colonne destinée au verbe. *Pauperum* étant au génitif sera le régime ou la dépendance du substantif *tabernas* ; de même *regum* sera la dépendance de *turres*. Enfin *tabernas* et *turres* étant à l'accusatif, sont le régime direct du verbe *pulsat* ; donc il faut les placer dans la colonne destinée au régime direct. Maintenant si nous lisons les mots du tableau dans la direction horizontale, nous aurons la phrase telle que l'a faite Horace.

Pallida mors æquo pulsat pede pauperum tabernas et regum turres.

Mais si nous lisons dans l'ordre successif des colonnes, nous aurons une phrase construite à la française.

Mors pallida pulsat tabernas pauperum et turres regum (cum) *pede æquo*. (La mort pâle frappe les cabanes des pauvres et les tours des rois avec un pied égal.)

Passons à la seconde phrase. J'y aperçois d'abord plusieurs conjonctions qui m'annoncent qu'elle est composée de plusieurs autres phrases partielles, et qu'il y a des incidents que je dois négliger un instant pour laisser arranger premièrement la phrase principale. Par ce moyen, en ne faisant pas attention aux conjonctions, je dispose les mots comme dans la phrase d'Horace, et je commence ainsi : *Mihi* est un datif, et par conséquent régime indirect du verbe principal ; dans la colonne du régime indirect. *Semper* sera placé dans la petite colonne des adverbes. *Frequens* au nominatif sera une dépendance du sujet *conspectus*, et par conséquent placé à sa droite ; reste à placer le verbe *est visus* et sa dépendance ou régime direct *jucundissimus*. Voilà donc déjà un membre de la phrase de Cicéron, en lisant horizontalement : *quanquàm mihi semper frequens conspectus vester multò jucundissimus est visus.*

En suivant l'ordre des colonnes on lira : *quanquàm conspectus vester frequens est visus semper multò jucundissimus mihi.* (Quoique votre assemblée nombreuse ait paru toujours infiniment agréable à moi-même.)

La conjonction *autem* m'a indiqué qu'il y avait un autre sujet, *locus*, dont le verbe était encore *est visus* ; et j'ai un autre membre de la période ainsi disposé : *quanquàm hic locus visus est amplissimus ad agendum, ornatissimus ad dicendum. Ad agendum* est la dépendance d'*amplissimus*, et *ad dicendum* d'*ornatissimus*. C'est pourquoi ils sont placés à la suite des adjectifs dans la construction à la française. (Quoique cette enceinte m'ait paru très-convenable pour discuter et très-brillante pour discourir.)

Tamen m'annonce la seconde partie de la grande phrase qui doit aussi avoir un verbe principal. *Hoc aditu* est à l'ablatif, et se place dans la colonne des régimes des prépositions ; *laudis*, régime d'*aditu*, est à sa droite. Je laisse à l'écart la petite phrase incidente renfermée entre deux virgules, *qui patuit maximè semper cuique optimo. Non mea,* ainsi que *voluntas,* étant au nominatif, se placeront dans la colonne du sujet. La conjonction *sed* m'annonce un nouveau nominatif *rationes,* que je place encore dans la colonne du sujet. *Vitæ meæ* au génitif est régime de *rationes; susceptæ ab ætate ineunte,* sont une dépendance de *rationes,* et ces mots sont censés dans la colonne du sujet, enfin arrive le verbe *prohibuerunt.* Si je lis maintenant ce reste de phrase dans l'ordre des colonnes, j'aurai : *tamen non mea voluntas, sed rationes vitæ meæ, susceptæ ab ætate ineunte, prohibuerunt me* (ab) *hor aditu laudis, qui patuit maximè semper cuique optimo.* (Cependant ce n'est point mon goût, mais le plan de conduite tracé dès mon bas âge, qui m'a éloigné de cette carrière de gloire qui a toujours été ouverte amplement à tout homme de bien.)

C'est ainsi que, à l'aide de notre tableau et en classant bien les mots dans la colonne qui leur appartient, les jeunes gens viendront à bout de disposer les plus longues phrases de manière à ce que la traduction française en devienne très-facile.

FIN

TABLE DES MATIÈRES

PAR NUMÉROS

FIN DE LA TABLE

St-Etienne, imp. MONTAGNY, angle des rues Gérentet et de Lodi.

www.ingramcontent.com/pod-product-compliance
Lightning Source LLC
Chambersburg PA
CBHW070505030726
47503CB00004B/1168